Tryna du Toit

Die Nuwe Dokter

Ametis

Kopiereg © 1966 deur C. C. Kotzenberg
Uitgegee deur Human & Rousseau (Edms) Bpk
Stategebou, Roosstraat 3-9, Kaapstad
Alle regte voorbehou
Omslagontwerp deur Abdul Amien
Geset in 9½ op 11 pt Plantin Roman
deur Peter Green & Associates, Wetton, Kaap
Gedruk en gebind deur CTP Boekdrukkers, Parow
Eerste sakformaat-uitgawe 1994

ISBN 07981 3357 0

1

Die spreekkamers van dokters Truter, Slabbert en Roux is feitlik in die middel van die dorp geleë. Dit is 'n moderne siersteengebou, omring van hoë bloekombome met groen grasperke aan weerskante van 'n smal sementpaadjie wat van die straat na die gebou loop. Gedurende die week, en veral Saterdae as die boere van die distrik vir hulle inkopies en ander besigheid dorp toe kom, is daar maar 'n gedurige toeloop na die gebou, en op die voorstoepie, waar die mans graag vergader, kan jy dikwels 'n interessante groepie mense bymekaar aantref.

Daar wag hulle saam: die oues en die jonges, die behoeftiges en die welgesteldes, sommige met kwalik bedekte ongeduld oor die kosbare tyd wat met wag verlore gaan, andere meer geduldig maar met onrus in hul harte, nie wetend wat die besoek aan die dokter mag oplewer nie.

En dan is daar die gereelde besoekers soos oom Japie Blinkwater en sy metgeselle, die oues van dae, vol van die krankhede en kwale wat saam met die ouderdom kom. Vir hulle verloop die lewe teen 'n rustiger tempo; tyd is nie meer so belangrik nie en vir oom Japie is die weeklikse geselsie op die sonnige stoepie van die spreekkamers 'n gebeurtenis waarna hy gretig uitsien. Daar ontmoet hy mense met wie hy in die gewone loop van sake nie sou omgaan nie; daar gesels hulle oor hulle kwale, oor landsake en die boerdery; daar kry oom Japie allerhande interessante nuusbrokkies wat hy vir tant Alie huis toe kan neem om haar ook weer 'n bietjie op te vrolik. Dis waar, hy kyk uit na Saterdagoggend se besoek aan die dokter!

Op hierdie sonnige Saterdagoggend teen die einde van Maart wag dr. Truter se pasiënte reeds van vroeg af op hom.

Drs. Slabbert en Roux se motors staan langer as 'n uur al langs die gebou geparkeer, maar van dr. Truter is daar nog geen teken nie.

"Dokter is vanmôre laat," merk oom Japie op toe daar weer 'n stiltetjie tussen die klompie op die stoepie kom en hy suig ingedagte aan sy kromsteelpypie. Hy dink daaraan dat dit dr. Truter se laaste oggend by die spreekkamers is – vir byna 'n jaar altans – en 'n vlagie van onrus waai soos 'n koue windjie oor hom. Hy sal vir dokter Herman mis. Dokter Herman ken hom en sy kwale soos geen ander dokter dit weer sal ken nie.

Wat dokter Herman ook besiel om op sy leeftyd – hy is ook nie meer vandag se kind nie – daar in die vreemde lande te gaan kuier, weet hy nie!

"Daar is hy nou!" sê iemand toe die dokter se bekende groen motor vinnig die straat afkom en met 'n wye draai by die gebou verbyry om in die klein agterplasie onder die kareeboom tot stilstand te kom.

Dr. Truter is reeds besig om sy hande te was toe die verpleegster met haar skryfblok sy spreekkamer binnekom. Herman Truter is die oudste van die drie vennote, 'n lang, forsgeboude man met 'n vriendelike, innemende gesig. In teenstelling met sy byna wit hare is sy gesig nog jonk, die blou oë glinster nog dikwels van pret en lewenslus.

Vanoggend groet hy die suster vriendelik, maar effens ingedagte, en onderwyl hy die skoon, wit baadjie aantrek wat sy vir hom reghou, kyk hy na die lysie van pasiënte wat sy aan hom voorgelê het.

"Ons kan maar dadelik begin," sê hy sonder om soos gewoonlik te verduidelik waarom hy vertraag is. "Stuur maar dadelik vir mev. Klopper in."

Suster weet dat hy haastig is en verspil nie tyd met onnodige vrae nie. Die res van die oggend verloop vinnig en dis reeds byna eenuur toe oom Japie aan die beurt kom. Onderwyl die ou oom versigtig in die groot stoel langs die lessenaar gaan sit, dink dokter Herman dat sy laaste oggend by die spreekkamers nie behoorlik afgerond sou gewees het as oom Japie nie ook daar was nie. Dikwels in die verlede het hy hom versoek om nie Saterdae te kom nie wanneer daar altyd meer pasiënte is as op die gewone weeksdae. Oom Japie woon op die dorp; vir hom maak dit tog nie saak watter dag van die week hy sy medisyne en pille by die spreekkamers kom haal nie. Maar oom Japie, met regte oumens-koppigheid, het hom nie so maklik van stryk laat bring nie.

Die dokter luister nou na oom Japie se klagtes en vandag is die rympie langer as gewoonlik, asof oom Japie daaraan dink dat daar volgende week geen begrypende dokter Herman sal wees by wie hy sy nood sal kan kla nie.

Dr. Truter ondersoek die ou oom deeglik en gee hom die pilletjies vir die hart en die medisyne vir die bors waarsonder oom Japie nie meer kan klaarkom nie.

"Op die oomblik is die bors 'n bietjie beter, maar as die asma erger word, moet jy maar weer vir 'n paar inspuitings kom, oom Japie," sê hy toe hulle klaar is. "En pas vir jou die winter goed op – jy onthou hoe lank die brongitis jou verlede jaar platgetrek het."

"Ek sal oppas, Dokter," belowe oom Japie en sy stem bewe, sy oë is skielik dof. Nou dat die oomblik van afskeid aangebreek het, wonder hy of hy nog hier sal wees as dokter Herman weer terugkom. "En na wie sal ek nou gaan as ek raad en medisyne nodig het, Dokter?" vra hy pateties.

Daar is onverwags 'n knop in dokter Herman se keel. Hy weet wat in oom Japie se gedagtes omgaan. As mens reeds die beloofde sewentig jare agter die rug het en die hart oud en bewerig geword het, vlieg die gedagtes maklik na die Gevreesde Vriend wat hier voor in die pad – miskien nog nader as wat jy dink – op jou wag.

Gerusstellend sit hy sy hand op oom Japie se skraal skouer:

"Dr. Roux sal jou help. Ek sal self met hom praat."

"Wat van dr. Slabbert?"

"Jy kan na dr. Slabbert ook gaan as jy verkies," sê hy geduldig. Oom Japie sal gou genoeg uitvind dat hy en Hugo Slabbert nie langs dieselfde vuur kan sit nie!

'n Paar oomblikke dink oom Japie diep na:

"Miskien sal dr. Roux tog beter wees. Of wat van die nuwe dokter wat in Dokter se plek kom?"

Dr. Truter aarsel 'n oomblik; dan glimlag hy. Die nuus sal gou genoeg deur die dorp wees en intussen kan hy oom Japie iets anders as sy kwale en ellende gee om oor na te dink terwyl hy huis toe stap.

"Die nuwe dokter wat in my plek kom, is 'n vrou," sê hy kalm, maar hy hou oom Japie fyn dop om sy reaksie te sien: "Dr. Karin de Wet."

"'n Vrou!" Daar is ongeloof en diepe teensin op oom Japie se gesig te lees. "'n Vroumens-dokter! Maar waarom maak Dokter dan nou so?" vra hy verontwaardig.

"Sy is 'n vroumens, maar sy is ook 'n baie bekwame dokter," sê dokter Herman glimlaggend. "Toe maar, oom Japie, een van die dae is ek weer terug, dan gesels ons twee weer lekker! Gee my groete aan tant Alie en pas julle twee oues maar goed op."

Nadenkend kyk dr. Truter vir oom Japie agterna. Hy is nie die enigste een wat so sterk omtrent 'n vrouedokter voel nie. Sy vennoot Hugo Slabbert was byna net so verontwaardig en omgekrap soos oom Japie toe hy van die nuwe verwikkeling verneem. Maar daar was geen ander uitweg nie. Die man wat maande gelede belowe het om as locum in dr. Truter se plek waar te neem terwyl hy oorsee is, het op die tippie 'n ander betrekking aanvaar en dr. Truter het met sy hande in die hare gesit. Hy het dadelik begin rondval maar op so 'n kort kennisgewing kon hy nêrens 'n geskikte plaasvervanger vind nie – niemand behalwe dr. Karin de Wet nie. 'n Kollega in die stad het haar aanbeveel en omdat hy verleë was, het hy gereël om haar in die stad te gaan spreek.

Hy het stad toe gegaan en die meisie ontmoet. Sy was jonk en aantreklik met haar donker hare en wakker blou oë en sy het nie soos 'n dokter gelyk nie. Maar haar getuigskrifte was goed en die superintendent van die hospitaal het met lof van haar werk gepraat. Nog teen sy sin, maar feitlik deur omstandighede daartoe gedwing, het hy die meisie gevra of sy gewillig sou wees om vir 'n proeftyd van drie maande na Doringlaagte te kom en sy het gretig ingestem. Hy het haar gesê dat hy die saak net weer met sy vennote wil bespreek en dat hy haar dadelik van hulle beslissing sal verwittig. Ook daarmee was sy tevrede.

Met 'n effens onrustige gemoed het hy die middag weer in die pad geval. Hy was nie heeltemal gelukkig oor die dag se werk nie, grotendeels omdat hy nie geweet het wat sy vennote – en veral Hugo Slabbert – se reaksie sou wees nie. Dis nie dat hulle bevooroordeel was teen vrouedokters nie. Inteendeel! Op die regte plek en in sekere gespesialiseerde rigtings verrig hulle reeds waardevolle werk. Maar vir 'n jong, aantreklike meisie om as algemene praktisyn na 'n plattelandse dorpie soos Doringlaagte te kom . . . nee, dit sou nie deug nie! Fisiek was sy nie sterk genoeg vir die werk nie, om maar net een beswaar te noem. En tog was sy so gretig om te kom. Hy het haar probeer waarsku, hy het haar vertel van die eensame plaasritte, dikwels in die nag; hy het haar vertel dat sy baie hard sou moes werk, dat sy geen gereelde ure vir rus en ontspanning op Doringlaagte sou kry, soos sy gewoond was om by die hospitaal te kry nie. Maar sy wou na geen waarskuwings luister nie. Glimlaggend het sy gesê dat sy jonk en sterk is, dat sy nie vir harde werk bang is nie, en dat sy vasbeslote is om na die platteland te gaan. Die drie maande op Doringlaagte sou vir haar waardevolle ondervinding wees en vir haar die gulde geleentheid bied om self te oordeel of sy die werk op die klein dorpie bo die meer gespesialiseerde werk in 'n groot, moderne hospitaal verkies.

Dr. Roux het die nuus met redelike kalmte aanvaar, maar, soos hy verwag het, was Hugo vies en ontsteld.

"Wat wil ons met 'n vroumens hier maak?" het hy ontevrede gevra. "Het ons nie genoeg moeilikhede nie? En wie moet haar deel van die werk doen?"

"Moet nou nie onbillik wees nie, Hugo. Sy sal dit self doen! Haar getuigskrifte is goed, haar hoof het met lof van haar gepraat . . ."

"Seker maar net omdat hy van haar ontslae wil raak," val Hugo hom nors in die rede. Stilswyend het dr. Truter sy jong kollega aangekyk, toe sê hy bestraffend:

"In die stad voel hulle blykbaar anders oor die saak. Daar

veroordeel hulle nie 'n dokter bloot omdat sy 'n vrou is nie. Hulle gee haar eers 'n geleentheid om te wys wat sy kan doen."

"Ek veroordeel haar nie. Dis net dat die werk hier baie dae te veel is vir drie groot, gesonde mans."

"Ek weet, Hugo. Ek weet dit maar te goed. Maar jy weet ook hoe ek die afgelope tien dae rondgeval het om 'n geskikte plaasvervanger te vind. Ek gaan oor 'n paar dae weg en dan sal julle nie tyd hê om rond te ry en verder te soek nie. Meimaand wil Isak met verlof gaan en jy weet net so goed soos ek dat jy nie die werk alleen kan behartig nie."

"En jy dink ek sal dit met die hulp van die onervare vrouedoktertjie kan doen?"

"Ek hoop so!" Sy stem is ferm want hy moet sowel homself as vir Hugo oortuig. "Buitendien kom sy ook net vir drie maande. Intussen kan jy en Isak na iemand anders rondsoek en ek kan met 'n geruste gemoed gaan vakansie hou."

Die frons is nog op Hugo Slabbert se gesig en hy antwoord nie. Na 'n rukkie sê dr. Truter:

"As jy so sterk oor die saak voel, Hugo, sal ek die meisie laat weet dat ons iemand anders gevind het. Ek het jou gesê dis nog nie finaal gereël nie."

"Hugo is verspot," sê Isak Roux terwyl hy deur toe stap. "'n Halwe eier is beter as 'n leë dop en ek voel ook ons durf haar nie veroordeel bloot omdat sy 'n vrou is nie. Wat my betref, kan sy gerus kom."

'n Rukkie nadat hy weg is, is daar stilte in die kamer, toe staan Hugo op van die lessenaar waar hy gesit het. Hy kyk na Herman Truter en hy grinnik effens en sy gesig lyk meteens veel jonger en aantrekliker.

"Ek sal ook nie verder beswaar maak nie, Herman," sê hy. "Drie maande is darem nie te oneindig lank nie . . . as sy dit dan so lank hier by ons uithou! En intussen mag ons iemand anders soek?"

"Ek laat dit verder alles aan jou en Isak oor! Ek het net gevoel ek kan nie weggaan en vir jou en Isak alleen hier laat nie – te meer waar Isak Meimaand met verlof wil gaan."

"Ons sal klaarkom – bekommer jou nou maar nie verder oor die besigheid nie!" het Hugo gesê en daarmee was die saak afgehandel.

Die volgende halfuur is dr. Truter druk besig met die laaste pasiënte, maar eindelik is die laaste pasiënt weg en die dokter bly alleen in die kamer agter.

Na 'n rukkie kom die verpleegster die kamer binne.

"Dit was dan die laaste," sê sy glimlaggend en voeg verskonend by: "Ek is jammer daar was vandag so baie, maar hulle wou almal vir oulaas nog vir dokter Herman sien. Ek weet nie wat van sommige van hulle sal word as Dokter weg is nie."

Die dokter glimlag effens.

"Daar was 'n tyd toe ek ook gedink het dat hulle nie sonder my kan klaarkom nie," sê hy. "Nou het ek al geleer dat niemand onmisbaar is nie en ek laat hulle nou almal met 'n geruste gemoed in jou en my bekwame vennote se hande."

"Dr. Slabbert is 'n knap dokter, maar sy pasiënte het hom nie lief nie," sê die verpleegster met 'n vrymoedigheid gebore uit jarelange samewerking met die ou dokter.

"Sy pasiënte bewonder en respekteer hom," sê dokter Herman half bestraffend. "Sy vriende hou van hom en weet dat hulle altyd op hom kan reken. En as sake hier verkeerd loop terwyl ek weg is of jy het hulp of raad nodig, raai ek jou aan om reguit na dr. Slabbert te gaan. En nou kan jy gerus maar huis toe gaan. Dis lank na etenstyd en jy is seker al dood van die honger. Ek sien jou mos vanaand by dr. Roux-hulle!"

"Ja, ons sal daar wees. En as daar regtig niks verder is wat ek vir u kan doen nie . . ."

"Daar is niks nie," herhaal hy vriendelik. "Gaan gerus."

Hy hoor haar nog 'n rukkie in die kamer langsaan werskaf, dan word dit stil in die gebou en meteens word hy ook haastig om huis toe te gaan. En die besef dat as hy vandag die deur agter hom toetrek hy nege maande lank, miskien 'n jaar, nie weer die binnekant van sy spreekkamer sal sien nie, stuur 'n skielike gloed van opgewondenheid deur sy liggaam. Dit sal inderdaad na al die jare 'n vreemde ervaring wees!

En onderwyl hy werk, gaan sy gedagtes terug na daardie dag, byna dertig jaar gelede, toe hy vir die eerste keer as jong geneesheer na Doringlaagte gekom het. Aanvanklik het hy gekom met die bedoeling om slegs 'n jaar of twee op Doringlaagte te praktiseer en dan weer terug te gaan stad toe. Later sou hy dan oorsee gaan om verder te studeer ... Byna dertig jaar gelede ... en dit voel vir hom soos die dag van gister.

Sy planne en drome is nooit verwesenlik nie. 'n Jaar nadat hy op Doringlaagte gekom het, is hy met 'n meisie uit die distrik getroud en die maande en die jare het verbygevlieg en hy het nie meer aan weggaan gedink nie. Sy kinders, 'n seun en 'n dogter, is hier gebore en het hier grootgeword, deel van Doringlaagte. In die dertig jaar het hy self hier vasgegroei, het ook hy deel van die dorpie en sy mense geword. Sy praktyk het saam met die dorpie gegroei. Vandag is hy 'n welgestelde man; hy het twee dokters om hom te help en nog kan hulle die werk nie elke dag baasraak nie. Hy het die mooi, moderne hospitaal waarvoor hy so lank en so hard geveg het, 'n paar jaar gelede aan die noordekant van die dorp sien verrys en geweet dat hy 'n belangrike mylpaal in sy lewe bereik het.

Ja, hy het 'n lang, moeilike skof agter die rug en hy sien met verlange uit na die vakansie wat voorlê. En die feit dat sy dogter Elizabeth saam met hulle vakansie kan gaan hou, beteken vir hulle baie.

Graag sou hy vir Boet ook wou saamgeneem het, maar hy is reeds 'n getroude man met 'n gesin. Boet boer op die ou familieplaas Geluksvlei waar sy moeder grootgeword het. Herman onthou vandag nog hoe teleurgesteld die oumense destyds was toe hulle enigste dogter en die erfgenaam van Geluksvlei op 'n dokter verlief geraak het en binne enkele maande met hom getroud is. Die geboorte van 'n kleinseun het egter vir die verlies van 'n dogter vergoed en Boet het grootgeword met die gedagte dat Geluksvlei eendag aan hom sal behoort.

Ook het van die gedagtes wat hy heimlik omtrent sy dogter en Hugo Slabbert gekoester het, nooit iets gekom nie.

Elizabeth is reeds verloof aan 'n jong argitek en hulle maak plan om te trou sodra sy van die oorsese vakansie terugkeer. En hoewel hy van Hennie hou, sou sy liewer vir Hugo Slabbert as skoonseun gehad het.

Na vier jaar se samewerking het hy 'n warme en opregte bewondering en waardering vir Hugo se werk as geneesheer. Na al die jare kon hy eindelik begin planne maak vir die langvertraagde reis oorsee – 'n soort gekombineerde studie- en vakansiereis – wat hy aan die begin van hulle lewe saam, byna dertig jaar gelede, aan sy vrou belowe het.

Hy weet dat Hugo sy plek sal volstaan terwyl hy weg is.

Nee, met Hugo se werk is daar geen fout te vind nie. Net jammer dat die man so anti-sosiaal is! Dis waar wat die verpleegster Mien de Lange sê: ondanks sy bekwaamheid is hy nie baie gewild onder sy pasiënte nie. Sy koel, saaklike houding, die feit dat hy, sodra sy werk gedaan is, hom so maklik kan onttrek aan die res van die mensdom, steek baie mense dwars in die krop. Hugo speel graag gholf maar jy sal hom selde op 'n partytjie of ander gesellige byeenkoms vind. Sy werk, sy mediese boeke en tydskrifte, met gholf en sy wonderlike plateversameling vir afleiding, is blykbaar al wat hy nodig het. Hugo het hom self vertel dat hy eenmaal verloof was maar dat die meisie 'n paar weke voordat die huwelik sou plaasvind, die verlowing verbreek het. Die een ongelukkige ervaring met die skone geslag was blykbaar genoeg vir Hugo!

Hy skrik toe daar onverwags aan sy deur geklop word. Dis Hugo Slabbert wat op sy uitnodiging die kamer binnekom.

"Hugo! Ek dog jy's lankal weg," sê hy verbaas. "Het jy vergeet dat dit Saterdagmiddag is, man!"

"Nee, ek het nie vergeet nie, maar ek was besig. En daar is een of twee sakies waaroor ek jou graag nog wou spreek."

"Praat maar," sê hy. "Dis seker die laaste geleentheid wat ons sal kry."

"Dit is," antwoord Hugo. "Maar ek sal so gou moontlik maak. Eerstens wou ek jou raadpleeg omtrent die Pienaar-baba. Ek is nie tevrede met die reaksie op ons behandeling nie en ek begin wonder of ons op die regte spoor is."

Terwyl hy gesels, luister dokter Herman belangstellend en hy wonder hoe die mense ooit kan sê dat Hugo hard en ongevoelig is. As hulle hom kon sien soos hy nou hier voor hom staan, met die bekommerde plooitjie tussen sy oë, die warme belangstelling wat uit sy hele wese straal, sou hulle verplig wees om van opinie te verander. Maar dis natuurlik Hugo se eie skuld. As Hugo ook net 'n bietjie moeite wil doen, 'n bietjie spontaner en vriendeliker wou wees, sou hy maklik een van die gewildste jongmans in die distrik wees. Maar Hugo gee blykbaar nie om wat die mense van hom dink nie, hy koester geen ideale in daardie rigting nie.

Toe hulle om drie-uur saam by die gebou uitstap, nadat dr. Truter vir die laaste maal sy kamer gesluit het, sê hy meteens aan die jonger man:

"Wel, dis afgedaan. Nogal 'n vreemde gedagte dat ek van volgende week af nie meer hier sal wees nie!"

"Ons sal jou mis!" sê Hugo.

"Ek betwyfel dit," antwoord dr. Truter. "Behalwe so af en toe om die vrede te bewaar." Hugo grinnik effens maar hy sê niks nie en dr. Truter vervolg: "Hugo, ek reken op jou om dr. De Wet, aan die begin veral, 'n bietjie behulpsaam te wees!"

Hugo kyk tersluiks na dr. Truter: "Sy sal met die grootste hoflikheid ontvang word."

"Nie net hoflikheid nie, Hugo. Ook 'n bietjie vriendelikheid en bedagsaamheid, vertrou ek!"

"Omdat sy 'n vrou is?" vra Hugo saggies.

"Omdat sy jonk en vreemd en onervare is! Sy sal swaar genoeg kry, Hugo. Moenie die wêreld vir haar onnodig moeilik maak nie."

'n Skewe glimlaggie plooi die jongman se lippe.

"Wees gerus! Sy sal hoflik en – e – bedagsaam behandel word," belowe hy. Hy steek sy hand in sy sak en haal sy sleutels uit terwyl hy fronsend na dr. Truter kyk. "Maar, wragtie, sy sal darem ook in haar spoor moet kom trap!"

2

Die afskeidspartytjie wat aan huis van dr. Isak Roux en sy vrou vir die Truters gegee is, was 'n klinkende sukses. In groot getalle het die vriende gekom om die reisigers 'n voorspoedige en aangename vakansie toe te wens en meer as een keer die aand is dr. Truter getref deur die spontane en opregte waardering vir sy werk wat deur kennisse en vriende uitgespreek is. Die foute wat hy begaan het, het hulle blykbaar vergeet; net die goeie en mooi dinge het hulle onthou. Dat sy sukses ook grotendeels aan sy vrou te danke is, erken hy geredelik. Die lot van 'n doktersvrou is nie altyd maklik nie, maar sy het hom al die jare getrou bygestaan en hy is dankbaar dat hulle albei gespaar is om saam die vakansie te geniet. Hy kyk na Bessie waar sy glimlaggend tussen 'n klompie vriende staan en hy dink dat sy die afgelope weke, ondanks al die harde werk, net mooier en jonger geword het!

Daar is dikwels die aand half-ernstig, half-skertsend na die nuwe doktertjie verwys en een van dokter Herman se boesemvriende het voorspel dat die praktyk, met die nuwe trekpleister, vanjaar 'n fenomenale groei sal beleef. Dokter Herman het die skimpe en tergery glimlaggend aangehoor, maar geweier om enige verdere inligting omtrent die dametjie te verskaf.

Met genoeë het hy Hugo se teenwoordigheid by die partytjie opgemerk. In sy netjiese donker pak, met sy donker hare en oë, sy fier, regop houding, het hy daar besonder aantreklik uitgesien. Hy is vanaand in 'n buitengewone opgewekte stemming en menige jong dame het haar hart seker vinniger voel klop en gewonder of een van hulle miskien nog die sleutel tot die jongman se hart sou vind.

Dokter Herman was nog altyd daarvan oortuig dat sy jong kollega eendag 'n meisie sal ontmoet wat hom sy bitterheid en vooroordeel sal laat vergeet – en daar was 'n tyd dat hy gehoop het dat Elizabeth die meisie sou wees, maar hoewel sy en Hugo goeie vriende geword het, was daar nooit sprake van 'n dieper verhouding tussen hulle nie. En hy weet dit het nie aan belangstelling van Elizabeth se kant geskort nie.

Nou begin hy twyfel of die wonderwerk ooit sal geskied.

Ook Elizabeth se gedagtes het, te midde van die vrolikheid, kort-kort na haar vader se aantreklike jong vennoot gedwaal. Hugo kyk skielik in haar rigting en betrap haar blik op hom. Sy glimlag effens en hy glimlag terug en 'n paar oomblikke later voeg hy hom by hulle groepie. Hy neem haar aan haar arm en trek haar so 'n entjie van die ander af weg.

"Ons twee het nog nie eers kans gehad om te gesels nie," sê hy. "En dis al amper weer tyd om huis toe te gaan."

"Wie se skuld is dit?" vra sy kalm.

"Seker myne," erken hy. "Maar ek was darem al die tyd van plan om vir jou 'n spesiale handdrukkie te kom gee."

"Ek waardeer die gedagte," sê sy liggies.

"Moenie sarkasties wees nie – dit pas jou nie. Ek wou ook nog vir jou sê dit lyk of die liefde met jou akkordeer. Ek het jou nog nooit so mooi soos vanaand sien lyk nie."

Met ongeveinsde verbasing kyk sy na hom.

"Ek kan my eie ore nie glo nie!" sê sy. "Maar dankie vir die kompliment." Sagter, tergend vervolg sy: "Die liefde akkordeer met die meeste vrouens – en met die meeste mans ook. Waarom probeer jy dit nie 'n slag nie!"

Vinnig, ondersoekend kyk hy na haar.

"Kom ons gesels liewers oor iets waarin ons albei belangstel."

"Dis jy wat die eerste oor die liefde gesels het," herinner sy hom. "Maar ek wil jou nie verder verveel nie. Sê vir my wat dink jy van my pa se plan om 'n vrouedokter na Doringlaagte in te voer?"

Dadelik verander sy gesig.

"Ek dink daar is vanaand al genoeg oor die onderwerp gesels," antwoord hy styf.

"Ek het geweet dit sal nie jou goedkeuring wegdra nie," sê sy ondeund.

Eers dink sy dat hy kwaad gaan word. 'n Paar tellings kyk hy haar fronsend aan, dan glimlag hy skielik:

"Waarom sou dit nie my goedkeuring wegdra nie?"

"Om welbekende redes. Jy weet tog self wat jou reputasie is, Hugo."

"Wat is my reputasie?"

Sy kyk hom nuuskierig aan. Hugo is vanaand in 'n besonder toegeeflike luim. Maar voordat sy kan antwoord, kom die matrone van die hospitaal, suster Vermeulen, en 'n jong verpleegstertjie, Kitty Erasmus, by hulle staan. Die matrone is 'n mooi, donker vrou van omtrent dertig jaar. Sy is kort en stewig gebou en gee die indruk dat sy 'n wakker, bekwame persoon is. Sy het 'n jaar gelede na Doringlaagte gekom en hoewel sy nie baie gewild onder die verpleegsters is nie, hou die dokters van haar en verklaar dat die hospitaalroetine nog nooit so glad verloop het soos nou nie. Teenoor Elizabeth was sy altyd vriendelik, tog het Elizabeth dikwels die gevoel gekry dat die matrone nie van haar hou nie.

"Ons kom net groet," sê die matrone nou glimlaggend. "Dit word tyd dat ons huis toe gaan."

Elizabeth kyk op haar polshorlosie en merk dat dit reeds half-elf is.

"Dic aand het verbygevlieg," sê sy. "Het jy die partytjie geniet, Kitty?"

"Dit was heerlik, dankie. Ek het die hele aand net gewens dit was ek wat met so 'n heerlike vakansie gaan."

"Jou beurt sal ook nog kom," glimlag Elizabeth. Sy en Kitty het saam hier op Doringlaagte skoolgegaan en al die jare goeie vriende gebly.

"Ons is nie almal ewe gelukkig nie," sê die matrone speels aan Elizabeth. "Jy moet maar vir ons minderbevoorregtes alles kom vertel as jy terugkom. Ek hoop die rus doen dokter Herman goed. Na al die jare verdien hy 'n 1ekker lang vakansie."

Sy bedoel natuurlik dat Moeder en ek dit nie verdien nie,

dink Elizabeth, maar ewe stemmig bedank sy vir matrone. Ook sy voel vanaand in 'n besonder toegeeflike stemming!

Hugo draai na Matrone en sê:

"Ek moet nog 'n besoek by die hospitaal doen. Wil jy en Kitty nie sommer saam met my ry nie?"

"Dankie, dit sal baie gaaf wees, dr. Slabbert," antwoord matrone sonder aarseling. "Dr. Roux het gesê hy sal ons terugneem, maar as u tog hospitaal toe moet gaan . . ."

"Ek moet gaan," verseker hy haar koel. "Dit sal geen moeite wees nie."

Die man kan by tye so ongeërgd klink, dink Elizabeth: asof dit aan hom nie die minste saak maak of hulle ry en of hulle bly nie – wat seker ook die geval is! As Hugo net éénmaal verlief kon raak, behoorlik verlief raak, en liefs op 'n meisie wat nie eers na hom wil kyk nie, sal hy miskien ook mens word. Maar as hy die dag verlief raak, sal dit seker op 'n koele, presiese outomaat soos suster Vermeulen wees, met al die emosies deeglik onder beheer! En of Hugo daarvan bewus is of nie, Ralie Vermeulen is besig om haar silwer web vir hom te spin!

Hulle gesels hiervan en daarvan, totdat Kitty, wat die meeste van die tyd in stilte na hulle geluister het, haar impulsief na Hugo Slabbert wend en sê:

"Ons was almal so verbaas om te hoor dat die nuwe dokter 'n vrou is. Het u al met haar kennis gemaak, Dokter?"

Elizabeth hou haar asem op.

"Nog nie," antwoord Hugo koel. "Maar binne enkele dae sal ons nuuskierigheid seker bevredig word."

Kitty bloos verleë, bewus van die matrone se bestraffende blik.

"Dis maar net menslik om nuuskierig te wees," sê Elizabeth liggies, maar Hugo maak of hy haar nie hoor nie. Sy vriendelikheid het verdwyn; hy is meteens weer die koel, saaklike geneesheer.

"Tot siens, Elizabeth," sê hy en steek sy hand na haar toe uit. "Geniet die lewe."

Saam met Matrone en 'n blosende Kitty verdwyn Hugo tussen die gaste. "En waaroor het jy en Hugo so druk gestaan en gesels?" vra Arrie du Randt tergend langs Elizabeth. Arrie boer in die distrik en hy en Boet is boesemvriende.

"Sommer hiervan en daarvan," glimlag sy.

"Sluit hiervan en daarvan die nuwe dokter in?" vra hy nuuskierig.

"En watter belang het jy by die nuwe dokter, Arrie du Randt? 'n Sterk, gesonde kêrel soos jy!" vra sy streng maar met vonkelende oë.

"Ek kry darem partymaal verkoue," sê hy ewe droog.

Elizabeth lag heerlik: "Solank jy net nie jou hart breek nie, Arrie! Daarvoor moet jy oppas."

"Dink jy daar is gevaar voor?" vra hy gretig. "Ek bedoel, as 'n man nou geïnteresseerd is in die vrou en nie in die dokter nie. Kan – kan jy nie vir my 'n aanduiding gee wat om te verwag nie?"

Glimlaggend skud sy haar kop.

"Ek het nie die vaagste benul nie. Sy is nog jonk, dis al wat ek weet."

"Wat sê jou pa?"

"My pa was in haar getuigskrifte geïnteresseerd, nie in die kleur van haar oë nie," antwoord sy gemaak-streng.

"Dan sal ek maar geduldig moet wag," sê Arrie. "Jammer sy is nie veearts nie, nè – dan kon ek haar al om die ander dag op Oupossie gehad het. Maar toe maar, ek sal 'n plan maak."

"Arrie, jy praat nou sommer groot!"

"Ja, dis waar," erken hy. "Dis die gedagte aan 'n nuwe gesiggie hier op ons ou dorpie wat my so opgewonde maak. Jy weet ek word nie jonger nie. Dis tyd dat ek aan die toekoms begin dink."

"Hier is gawe nooientjies hier in Doringlaagte om van te kies!"

"Gawe nooientjies, ja, maar niemand wat ou Arrie se hart kan warm maak nie!"

"Jy het te uitsoekerig geword. Dis reeds 'n teken van gevorderde jare!"

Later stap sy en Arrie na haar ouers toe waar hy van hulle

almal afskeid neem. Herman Truter sit sy arm om sy dogter en kyk glimlaggend na haar toe af:

"En toe, was dit lekker om weer al die ou vriende te sien?"

"Dit was baie gesellig. Ek dink net dr. De Wet se ore tuit seker vanaand."

"Dit wil ek glo. Dit het beslis die klomp weer iets gegee om oor te gesels. Ek het gewonder: was dit waaroor jy en Hugo ook netnou gesels het?"

Sy glimlag ondeund.

"Ek het probeer maar Hugo het weggeskram. Dit het darem nie gelyk of my tergery hom veel ontstel het nie." Haar vader antwoord nie en na 'n rukkie vervolg sy: "Ek sal nou nie graag my vakansie daarvoor wil prysgee nie, maar ek sou tog baie graag die volgende paar weke hier op Doringlaagte wou gewees het!"

3

Dr. Karin de Wet het die Vrydagmiddag op Doringlaagte aangekom. Haar eerste indruk is van vaal huisies, stowwerige strate en kaalvoet-kinders wat op die sypaadjies en in die strate speel. By die eerste garage hou sy stil om te verneem na die hotel waar dr. Truter gereël het dat sy voorlopig moet tuisgaan. Terwyl sy wag, kom 'n groot, swart motor uit die teenoorgestelde rigting aangery, en hou regoor haar stil. Dadelik spring 'n pompjoggie vorentoe en lig sy pet.

"Maak maar vol, Jim!"

"Ja, meneer." Hy is reeds besig by die petrolpomp.

"Water? Bande?"

"Asseblief. En maak gou; ek is haastig."

Jim skree op 'n ander joggie wat 'n entjie weg besig is om 'n band op te pomp en ook hy los alles net so en kom aangedraf om 'n handjie met die swart motor by te sit. Terwyl sy wag, loer Karin met ontsag in die rigting van die man wat so 'n beroering by die petrolpompe kan veroorsaak, maar hy is besig om 'n aantekening in sy sakboekie te maak en sy kan net sy donker hare en sterk profiel sien. Meteens kyk hy op en sy is bewus van 'n paar koel, bruin oë wat haar nuuskierig betrag. Net 'n oomblik kyk hulle mekaar aan, dan draai hy ongeërg sy kop weg, skakel sy motor aan en ry weg.

By die hotel is hulle haar te wagte en haar bagasie word dadelik na haar kamer op die eerste verdieping geneem. Die klerk in die kantoor sê dat dr. Roux gebel en gevra het dat sy asseblief moet terugbel sodra sy arriveer en bied vriendelik aan om dr. Roux se huisnommer vir haar te skakel.

'n Oomblik aarsel sy. Sy is moeg en vol stof en sy sou graag eers wou gebad het, maar aan die ander kant durf sy nie dr. Roux se boodskap veronagsaam nie.

"Dankie," sê sy, getref deur sy vriendelikheid. "Sal u dan asseblief vir my dr. Roux se nommer kry?"

Hy draai die slinger van die telefoon, tel die gehoorbuis op en na 'n rukkie gee hy die dokter se nommer. Karin glimlag.

Sy het vergeet dat daar nie oral outomatiese telefone is nie.

Dit is mevrou Roux wat die telefoon beantwoord.

"Goeienaand," sê Karin. "Dit is Karin de Wet wat hier praat."

"O, goeienaand, Dokter!" Mevrou Roux se stem klink heelwat hartliker. Sy het seker gedink dis 'n pasiënt wat weer so op die etensuur bel. "Ons was jou die hele middag al te wagte."

"Ek het nou net gekom – ek was nog nie eers in my kamer nie."

"Dan sal ek jou nie langer hou nie," gaan die vriendelike stem voort. "Ons wou net gevra het of jy nie vanaand by ons wil kom eet nie. Daar is tog seker 'n paar dingetjies waaroor jy en Isak wil gesels en môre is Saterdag, dan sal daar nie veel geleentheid wees nie."

"Baie dankie, ek sal graag kom!" Sy het nie uitgesien na haar eerste maaltyd alleen in die hotel nie. En veral die eerste aand . . . Dit was gaaf van die mense om aan haar te dink. "Ek sal net graag gou wil bad – tensy u haastig is om te eet."

Die vrou lag.

"Bad maar lekker – Isak is nog by die hospitaal besig. Ek sal my seun stuur om jou so oor 'n halfuur te kom haal."

Met 'n gelukkige gevoel van opwinding sit Karin die gehoorbuis terug. Mev. Roux klink 'n baie aangename, vriendelike persoon en sy sien vooruit na die kennismaking. Dit klink ook asof dr. Roux-hulle dit maar druk het en dankbaar sal wees om 'n bietjie hulp by te kry!

Na 'n heerlike warm bad – en die water was regtig heerlik warm – voel sy weer soos 'n nuwe mens en met sorg klee sy haar vir die geleentheid. Die donker hare word geborsel totdat hulle blink, die lipstiffie word met 'n sorgvuldige en geoefende hand aangewend. Sy knoop 'n enkelstring pêrels om haar nek en staan so 'n entjie van die spieël af terug om die effek te bestudeer.

Nee, sy lyk piekfyn.

Daar word aan die deur geklop en haastig gryp sy haar ligte woljassie voordat sy die deur oopmaak.

"Hier's iemand om die dokter te kom haal!" kondig die kamerkelner aan.

"Dankie, ek kom," sê sy en sy glimlag effens geamuseerd. Niemand het haar nog as "juffrou" hier in die hotel aangespreek nie. Dit is "dokter" voor en "dokter" agter, baie formeel en korrek, byna asof hulle trots is oor die onderskeiding wat hulle te beurt geval het om haar te kan huisves.

Kosie Roux is 'n blonde seun van omtrent agtien jaar, lank en lomp en nog 'n bietjie onseker oor wat hy al die tyd met sy hande en voete moet aanvang. Hy het ook 'n aantreklike grinnik, sy handdruk is ferm en sterk, en hy kan sekerlik 'n motor bestuur!

Die voordeur van die Rouxs se huis staan oop en die lig skyn warm en vriendelik na buite. Mev. Roux kom haar haastig tegemoet en sy neem die jong meisie se hand in albei hare, terwyl sy ondersoekend in haar gesig kyk.

"Jy lyk of jy nog op die skoolbanke moet sit," sê sy glimlaggend.

"Hoe kan jy dan al 'n dokter wees?"

"Goeienaand, mevrou Roux," groet Karin, en sy weet dat sy baie van die groot, blonde vrou sal hou. "Dis maar net die sagte lig wat so vleiend is."

"Moenie glo nie! Geen lig kan my ou gesig meer vlei nie. Maar kom sit. Ek verwag Isak darem nou enige oomblik!"

"Is hulle baie besig?"

"Hulle is maar altyd besig, maar die afgelope week het dit besonder druk gegaan. Ek het gehoop dat Hugo ook vanaand saam met ons sou kon eet, maar hy moes weer uit in die distrik en sal seker laat eers terug wees. Dis ook feitlik 'n saak van onmoontlikheid om twee werkende dokters tegelyk aan dieselfde etenstafel te kry! Glo my, ons het al baie probeer!"

"Ek weet," glimlag Karin. "My vader is ook 'n geneesheer!"

"So?" sê mev. Roux belangstellend. "Nou begryp ek; maar ek sal sowaar nooit 'n dogter van my toelaat om die medisyne as beroep te kies nie."

Sy sê dit op so 'n manier dat Karin geen aanstoot kan neem nie. Maar sy het ook nie lus om 'n debat oor die onderwerp te voer nie en vra dus belangstellend:

"Is die man wat u Hugo noem die ander vennoot? Sy van het my vir die oomblik ontgaan."

"Ja, Hugo Slabbert. Ek wou graag gehad het jy moet hom ook vanaand ontmoet, maar hy het darem beloof om hier aan te kom as hy betyds terugkom. Sit, Karin – jy gee mos nie om dat ek jou Karin noem nie, nè? – en maak jou tuis. Ek wil net gou by die kombuis inloer. Ek het 'n nuwe huishulp en sy het nog nie die kuns geleer om kos warm en smaaklik te hou as ete die aand 'n bietjie later as gewoonlik is nie."

Terwyl sy alleen in die sitkamer is, kyk Karin met belangstelling om haar rond. Dit is seker 'n betreklik nuwe huis, besluit sy, want die vensters en beligting van die kamer is baie modern. Terselfdertyd gee die breë vensterbanke en kosyne en hoë plafon die indruk van stewigheid en ouderdom, en sy dink dat sy lanklaas so 'n aantreklike kamer gesien het. Die stinkhoutmeubels is pragtig, die kamer is vol herfsblomme, die groen tapyt wat van muur tot muur strek, gee 'n indruk van rustigheid. Die hele kamer getuig van goeie smaak van 'n ontwikkelde, kunssinnige vrou.

"Ek het u kamer gesit en bewonder terwyl u weg was," sê Karin toe haar gasvrou terugkom.

"Dis 'n ou huis wat ons laat verbreek het. Die meeste mure het bly staan – maar dit was ook omtrent al! Maar kom, terwyl ons vir Isak wag, skink ek solank vir ons elkeen 'n glasie sjerrie."

Karin het net die glasie wyn by haar aangeneem toe hulle buitekant 'n motordeur hoor klap en 'n paar oomblikke later kom Isak Roux die sitkamer binnegestap.

"Mag, maar ek is honger," sê hy met die intrap. "Ek hoop die kos is klaar!"

"Die kos is klaar," antwoord sy vrou kalm en met prysenswaardige selfbeheer. "Karin, dis my man, soos jy seker geraai het. Dr. De Wet, Isak."

Dr. Roux kyk die dametjie 'n oomblik onseker aan, dan stap hy met uitgestrekte hand na haar toe en sê glimlaggend:

"Welkom in ons midde, Dokter. Ek hoop jy is taaier as wat jy lyk."

Sy glimlag.

"Heelwat taaier – die lewe het my al goed gebrei. As ek môreoggend my werksklere aan het, lyk ek ook heeltemal anders."

Isak Roux skink vir homself 'n glasie wyn.

"Ek is bly om dit te hoor. Ons sal jou sommer dadelik in die werk moet steek. Saterdagmiddae het ons gewoonlik nie spreekure nie, maar in die môres gaan dit baie druk. Baie mense uit die distrik kom die naweek dorp toe en maak dan sommer van die geleentheid gebruik om die dokter oor hulle kwale te kom spreek. Dis die werksmense se vry dag, die skoolkinders is tuis . . ."

Sy luister belangstellend.

"Ek begryp. Dis die soort dag waarna 'n mens nie juis uitsien nie."

"Saterdagmiddag is daar darem gewoonlik kans vir tennis of gholf," sê hy laggend. "Dit vergoed weer vir die oggend se gejaagdheid. Ongelukkig – of gelukkig – weet 'n mens nooit vooraf of jy die middag sal vry hê nie." Hy hou sy glasie wyn omhoog. "Ons drink op jou goeie gesondheid, dr. De Wet." Hy neem 'n slukkie wyn en vra: "Speel u tennis of gholf?"

"So 'n bietjie van albei."

"Dan kan jy gerus môremiddag saam met ons tennis kom speel!"

"Dankie, dit sal gaaf wees," sê sy dadelik.

'n Rukkie nog gesels hulle, dan lui die huishulp die klokkie in die eetkamer en sonder versuim stap hulle daarheen. Mev. Roux het 'n heerlike maaltyd vir hulle laat voorberei en Karin, wat dit gedurende die dag te druk gehad het vir 'n behoorlike maaltyd, val smaaklik aan die lekker kos weg.

Terwyl hulle eet, gesels hulle oor die werk.

"Dr. Truter het my gewaarsku omtrent die plaasritte. Is daar baie van hulle?" vra Karin.

"Minstens een en dikwels drie, vier per dag."

Karin se oë rek. Sy het gedink daar is miskien drie, vier plaasbesoeke per week!

"En hoe word die werk ingedeel?" vra sy.

"Ons hou beurte, sover dit prakties moontlik is. Maar dikwels is een van ons besig met 'n bevalling of ander dringende werk en dan moet iemand anders maar jou beurt neem." Hy glimlag. "Die man wat nog sy spore verdien, kry onder die omstandighede maar die meeste plaasritte."

"Ek begryp." Sy glimlag ook effens. "So moet dit ook wees. Ek hoop net ek kan 'n goeie kaart van die distrik in die hande kry, anders sal ek mos nooit my pad kry nie."

Isak Roux gooi sy kop agteroor en hy lag heerlik.

"Ons sal vir jou rofweg 'n kaart kan teken en die belangrikste paaie daarop aandui, maar verder sal jy maar self jou pad moet vind. Almal verdwaal maar gruwelik aan die begin, maar daar is gewoonlik iemand naby om jou weer reg te help."

"Die plaasritte sal iets nuuts wees," sê sy kalm. "Maar ek het hierheen gekom om nuwe ondervinding op te doen."

Die dokter kyk goedkeurend na haar, maar voordat hy kan praat, sê mev. Roux, wat die laaste rukkie byna in stilte na hulle geluister het:

"Besit jy 'n rewolwer, Karin?"

Karin kyk effens onseker na haar. "Ja," erken sy.

"Neem dit altyd met jou saam as jy in die distrik uitgaan."

"Is dit regtig nodig?" Karin kyk fronsend van haar na dr. Roux.

"Ek weet nie," sê Isak Roux. "In al die jare het ek nog nooit 'n rewolwer nodig gehad nie. Maar dit is miskien 'n goeie plan – veral aan die begin."

Hy sê nie reguit "omdat jy 'n vrou is nie", maar sy bedoeling is tog duidelik. Karin trek haar dit egter nie aan nie. Sy verwag geen spesiale toegewings of voorregte omdat sy 'n vrou is nie – inteendeel, sy sal beledig voel as dit haar aangebied word – maar in dié geval sal dit geen skande wees om 'n rewolwer saam met haar te dra totdat sy die wêreld eers 'n bietjie verken het nie.

'n Rukkie ná die aandete moes dr. Roux weer uit om sy pasiënte te besoek, maar mev. Roux het aangehou dat Karin nog 'n bietjie by haar moet kuier.

"Dis nog te vroeg om te gaan slaap," sê sy. "En jy wil tog nie alleen daar in die hotel gaan sit nie. Ek is ook alleen – Kosie het gaan kuier – hou my maar geselskap totdat Isak terugkom."

Karin was heeltemal gewillig om te bly. Die lekker ete, die gesprek oor haar toekomstige werk, het haar haar moegheid laat vergeet en sy voel nou te opgewonde om aan slaap te dink. Sy sal met graagte vir mev. Roux 'n rukkie langer geselskap hou!

Marie Roux het haar breiwerk uitgehaal en hulle het heerlik gesels – of liewers, mev. Roux het gesels terwyl Karin geluister het, met net af en toe 'n vragie om haar weer aan te moedig.

"Ons het 'n baie mooi, moderne, klein hospitaal," sê mev. Roux trots toe Karin haar daarna uitvra. "Ongelukkig is dit reeds weer te klein om in alle behoeftes te voorsien, maar die oorspronklike planne is opgestel met die oog op moontlike uitbreiding en ons hoop om binne die volgende jaar nog met die aanbouery te begin. Daar is 'n kraamafdeling, kinderkamer, 'n goed toegeruste operasiesaal – daarvoor het dr. Truter gesorg. En pasiënte kom van heinde en ver – te veel om met gemak te behartig."

Karin luister gretig, haar oë blink van belangstelling. Dan val iets haar by. Daar is die hele aand nog nie 'n woord omtrent die ander vennoot gerep nie.

"Vertel my iets omtrent dr. Slabbert," sê sy. "U het die hele aand nog nie 'n woord omtrent hom gesê nie."

"Dit was opsetlik," sê mev. Roux glimlaggend. "Ek het gedink jy moet maar jou eie gevolgtrekkings omtrent Hugo maak."

"Vertel asseblief, ek is nou die ene nuuskierigheid."

"Hugo is die jongste van die drie vennote – hy is 'n bietjie langer as vier jaar op Doringlaagte. Hy is so twee-en-dertig jaar oud, ongetroud, en 'n baie bekwame chirurg. Hy en dr. Truter het al die operasies gedoen – Isak is nie 'n chirurg nie. Daarby het hy die reputasie dat hy 'n vrouehater is en die jong dametjies probeer tevergeefs hul strikke vir Hugo span. Sy werk kom by hom die eerste en alles anders is ondergeskik." Met 'n ondeunde glimlaggie eindig sy: "Die res van die prentjie sal jy maar self moet aanvul."

"As hy regtig 'n vrouehater is, verwelkom hy seker nie die teenwoordigheid van 'n vrouedokter hier op Doringlaagte nie," sê sy en haar stem is koeler as wat sy gemeen het.

Net toe klap 'n motordeur buite en haastige voetstappe word op die sementpaadjie gehoor.

"Miskien is dit nou Hugo," sê mev. Roux kalm en gespanne wag Karin om te sien of sy reg is.

4

Daar word liggies aan die deur geklop en sonder om op 'n antwoord te wag, stoot die jongman die voordeur oop en stap die huis binne.

"Mag ek maar binnekom?" vra hy toe hy in die deur van die sitkamer staan en met 'n vreemde gevoel van opwinding herken Karin die man wat sy laat die middag by die garage gesien het.

"Kom binne, Hugo," nooi mev. Roux vriendelik terwyl sy van die rusbank af opstaan. "Ek het begin wonder of jy nog hier sal aankom. Jy is in ieder geval net betyds vir 'n lekker koppie koffie. Maar kom, dat ek jou eers aan dr. De Wet voorstel. Dit is dr. Slabbert, Karin."

"Goeienaand, dr. Slabbert!"

"Goeienaand, dr. De Wet." Hugo Slabbert se stem is bruusk, dog nie onvriendelik nie, maar in die koel, bruin oë is daar geen flikkering van herkenning nie. Sy vingers is koel en sterk, sy blik deurdringend. Net 'n oomblik kyk hy af in haar oë, maar sy voel dat hy in die één oomblik alles – van haar kortgeknipte swart hare en rooi lippies tot haar hoëhak-blinkleerhofskoene – raakgesien het.

"Sit, Hugo," nooi mev. Roux. "Kom jy nou eers van jou besoek terug?"

Hy gaan sit in een van die diep stoele en stoot sy lang bene gemaklik voor hom uit.

"Ek was net gou by die hospitaal aan. Is Isak nog nie tuis nie?"

"Ek verwag hom enige oomblik. Het jy al iets geëet, Hugo, of kan ek vir jou spek en eiers bak?"

"Koffie en beskuit sal gaaf wees, dankie, Marie."

"Gesels julle twee dan 'n bietjie, ek gaan net gou die koffie maak."

'n Rukkie nadat sy uit is, is daar stilte in die kamer. Dan draai Hugo Slabbert weer na Karin en sê beleef: "Ek hoop u het 'n voorspoedige reis gehad?"

"Baie voorspoedig, dankie. Dit was 'n lieflike dag om te ry."

Weer kom daar 'n stilte wat sy vasbeslote is om nie te verbreek nie. Intussen wonder sy of hy haar regtig nie herken het nie en of hy maar net uit pure moedswilligheid so voorgee. Die stilte het net gedreig om ongemaklik te word toe hy skielik opstaan en reguit na 'n groot vaas krisante stap wat daar naby op 'n lae tafeltjie staan. Liggies, byna liefkosend raak hy die blomme aan en buk vorentoe om die spesiale geur van die krisante diep in te adem.

"Is Marie se krisante nie pragtig nie?" sê hy.

"Hulle is pragtig," erken sy.

"Het dr. Roux darem vanaand kans gehad om u 'n bietjie in te lig omtrent die werk?" vra hy onverwags.

"Ja, dankie, dr. Slabbert. Die res sal ek seker maar algaande moet leer."

'n Oomblik kyk hy haar nuuskierig aan, dan vra hy kortaf:

"Wat was die eintlike beweegrede, dr. De Wet, wat u na Doringlaagte laat kom het?"

Sy staar hom koel aan.

"Is dit bloot 'n retoriese vraag, Dokter?"

"Geensins nie. Ek wil baie graag die antwoord hoor."

"Glo u dat 'n vrou ook eerlik in die medisyne kan belang stel, dat sy voel dat sy ook graag iets tot die verligting van die mensdom se pyn en ellende wil doen?"

"Ek glo dit wel."

"Glo u dat 'n vrou wat dieselfde opleiding as 'n man ontvang het, die reg het om skouer aan skouer saam met hom te werk?"

"Sy mag die reg daartoe hê, maar sy sal dit in die meeste gevalle nie kan doen nie!"

"Waarom nie?"

"Omdat sy 'n vrou is!"

"Dit is tog geen argument nie."

"Dit is 'n feit wat nie weggeredeneer kan word nie. Maar sê my: het u nie van die werk in die hospitaal gehou nie?"

Karin voel sy begin warm word maar sy laat dit nie blyk nie en haar stem is nog ewe kalm en onversteur:

"Ek het baie daarvan gehou, veral aan die begin, maar tog was ek nie heeltemal gelukkig nie. Die werk was te eng – daar was te veel roetinewerk. Ek het nooit die pasiënte as mense geleer ken nie – daar was nooit tyd en geleentheid voor nie. Ek was vier maande lank in die kinderafdeling werksaam maar dit was die langste wat ek ooit in een besondere afdeling was."

"Dis goeie ondervinding, en uitstekende dissipline vir die onervare jong geneeskundige!"

"Dit was goeie ondervinding, ja, en ek erken, 'n noodsaaklike deel van 'n geneeskundige se opleiding. Maar die werk het my later nie meer heeltemal bevredig nie. Miskien sal ek weer eendag daarna teruggaan, maar dan sal dit wees omdat ek self oortuig is dat ek daar die doeltreffendste werk kan lewer."

"Is u in enige besondere rigting geïnteresseerd?"

"Dit is juis die moeilikheid – ek is in alles geïnteresseerd: verloskunde, kindersiektes, chirurgie." Sy kyk na hom waar hy met sy skouers teen die kaggel aangeleun staan en sy wonder of sy hom iets van haar innerlike en opregte oortuigings laat begryp het. Sy oë is stip op haar gevestig maar sy gesig is koel en onpersoonlik soos dit aan die begin van die aand was en sy weet sy het hom nie geraak nie. Half-vererg, half-onverskillig haal sy haar skouers op en sê:

"Dit spyt my – ek het nie bedoel om 'n toespraak af te steek nie."

"Dit was my skuld – ek het die argument aan die gang gesit!"

Effens verbaas kyk sy na hom en sy merk dat hy glimlag. Maar sy glimlag nie terug nie. Sy is vir haarself vies omdat sy weer onnodig opgewonde geraak het – argumente met die Adamsgeslag sal haar nooit êrens bring nie. Alleen feite sal hulle oortuig. En veral 'n man soos Hugo Slabbert wat reeds bevooroordeel is teen die hele vroulike geslag – en sy glo dat daar meer as net 'n greintjie waarheid steek in die beskuldigings wat teen hom ingebring word – veral 'n man soos hy sal nog meer skepties staan teenoor die vrou wat dink dat sy 'n dokter sowel as 'n vrou kan wees.

Dr. Roux was so gaaf en vriendelik teenoor haar, hy het haar laat voel dat hulle haar hier nodig het, dat sy op gelyke voet saam met hulle kom werk, en Hugo se houding het haar vir die oomblik uit die veld geslaan. Hy is nie openlik vyandig nie – hy skat sy vyand nie só hoog nie – maar op subtiele wyse laat hy haar voel dat sy 'n indringer is en dat hy nie veel vertroue het in haar bekwaamheid en geskiktheid om die werk hier op Doringlaagte te doen nie.

Maar sy sal hom wys! Sy sal hom wys dat sy vir niemand terugstaan wat werk en uithouvermoë betref nie.

Hy het weer op en af in die kamer begin stap en sy wonder of hy altyd so rusteloos is. Telkemale lei sy voete hom tot vlak by die vaas met krisante wat hy dan 'n paar oomblikke in stilte aanskou, en 'n lang ruk bly hy voor 'n skildery van Maggie Laubser staan. Dit is seker ook die helder, warm kleure van die skildery wat hom trek, dink Karin. Hy stel heelwat meer belang in die blomme en die skildery as in die nuwe dokter! Sy is in die eerste paar oomblikke geweeg – en blykbaar te lig gevind!

Sy is bly toe mev. Roux met die koffie en beskuit binnekom.

"Wat dwaal jy weer rond soos 'n broeishen wat nes soek, Hugo?" vra mev. Roux toe sy die koffie op die tafel neersit. "Is daar nog moeilikheid?"

Hy antwoord nie op haar vraag nie.

"Ek het net jou krisante bewonder," sê hy terwyl hy naderstap. Marie Roux kyk na hom asof sy hom nie glo nie, maar sy maak geen verdere aanmerking nie. Haar agterdog dat die lang werksdag, wat die twee dokters betref, nog nie tot 'n einde gekom het nie, was egter nie ongegrond nie.

Sy was net besig om koffie in te skink toe haar man ook daar aankom.

"Wel, Hugo," groet hy ewe joviaal. "Van môre af sal dit darem seker beter gaan! Was die rit na Leeufontein werklik so dringend noodsaaklik as wat die boodskap voorgegee het?"

"Dié keer was dit werklik dringend. Swart koffie vir my, asseblief, Marie, met twee lepeltjies suiker." Hugo neem die koffie by haar en vervolg: "Ek het die pasiënt saam met my ingebring. Ek sal vanaand – of vannag – nog moet opereer."

'n Oomblik is daar stilte in die kamer, terwyl mev. Roux hom effens verslae aankyk. Karin voel 'n skielike prikkeling van opwinding. Dit was dan die gedagte aan die operasie wat voorlê wat Hugo Slabbert so rusteloos in die kamer laat rondstap het. Sy wonder of sy toegelaat sal word om die operasie by te woon en miskien nog te help.

"Wat makeer?" vra dr. Roux fronsend.

"Die bywoner se vrou. Derde baba. Agt maande swanger. *Placenta previa*. Sy het een ernstige bloeding gehad en ek is 'n tweede te wagte. Ek was bang dat dit op pad al sou gebeur. Daar is nog 'n kans om sowel die moeder as die kind te red, maar ons sal dadelik moet opereer."

"Keisersnee?"

Hugo knik.

"Ek wil graag hê dat jy die narkose moet gee. Die vrou se toestand is kritiek en ek kan nie bekostig om enigiets te waag nie."

"Natuurlik!" antwoord dr. Roux dadelik. "Hoe laat?"

"So gou moontlik – Suster is reeds besig om alles in gereedheid te bring."

Die twee mans het die oomblik van Karin en mev. Roux se teenwoordigheid in die kamer vergeet, terwyl hulle druk die geval bespreek. Gretig luister Karin na alles wat hulle sê, maar sy self waag dit nie om 'n woord te sê nie. *Placenta previa* – die ontydige losgaan van die nageboorte en die ernstige bloedstorting wat daarmee gepaard gaan – is een van die komplikasies van swangerskap wat selfs 'n ervare geneesheer die skrik op die lyf kan jaag en daar moet daadwerklik en sonder versuim gehandel word.

Toe die mans 'n paar minute later van die tafel af opstaan, draai Isak Roux na Karin en sê:

"Is jy gereed om te gaan, Dokter? Ek sal jou sommer op pad na die hospitaal by die hotel aflaai."

"Ek sou veel liewer saam hospitaal toe wou gaan," sê sy dadelik.

"Maar natuurlik! Weet jy, Hugo, ek het vir die oomblik vergeet ons het 'n nuwe vennoot."

"Ek het gedink dr. De Wet is moeg ná die lang reis, anders sou ek dit self voorgestel het. Kom gerus." Hy glimlag effens. "Dit sal 'n goeie inlywing wees. Ek ry dan maar dadelik – dis miskien nodig om die pasiënt eers 'n bloedoortapping te gee."

"Ons volg onmiddellik op jou hakke."

Hugo bedank sy gasvrou vir die koffie en beskuit en met 'n kortaf "tot siens" vertrek hy sonder verdere versuim. 'n Paar minute later ry Isak Roux se motor ook deur die hospitaalhekke en hou voor die verligte ingang stil.

Karin is jammer dat sy nie die geleentheid gehad het om 'n ander rok aan te trek en van haar hoëhakskoene ontslae te raak nie, maar vanaand was dit 'n geval van bly by die huis of kom soos jy is.

Sy het nie veel geleentheid om op die buitekant van die gebou te let nie, maar met belangstelling kyk sy om haar rond terwyl sy saam met dr. Roux na die hysbak stap. Hier onder in die gebou is dit stil: maar op die eerste verdieping waar die operasiesaal is, is daar oral tekens van bedrywigheid en op dr. Roux se uitnodiging stap sy saam met hom die operasiesaal binne. Dr. Slabbert is reeds besig om sy hande en arms te reinig en alles is blykbaar reeds in gereedheid vir die operasie gebring.

"Skrop ook maar asseblief, dr. De Wet," sê Hugo Slabbert tot haar verbasing. "Miskien kry ons jou hulp ook nodig."

Sy gehoorsaam dadelik. Dr. Slabbert gee nog 'n paar bevele in verband met die pasiënt en 'n jong verpleegstertjie met 'n sproetgesiggie en effens rooierige hare bring vir haar en dr. Roux elk 'n oorjas en masker. Sy kyk nuuskierig na Karin en Karin glimlag vriendelik.

"Dit is Kitty, dr. De Wet," stel Isak Roux hulle bekend. "Sy het omgedop die eerste keer toe sy in die teater moes help en ons het haar later sommer aan haar voete uitgesleep en in die gang laat lê."

"Haai, Dokter," protesteer Kitty. "Ek het die dag net effens *aardig* gevoel, en toe jaag dr. Slabbert my uit die teater uit."

"Ek weet," sê hy goedig. "Ek moes julle darem ordentlik bekendstel. Die een wat daar met die instrumente werskaf, is suster Voster – een van ons steunpilare totdat sy ook met muisneste begin lol het."

Die jong meisie kyk op en sy glimlag vlugtig, dan gaan sy weer aan met haar werk. Sy is ouer as Kitty, seker by die dertig, dink Karin. Sy het 'n stil, byna kleurlose gesig, met mooi donker oë en 'n sagte, sensitiewe mond.

Dr. Slabbert spoel sy hande in die ontsmettingstof af en wag met druppende hande vir Suster om hom te help om sy gomlastiekhandskoene aan te trek. Fronsend gaan sy blik deur die kamer asof hy seker wil maak dat alles in gereedheid is en haastig kom Suster met sy handskoene aangestap.

Presies om elfuur word die pasiënt deur die inwonende jong dokter binnegestoot en dadelik is dr. Roux byderhand. Die vrou is doodsbleek, haar asemhaling is gejaagd en dis duidelik dat sy baie uitgeput is. Onrustig soek haar oë in die kamer rond, totdat dr. Slabbert na haar toe stap en gerusstellend oor haar buk.

"Dokter . . . my kindertjies . . . ek is so bang . . ." fluister sy deur bloedlose lippe en hy sien die angs in haar oë, hy hoor die smeking in haar stem.

"Alles sal regkom, Mevrou," sê hy en sy stem is diep en warm en vertroostend. "Nou sal dit nie meer lank wees nie."

Haar lippe bewe en skielik sluit sy haar oë en draai haar kop weg. Hy knik vir dr. Roux om met die narkose te begin en intussen gesels hy gerusstellend met die pasiënt.

Dit duur nie lank vir die vrou om aan die slaap te raak nie. Versigtig word sy op die operasietafel getel en dr. Roux as narkotiseur neem posisie by haar kop in. Sy hand is op haar pols, sy oë is stip op die pasiënt gerig, daar is 'n bekommerde fronsie tussen sy winkbroue.

Dr. Slabbert staan nader en onmiddellik is elkeen op sy plek.

'n Kort bevel, 'n uitgestrekte hand waarop die eerste blink

instrument geplaas word en die drama om lewe en dood, wat hom so dikwels al in hierdie klein teater afgespeel het, het weer eens begin.

Met gespanne aandag volg Karin die operasie. Dit gaan vinnig, vlot, daar is geen aarseling of versuim nie. Af en toe kom daar 'n kort bevel van die gemaskerde chirurg en iedere keer word presies die regte instrument in die uitgestrekte hand geplaas.

'n Skielike waarskuwing van die narkotiseur en beangs gaan almal se oë na die pasiënt.

"Dr. De Wet, staan dr. Roux by," kom die kortaf bevel van Hugo Slabbert, en onmiddellik is Karin by. Sy help dr. Roux om die pasiënt 'n inspuiting te gee, maar daar is geen reaksie nie. Sy kan glad geen polsslag voel nie.

"Suurstof?" vra sy en Isak knik.

Die onbekende jong dokter is ook by om te help en die rooikop-verpleegstertjie moet 'n rukkie net lelik bontstaan.

Na nog 'n paar angsvolle minute voel Karin weer die flou, onsekere gefladder van die pols onder haar vingers en sy slaak 'n suggie van verligting. Maar sy weet die gevaar is nog geensins verby nie.

Onverpoos gaan die werk voort en dis vir Karin asof hulle al ure lank in die wit hospitaalkamer besig is. Die pasiënt se polsslag is darem weer effens sterker en gereelder en Karin voel sy kan meer vrylik asemhaal.

Dan hou dr. Slabbert die slap liggaampie van die kindjie in sy hande en hy kyk vlugtig in die kamer rond.

Sy blik val op Karin en 'n oomblik aarsel hy voor hy sê:

"Dr. De Wet – kyk solank wat jy kan doen. Vra Viljoen om jou te help."

Sy neem die kind uit sy hande en dadelik buk hy weer oor die tafel. Vinnig, kortaf kom die bevele en met versnelde pas gaan die werk voort.

Karin draai die kindjie in 'n verwarmde kombersie toe en gevolg deur die jong dr. Viljoen, wat ook belangstellend staan en aankyk, gaan hulle in die klein kamertjie langsaan.

Byna 'n kwartier lank spook hulle tevergeefs om lewe in die slap liggaampie te bring en 'n gevoel van moedeloosheid begin Karin oormeester. Die heel eerste taak wat haar opgelê is — gaan sy daarin misluk?

As suurstof nie wil help nie, wat dan?

"Sy kleur is 'n bietjie beter," sê dr. Viljoen skielik. Sy het self gemerk dat die kind nie meer so blou is nie.

"Dankie, Dokter," hoor sy 'n koel stem langs haar sê. "Ek sal nou oorneem."

Sy staan opsy en dr. Slabbert neem haar plek in. Enkele minute later kom die geluid waarop sy so hoopvol en so tevergeefs gewag het: die eerste, sagte geskree van die pasgebore seuntjie.

Met blink, gelukkige oë kyk sy na die jong doktertjie wat haar gehelp het en hy glimlag. Hulle het hulle werk goed gedoen. Dit het slegs die paar minute langer gekos om die slap liggaampie in 'n lewende wesentjie te verander en uit die diepte van haar hart styg 'n dankgebedjie op tot die Vader wat weer eens die wonder laat geskied het.

'n Rukkie later is hulle almal saam in die stafkamer besig om koffie te drink — almal behalwe die rooikop-verpleegstertjie wat by die pasiënt sit. Die vrou se toestand is nog krities en dit sal seker nog 'n paar dae so bly, maar tensy daar nuwe komplikasies bykom, is daar goeie hoop op herstel.

Karin was bly toe dr. Roux voorstel dat hulle gaan slaap. Sy het 'n lang dag agter die rug, en sy wil graag uitgerus wees as sy môre haar nuwe werk begin. En dan glimlag sy vir haar eie gedagtes: die werk het reeds begin. Môre se werk sal maar net 'n voortsetting van die nag se werk wees. Sy staan reeds in die tuig.

"Goeienag, dr. De Wet," sê dr. Slabbert toe sy groet om huis toe te gaan. Hy lyk moeg, dink Karin, maar die bruin oë is nog net so koel en onpersoonlik soos altyd.

"Ek is bly ek kon by wees," sê sy.

'n Vlugtige glimlaggie verjaag die erns en vermoeienis van sy gesig.

"Onder die omstandighede was dit 'n goeie ding dat jy saamgekom het. Dankie vir die hulp."

Dit was al: dankie vir die hulp. Tog was daar 'n warm gevoel om haar hart en sy was meteens glad nie meer so moeg nie.

Sy en dr. Roux stap saam weg en toe hulle by die trap kom, val dit dr. Roux by dat hy iets vergeet het.

"Stap maar solank af," sê hy. "Ek kom dadelik."

Stadig, half ingedagte stap Karin die trap af. Eers toe sy in die groot ingangsportaal kom, merk sy die man en die twee dogtertjies wat in die een hoek op 'n bank sit. Die jongste dogtertjie, 'n kindjie van omtrent twee jaar, is vas aan die slaap in sy arms, die ander enetjie, 'n jaar of twee ouer, sit styf teen hom aangedruk, terwyl sy met groot, onrustige oë om haar staar. Die groepie lyk so eensaam en verlate dat Karin met 'n innige jammerte vir hulle gevul is. Sou dit die vrou se man en kinders wees?

Sy stap vinnig na hulle toe en haar stem is sag en gerusstellend:

"Goeienaand, Meneer. Wag u op iemand?"

Hy sluk voordat hy praat: "My vrou . . . Dr. Slabbert sou 'n noodoperasie op haar doen. Weet u – weet u of die operasie al verby is?"

"Die operasie is verby en u vrou slaap nou nog onder die narkose. Haar toestand is so goed soos dit onder omstandighede kan wees."

"En die kind?"

"Die seuntjie leef en lê nou vas aan die slaap in sy mammie se kamer."

Die man se gesig vertrek 'n oomblik, dan beheer hy homself.

"Dis wonderlike nuus," sê hy en probeer glimlag.

"Weet dr. Slabbert dat u hier is?" vra Karin fronsend, maar die man skud sy kop.

"Ek kon dit nie alleen daar op die plaas verduur nie, en ek het besluit om agterna te kom. Ek het die klokkie gelui," vervolg hy effens verskonend, "maar niemand het geantwoord nie, ek het gedink hulle is besig, ek sal maar hier kan wag totdat alles verby is. U sê – u sê dit gaan goed met my vrou."

"Nog nie goed nie. Dit was 'n moeilike operasie en sy is baie swak. Maar kom saam met my dan neem ek u na dr. Slabbert."

Die man sê egter dat hy liewers môre-oggend sal terugkom. Nou dat hy weet dat alles goed afgeloop het, sal hy liewers die dogtertjies in die bed gaan sit.

Eindelik is Karin weer terug in haar hotelkamer. Sy trek gou uit en maak die lig dood. Die gedagtes maal in haar kop, maar sy is te moeg om die menigvuldige gewaarwordings van die dag verder te ontleed. Sy slaap.

5

Karin is die volgende oggend saam met dr. Roux na die hospitaal om met Matrone en die res van die personeel kennis te maak. Daarna sou hy haar na die spreekkamers neem. Sy dra 'n mooi donkerblou linnepak met 'n spierwit bloesie, en lyk koel en op haar gemak. Haar hart klop darem 'n bietjie vinniger as gewoonlik, en sy wens die eerste dag by die spreekkamers is reeds agter die rug.

Die hospitaal is klein – klein in vergelyking met die groot stadshospitale – maar stewig en goed gebou en, soos sy reeds ondervind het, doeltreffend toegerus.

"Die hospitaal is eintlik dr. Truter se baba," sê dr. Roux glimlaggend terwyl hulle naderstap. "Hy het jare lank die noodsaaklikheid van 'n moderne, goedtoegeruste hospitaal in die gebied bepleit en eindelik ná veel moeite en ergernis die ideaal verwesenlik gesien. Die feit dat ons oor die dienste van twee sulke bekwame snydokters soos Hugo Slabbert en Herman Truter beskik, het seker ook heelwat daarmee te doen dat ons oorstroom word deur pasiënte."

Daar is in sy stem geen sweem van bitterheid of jaloesie nie en Karin voel 'n warme bewondering vir die man wat met sulke opregte waardering en lof van sy twee kollegas se bekwaamheid kan praat.

"Hoe lank is dr. Truter al op Doringlaagte?" vra sy.

"Byna dertig jaar." Hy glimlag vir haar verbasing. "Ja, daar was 'n tyd toe Herman Truter die enigste geneesheer op Doringlaagte was. Vandag is ons vyf – en daar is werk vir minstens nog twee dokters. En as die nuwe deel van die hospitaal klaar is – hulle hoop om binne die volgende paar maande met die bouery te begin – sal ons verplig wees om nog hulp by te kry."

Hulle stap die treetjies op en die reeds bekende voorportaal binne.

"Hoe gaan dit met ons pasiënte van vannag?" vra sy.

"Die vrou se toestand is nog kritiek. Met die seuntjie gaan dit, volgens die matrone, uitstekend. Ek het hulle nog nie self weer gesien nie. Nou kom, hier is die matrone se kamer. Ek dink dit is beter om op die gewone, ortodokse manier met haar kennis te maak – en nie te wag totdat daar eers weer 'n noodoperasie is nie."

Karin glimlag effens maar sy antwoord nie en saam stap hulle die matrone se kamer binne.

Ralie Vermeulen sit agter haar lessenaar en skryf, maar sy staan dadelik op toe sy sien wie haar besoekers is en kom glimlaggend nader. Dr. Roux stel die twee dames aan mekaar bekend en nuuskierig kyk die matrone na die aantreklike jong meisie wat voor haar staan, terwyl sy dink dat haar ergste vrese verwesenlik is. Die nuus dat dr. Truter se plaasvervanger 'n jong, ongetroude vrou is, het haar van die begin af nie aangestaan nie.

Sy groet die meisie vriendelik maar Karin voel dadelik dat die vriendelikheid nie spontaan is nie en die donker oë wat haar so noukeurig beskou, laat haar effens ongemaklik voel. Sy voel verlig toe die matrone van haar af wegdraai om met dr. Roux te gesels.

"En wat dink jy van ons petaljes van vannag, Matrone?" vra dr. Roux haar.

"Ek is jammer ek was nie byderhand om te help nie," sê sy dadelik.

"Suster Voster het na jou gesoek maar jy was nêrens te vinde nie."

"Ek was saam met vriende bioskoop toe en het die nag by hulle geslaap. Dit doen 'n mens goed om soms 'n bietjie weg van die hospitaal af te kom."

"Natuurlik," sê dr. Roux hartlik. "Dis absoluut noodsaaklik en suster Voster staan gewoonlik haar plek vol. Ons nuwe assistente is ook ingespan en alles het vlot verloop. Maar kom, dr. De Wet, dis Saterdag en ons durf nie ons tyd verspeel nie." Aan die matrone sê hy: "Stap jy saam,

Matrone? Ek wil graag vir dr. De Wet gou deur die hospitaal neem."

Matrone stap saam met hulle van kamer na kamer en dis sy wat eintlik die geselsery doen. Sy neem hulle eers na die kinderkamer: 'n groot, sonnige kamer met vier gewone beddens en twee bababedjies. In elke bedjie, behalwe die een bababedjie, is 'n jong pasiëntjie. Karin wil graag na elkeen se geskiedenis uitvra, maar sy waag dit liewers nie vandag nie.

In die kraamafdeling, gerieflik afgesonder in die een vleuel van die gebou, is die beddens ook byna almal beset. Hier heers 'n gelukkige, opgewekte atmosfeer.

Alleen in 'n kamer vind hulle die pasiënt van die vorige nag. Haar man sit voor haar bed, effens vooroor gebuig, sy blik stip op die bleek, vervalle gesig van sy vrou gerig. Dis of hy met sy eie groot krag die dreigende ramp van die swak vrou wil afweer.

Stil, met die gevoel dat sy 'n indringer is, draai Karin om en stap saggies uit om na 'n paar oomblikke deur die matrone en dr. Roux gevolg te word.

Hulle stap verder en Karin se eerste indrukke van 'n doeltreffende hospitaalroetine en goedgedissiplineerde staf word net versterk. Die rooikop-verpleegstertjie is weer aan diens en die sproete is vanoggend meer opvallend teen die bleekheid van haar gesig. Sy groet beleef, met 'n spesiale glimlaggie vir Karin.

"Alweer aan diens, Kitty?" vra dr. Roux en sy knik.

"Ek het darem die middag af, Dokter, dan kan ek gaan slaap," antwoord sy ewe opgewek.

Karin en dr. Roux was net besig om vir die matrone tot siens te sê, toe dr. Slabbert ook daar aankom. Hy het 'n ligte grys pak aan en Karin kry die indruk dat hy pas onder 'n koue stortbad uitgekom het. Van gisteraand se vermoeienis is daar vanoggend geen teken te bespeur nie.

Hy stap reguit na hulle toe.

"Goeiemôre, Matrone. Goeiemôre," groet hy saaklik. 'n Sekonde lank rus die koel, bruin oë op Karin asof hy wil vasstel watter effek die nag se wedervaringe op haar gehad het, dan draai hy na dr. Roux: "Ek is bly ek het jou nog hier gekry, Isak. Daar is 'n sakie wat ek met jou wil bespreek voordat ons spreekkamers toe gaan. As die dames ons sal verskoon – dit sal net 'n paar oomblikke in beslag neem."

"Ek sal in die motor gaan wag," bied Karin aan. "Dan kan Matrone ook met haar werk aangaan."

Karin stap na buite en die matrone gaan terug na haar kamer terwyl die twee mans sommer daar in die voorportaal hulle gesprek voortsit. Maar Matrone se gedagtes is nie nou by haar werk nie. Die beeld van 'n meisie met swart, glansende hare en oë blou soos koringblomme bly voor haar oë en sy voel vreemd onthuts en ontsteld. Die hospitaal is haar heiligdom, hier is sy alleen baas, en sy is jaloers op enigiets of enigiemand wat inbreuk kan doen op die gevestigde roetine en die hoë doeltreffendheid wat haar bestuur van die hospitaal kenmerk. En sy het 'n gevoel dat die jong dokter se koms na Doringlaagte op subtiele wyse dalk 'n hele paar lewens kan aanraak, selfs ook die gladde, aangename roetine van háár dae kan versteur.

Van die eerste dag dat sy vir Hugo Slabbert ontmoet het, het haar bewondering vir hom steeds toegeneem. Hy was nie alleen 'n bekwame geneesheer nie, hy het dieselfde hoedanighede van noulettendheid, presiesheid en ordelikheid as sy besit en hulle het baie goed oor die weg gekom. Die verpleegsters het almal geweet dat sy vir dr. Slabbert toegewings sou maak wat sy nie geneë sou wees om vir enigiemand anders te maak nie en hulle het lankal hulle eie gevolgtrekkings gemaak.

Hulle verhouding was bloot vriendskaplik, maar solank sy hom daagliks by die hospitaal gesien het, saam met hom kon werk en die gerusstelling gehad het dat hy in geen ander vrou belang stel nie, was sy tevrede om sake daar te laat. Maar met die koms van Karin de Wet het 'n nuwe onrus en ongeduld in haar ontwaak en sy erken dat sy diep in haar hart nog al die tyd gehoop het dat die dag sou aanbreek dat Hugo Slabbert meer as net vriendskap van haar sou verlang.

Toe Hugo Slabbert 'n paar minute later haar kantoor binnekom, is daar egter geen teken van ontsteltenis by haar te bespeur nie. Heeltemal kalm kyk sy van haar werk af op en lê haar pen op die lessenaar neer, dadelik gereed om sake met hom te bespreek.

Hugo is vanoggend haastig en ná 'n kort bespreking oor 'n pasiënt wat die middag van 'n naburige dorp vir behandeling en 'n moontlike operasie sou inkom, staan die matrone op om saam met hom die ronde deur die hospitaal te doen.

"En ek was toe vannag met al die opgewondenheid afwesig," sê sy glimlaggend toe hulle die trappe opstap.

"Alles het gelukkig goed afgeloop."

"Hoe het dit dan gekom dat dr. De Wet ook by was? Sy het tog seker laat gistermiddag eers hier aangeland."

Haar stem is kalm en gelyk, met net genoeg belangstelling om natuurlik te klink, en gee geen aanduiding van die nuuskierigheid wat haar verteer vandat sy vanoggend aan diens gekom het en van die nag se gebeure verwittig is nie.

"Ek het dr. Roux gaan vra om narkose toe te dien en sy was toevallig ook daar. Sy wou net kom kyk maar was later verplig om hand by te sit." Sy koel, onpersoonlike stem verraai niks van sy gevoelens nie.

"Sy lyk baie jonk," gaan die matrone kalm voort, maar dr. Slabbert antwoord nie en die matrone ag dit gerade om ook stil te bly.

Dr. Slabbert se eerste besoek is aan die vrou wat hom die vorige nag van soveel broodnodige slaap berowe het en die oomblik toe hy haar kamer binnekom, merk hy dat alles nie pluis is nie. Die jong verpleegstertjie staan oor die pasiënt gebuk, haar vingers op die vrou se pols, duidelike ontsteltenis op haar gesig te lees, en verlig kyk sy op toe die dokter en die matrone die kamer binnekom.

"Ek wou Matrone net gaan roep," sê sy benoud. "Ek . . . ek was net 'n minuut uit die kamer . . ."

Met een tree is Hugo Slabbert langs die vrou se bed.

Sy lê met geslote oë, haar gesig so wit soos die kussing waarteen sy rus, haar lippe blou, en besorg buk dr. Slabbert oor haar. Die polsslag is uiters flou en onreëlmatig en hy skud net sy kop vir die angstige vraag wat hy in die oë van die man aan die oorkant van die bed lees.

"Nie so goed nie," sê hy onderlangs aan die matrone. "Ek wil dadelik 'n bloedoortapping gee."

Stom en verslae bly die man daar langs sy vrou se bed sit totdat dr. Slabbert hom aanraak en vra om saam met hom uit te gaan. Blindelings strompel die man die gang af en dr. Slabbert sit sy hand op sy arm en lei hom na 'n klein wagkamertjie daar naby.

"Wag so 'n bietjie hier," sê hy. "Oor 'n rukkie mag jy weer na haar gaan."

Dis of die man nie eers begryp wat hy sê nie.

"Gaan sy sterwe, Dokter?" vra hy smekend.

"Nee," sê dr. Slabbert beslis. "Sy is baie swak van al die bloedverlies maar ons gaan haar dadelik 'n bloedoortapping gee."

"Dokter," pleit die ongelukkige man, "doen tog jou bes. Dis of ek nou eers besef wat sy al die jare vir my beteken het."

"Ek sal my bes doen." Dr. Slabbert se stem is bruusk, kortaf. Hy is haastig om by die pasiënt terug te kom. "Toe, man, jy durf nie nou moed verloor nie. Onthou, jy moet vir haar part ook sterk wees."

Sonder om te wag om die uitwerking van sy woorde op die man te sien, draai Hugo Slabbert om en stap vinnig weg. In die gang kom hy vir Kitty Erasmus teen en hy keer haar voor.

"Asseblief, net so 'n oomblikkie, Kitty! Vra die telefoniste tog net om spreekkamers toe te bel en te sê dat ek vertraag is."

Dawid du Plooy bly alleen in die wagkamertjie agter. Met onsiende oë staar hy by die venster uit, sy gedagtes by die vrou wat so bleek en uitgeput teen die kussings lê en 'n oorweldigende vrees dreig om hom te oormeester.

Wat sal van hom en die kinders word as Elsie moet sterwe! En meteens buig hy sy kop in stille ootmoed en uit die diepte van sy wese smeek hy die Vader om hom genadig te wees.

Stadig, pynlik stadig, kruip die sekondes en die minute verby en dit het vir hom gevoel asof 'n ewigheid reeds verbygegaan het, toe hy oplaas opkyk en die dokter weer voor hom sien staan.

"Dit gaan beter," sê dr. Slabbert. "Gaan na haar toe maar moenie gesels nie. Sy is nog baie swak."

Dawid du Plooy kyk dankbaar op in die dokter se gesig maar die woorde sit vas in sy keel. Liggies, begrypend rus die dokter se hand 'n oomblik op sy skouer, dan stoot Hugo Slabbert hom saggies maar beslis in die rigting van die deur.

"Gaan nou dadelik," herhaal hy. "Sy wag op jou."

"Dankie, Dokter," sê Dawid du Plooy en die woorde kom uit die diepte van sy dankbare hart.

'n Paar oomblikke bly Hugo Slabbert alleen in die kamertjie staan. Hy is gewoond om trane te sien, om woorde van diepe dank en waardering te hoor. Dit is deel van 'n dokter se alledaagse werk. Maar die eenvoudige bywoner se opregte, tere liefde vir sy vrou het hom vandag opnuut getref, hom opnuut laat besef dat daar in sy lewe 'n leemte is wat sy werk, hoe bevredigend dit ook al mag wees, nie kan vul nie.

Dan draai hy kortom op sy hakke en stap die kamer uit.

In die kamer langs die kombuis kry hy vir Kitty besig om teekoppies reg te sit.

"Sal jy asseblief vir mnr. Du Plooy 'n koppie koffie neem, Kitty?" vra hy.

"Seker, Dokter," antwoord sy dadelik. "Dit was my plan."

"Koffie, nie tee nie," herhaal hy en Kitty bloos skuldig.

"Ek sal dadelik koffie gaan maak, Dokter," belowe sy en hy grinnik effens. Dit gee haar moed om te vra: "Kan ek vir Dokter ook 'n koppie koffie bring?"

"Nee dankie, ek is haastig. Daar wag nog pasiënte by die spreekkamer."

6

Toe Karin en dr. Roux by die spreekkamers aankom, het daar reeds 'n hele aantal pasiënte op hulle gewag.

Vanaf die sonnige stoepie het oom Japie die vreemde, rooi tweesitplek-motor met onrus en agterdog betrag en ongemaklik op die harde bankie rondgeskuif. Hy voel vanmôre kriewelrig en omgekrap. Die bors was vannag baie benoud en gevolglik het hy maar sleg geslaap. Alie se smeergoedjies was ook op en hy was toe maar verplig om weer spreekkamers toe te gaan. En terwyl hy tog hier is, kan hy vanuit 'n veilige hoekie sommer sy nuuskierigheid omtrent die nuwe doktertjie bevredig.

Karin het saam met dr. Roux by 'n sydeur ingestap van waar 'n gang reguit na die spreekkamers van die dokters lei. Elke kamer het op sy beurt 'n deur na die wagkamer, maar die dokters kan vryelik beweeg sonder om self ooit deur die wagkamer te stap.

Dr. Roux maak 'n deur aan die regterkant oop en staan opsy sodat Karin eerste kan binnegaan.

"Dit was dr. Truter se kamer – nou joune," sê hy.

Die kamer is betreklik ruim en lugtig, met 'n groot venster aan die noordekant. Daar is 'n boekrak, half gevul met mediese boeke, 'n groot kiaathoutlessenaar en -stoel en nog twee gemakstoele. In die een hoek van die kamer is 'n afskorting waar pasiënte ondersoek word, daar is 'n wasbak en 'n medisynekabinet. Die blokkieshoutvloere is blinkgevryf, en op die lessenaar staan 'n vaas met vars rose. Hulle was pas in die kamer toe is daar 'n klop aan die deur en die verpleegster kom die kamer binne.

"Dit is Mien, dr. De Wet," stel Isak Roux haar bekend. "Mien is ons regterhand. As jy iets wil weet, moet jy haar maar net vra."

"Dag, dr. De Wet," groet Mien de Lange en met wedersydse belangstelling betrag die twee dames mekaar. Karin sien 'n vrou van omtrent vyf-en-dertig jaar met blonde, effens verbleikte hare en helderblou oë. Sy was seker mooi toe sy jonk was, dink Karin, maar nou is haar gesig te skraal en kleurloos, en sy gee die indruk dat sy nie gesond is nie. Haar glimlag is egter vriendelik en Karin hou dadelik van haar.

Sy is nog jonk, dink Mien de Lange. Jonk en mooi genoeg om sake vir haarself moeilik en ingewikkeld te maak – veral op 'n dorpie soos Doringlaagte waar mooi, interessante, ontwikkelde meisies nie so danig volop is nie. Indien sy senuweeagtig is, steek sy dit goed weg. Mien voel lus om haar 'n aanmoedigende kloppie op die skouer te gee.

"Is Mien ook verantwoordelik vir die mooi rose op my lessenaar?" vra Karin glimlaggend.

Mien knik.

"Hulle is net om 'welkom' te sê en ons hoop Dokter se verblyf hier op Doringlaagte sal gelukkig en aangenaam wees." Voordat Karin kan antwoord, draai sy na dr. Roux en vervolg: "Maar ek het eintlik gekom om vir Dokter 'n boodskap te gee. Mev. Smuts se moeder het gebel en gevra Dokter moet asseblief dadelik daarheen kom. Die bevalling het begin en sy en die verpleegster is albei bekommerd oor die pasiënt se toestand. Dit lyk of sy stuipe wil kry."

"Wanneer het sy gebel?"

"Omtrent twintig minute gelede."

Besorg kyk dr. Roux na Karin.

"Ek sal dadelik moet gaan. Miskien is dit nie so erg nie, dan kom ek gou weer terug. So nie, sal jy en Hugo maar moet klaarkom."

"Natuurlik, dr. Roux!"

Die verpleegster stap saam met dr. Roux die kamer uit en fronsend staar Karin na die vaas met rose sonder om hulle raak te sien. Enkele oomblikke later is Mien de Lange weer terug in die kamer.

"Dit is Lettie Smuts se eerste baba," sê sy effens bekommerd aan Karin. "Ek hoop tog nie iets gebeur nie. Sy wag al so lank vir die baba."

Karin antwoord nie.

Die verpleegster lê 'n lysie name voor haar.

"Hier is drie pasiënte vir u," sê sy. "Twee van hulle is ou pasiënte van dr. Truter. Die derde is 'n jong onderwyseressie wat aan die begin van die jaar na Doringlaagte toe gekom het. Sy het spesifiek vir dr. De Wet gevra."

"Dis bemoedigend," glimlag Karin.

"Daar sal nog meer wees," voorspel die verpleegster. "Hulle moet net eers aan die gedagte gewoond raak."

Karin trek haar baadjie uit, hang dit agter die deur op en trek haar skoon, wit oorjas aan en knoop dit toe. Uiterlik kalm neem sy haar plek agter die lessenaar in. Maar die glinstering in die diepblou oë, die sagte kleur op haar wange, het aan Mien de Beer se kennersoog haar innerlike opgewondenheid verraai.

Karin se eerste eie pasiënt op Doringlaagte was dan die onderwyseressie, Lulu Reyneke. Die diagnose was voor die hand liggend: 'n erg ontsteekte keel en ontsteking van die sinusholtes. Karin het haar 'n voorskrif gegee en haar aangeraai om dadelik bed toe te gaan.

"Ek wou nog vanaand gaan dans het," sê die juffroutjie, maar Karin skud haar kop.

Hulle gesels so 'n bietjie – met drie pasiënte om haar die hele môre besig te hou, is daar geen haas nie – dan groet die juffroutjie en vertrek.

Karin was besig om die kaart in te vul toe die verpleegster weer die kamer binnekom.

"Dr. Slabbert het getelefoneer. Hy is by die hospitaal vertraag en weet nie hoe laat hy by die spreekkamers sal wees nie."

Karin staar haar effens verslae aan.

"En nou?" vra sy. "Wat gebeur nou?"

"Wel, die pasiënte wat liewers hulle eie dokter wil spreek, sal moet wag – of huis toe gaan en 'n ander dag weer kom. Die res sal dr. De Wet moet neem." Sy glimlag bemoedigend. "Sal ek uitvind wat die posisie is?"

"Asseblief!"

Die môre was meteens nie meer so rustig nie en Karin se hart klop benoud in haar keel.

Haar volgende pasiënt het 'n versweerde vinger gehad wat sy verplig was om oop te maak en te behandel en sy was net daarmee klaar toe die suster met 'n lang lys en die persoonlike kaarte van die betrokke pasiënte weer die kamer binnekom.

"Genoeg pasiënte om Dokter tot vanmiddag toe besig te hou as daar nie intussen hulp opdaag nie," sê sy ewe in haar skik.

Effens huiwerig neem Karin die eerste kaart by suster De Lange en lees die paar besonderhede omtrent Maggie Bosman wat daar aangeteken staan.

"Die Bosmans is betreklik nuwelinge op Doringlaagte," vul die suster verder aan. "Haar man is 'n messelaar – hulle is stil, gawe mense. Ek wonder of sy weer verwag . . ."

Karin glimlag.

"Bring maar vir mev. Bosman in, Suster."

"Sê maar Mien, Dokter, anders klink dit tog te vreemd."

Die oggend verloop vinnig en betreklik voorspoedig. Verdiep in die werk, het Karin geleidelik haar senuweeagtigheid verloor en selfs met belangstelling na die volgende pasiënt uitgesien. Mien de Lange se pittige aanmerkings, haar intieme kennis van Doringlaagte se mense en hulle kwale, het haar taak ook beslis vergemaklik.

Mien het vir oom Japie wat vanoggend so half mistroostig in sy hoekie gewag het, al 'n paar keer in die verbystap opgemerk. Die ou oom het heelwat gehoes en omdat hy nie te goed gelyk het nie, het sy later weer na hom gestap.

"Oom Japie, jou dokter is nog nie hier nie."

"Ek weet," antwoord hy half nors.

"Jy sal miskien nog lank moet wag."

"Wat daarvan?" brom hy.

"Kom dat dr. De Wet gou vir oom Japie help. Dis tog net medisyne vir die bors wat Oom wil hê, nie waar nie?"

"Ek het ook 'n vrotsige pyn agter my blad," kla hy. Dis duidelik dat oom Japie vanoggend nie in 'n baie goeie stemming is nie en Mien praat maar mooi:

"Kom, Dokter kan dadelik vir oom Japie help."

Maar oom Japie aarsel nog, onwillig om sy vooroordele so

maklik te laat vaar. Aan die ander kant voel hy nie baie lekker nie en hy wil nie sonder die medisyne huis toe gaan nie; en om hier so sonder geselskap te sit, is ook maar bra vervelend. Die ander is reeds óf gehelp, óf huis toe. Brommend en ontevrede staan hy eindelik op om die verpleegster te volg.

"Net 'n oomblikkie, oom Japie," keer sy. "Daar is nou iemand by Dokter. Daarna is dit Oom se beurt."

Vlugtig bestudeer Karin Jacobus Gerhardus Greyling se kaart. 'n Vrypasiënt . . . drie-en-sewentig jaar oud . . . 'n lang geskiedenis van borsmoeilikheid . . . asma, pleuris . . . later ook hartmoeilikheid . . .

"Werk maar liggies met oom Japie," waarsku Mien. "Hy is een van die ou garde wat nog glo 'n vrou se plek is in die kombuis. Hy kom gewoonlik net medisyne vir homself en sy vrou haal."

Sy staan op toe oom Japie die kamer binnekom en stap nader om hom te groet. Met een oogopslag het sy die effens geboë figuur, die netjiese maar armoedige klere waargeneem.

"Môre," brom die ou oom, glad nie geïmponeer deur die eerste aanblik van die nuwe dokter nie.

"Goeiemôre, mnr. Greyling," groet sy saaklik. "Kom sit maar asseblief."

Met sy kierie tussen sy bene en albei hande styf om die kierie geklem, gaan oom Japie versigtig op die punt van die stoel sit. Die prikkels van sy agterdog en teensin omring hom soos 'n wolk. Voordat hy egter kan praat, oorweldig 'n hoesbui hom en Karin staan op om hom 'n glas water te gee.

"Dis 'n slegte hoes," sê sy.

"Dis niks erger as gewoonlik nie," brom hy. "Ek hoes al jare so."

Karin het oom Japie al die tyd noukeurig dopgehou. Daar is 'n effense kleurtjie op sy wange, die blou oë is flou en waterig en dit lyk vir haar of hy koorsig kan wees. Gepaard met die hoes is dit beslis die voortekens van erger moeilikheid en ondanks Mien se waarskuwing, voel sy onwillig om die ou oom met 'n bottel hoesmedisyne huis toe te stuur, sonder om hom ook deeglik te ondersoek.

"Dit klink vir my soos 'n nuwe hoes," sê sy om tyd te wen. "Meneer Greyling het seker êrens verkoue opgedoen."

"So 'n effense verkouetjie," erken hy ongeduldig. "Ek het gister hout gesaag en die koel windjie het my seker gevang."

"Pyn in die bors?" vra sy.

"Nie erger as gewoonlik nie," skerm hy. "Ek het 'n pyn agter my blad, maar dis seker maar van gister se saagwerk."

"Heel waarskynlik," stem Karin in. "Maar ek dink darem ons moet seker maak."

"Ek wil net medisyne hê," sê oom Japie beslis. "Medisyne vir die bors en smeergoed vir Alie se jig. Suster sal vir jou kan sê watter medisyne dokter Herman altyd voorgeskryf het."

Karin tel haar stetoskoop van die lessenaar af op.

"Ek sal u die medisyne gee, maar ek wil u net gou ondersoek. Trek net u baadjie uit . . ."

Maar oom Japie het reeds regop gestaan, ontsteltenis en diepe verontwaardiging in elke trek van sy gesig te lees.

"Nee, Juffrou, dit doen ek nie!" sê hy en sy blou oë blits vuur. Hy hoor nie die haastige geklop nie, hy is ook nie daarvan bewus dat die deur agter hom oopgegaan het nie. "Ek trek my nie voor 'n vreemde vroumens uit nie en laat my ook nie deur 'n vroumens ondersoek nie. Dis teen my beginsels!"

Hugo Slabbert bly 'n oomblik besluiteloos in die deur staan. Met een oogopslag het hy die toneel voor hom ingeneem en 'n onwillige glimlaggie raak vlugtig sy mondhoeke en verhelder sy gesig. Die onverwagte situasie van 'n verontwaardigde, diep-gekrenkte oom Japie besig om vinnig tru te staan en die half-verleë, half-geamuseerde uitdrukking op die gesig van die jong dokter wat stetoskoop in die hand nog agter die lessenaar staan, was selfs vir sy strenge selfbeheer te veel.

Hy het homself egter onmiddellik bedwing en die deur toegemaak en nadergestap.

"Verskoon my, dr. De Wet," sê hy kalm. "Ek het gedink dat u alleen was." Van oom Japie verneem hy: "Wat makeer, oom Japie?"

"Mnr. Greyling laat hom nie deur 'n vroumens ondersoek

nie," antwoord Karin koel, bewus van die blos op haar wange en diep gekrenk dat Hugo Slabbert die man is wat haar verleentheid moet aanskou.

"Ek wil net medisyne gehad het," sê oom Japie nors. "Wat se ondersoekery is dit?"

Karin neem oom Japie se kaart en sonder 'n woord hou sy dit uit na Hugo Slabbert. Ondersoekend kyk hy 'n paar tellings na haar en daar is nou geen sweem van 'n glimlag op sy gelaat nie. Dan neem hy die kaart en sê vir oom Japie:

"Kom saam met my, Oom!"

Die stem is kortaf, gebiedend, en dadelik volg oom Japie hom.

Karin bly alleen in die kamer agter, vies, verleë en tog terselfdertyd geamuseerd. Dis nie soseer die ou oom se houding wat haar ontstel nie – sy kan nogal die snaaksheid daarvan insien – maar die feit dat Hugo Slabbert juis op daardie oomblik die kamer moes binnekom wat die kroon op haar verleentheid span.

Daar is geen verdere pasiënte vir Karin nie en sy wag om te hoor wat nou van haar verwag word.

Haastig kom Mien 'n rukkie later die kamer binne.

"Jammer, dr. De Wet, maar ek moes dr. Slabbert eers help om 'n pasiënt te verbind."

"Ek wag maar om te verneem wat die program vir die res van die naweek is."

"Vanmiddag is daar geen spreekure nie, maar ek weet nie wie môre aan diens is nie. Die dokter wat aan diens is, neem ook die spreekure in die oggend waar."

"Spreekure op Sondag?" vra Karin verbaas.

"Net omtrent 'n uur – anders is daar die hele dag 'n aanloop by die dokters se huise."

"Ek sien!" sê Karin. 'n Vry Sondaggie is blykbaar iets van die verlede.

"Dan is daar nog 'n plaasrit wat vanmiddag gedoen moet word. Maar dis die beste om met dr. Slabbert self te gesels – ek weet nie watter reëlings hulle getref het nie."

"Sal hy nog lank besig wees?"

"Nee, hy is feitlik klaar. 'n Hele paar van sy pasiënte het

besluit om nie langer te wag nie." Sy kyk na Karin en vra nuuskierig: "En oom Japie? Tot my verbasing tref ek hom toe by dr. Slabbert aan."

Karin glimlag effens verleë:

"Mnr. Greyling het geweier om hom deur 'n vroumens te laat ondersoek!"

Mien lag:

"Die arme ou man het hom seker morsdood geskrik! U moet hom ook nie mnr. Greyling noem nie – almal ken hom maar as oom Japie. Maar ek is jammer – dit was my skuld. Ek moes hom nooit na u toe gebring het nie, maar oom Japie het vir my siekerig gelyk en ek het gedink ons kan hom maar gou weghelp."

Karin knik. Sy het nie lus om selfs met Mien oor oom Japie te gesels nie.

"Baie dankie vir al die hulp vandag – en nogmaals dankie vir die rose," sê sy saggies.

Mien kyk haar 'n oomblikkie reguit aan.

"Ek help u graag waar ek kan, Dokter," sê sy vriendelik. "Tot siens dan tot Maandag. Ek sal dr. Slabbert sê dat u op hom wag."

In Mien het sy 'n bondgenoot, dink Karin toe die suster die kamer uitstap. Mien het vanoggend uit haar pad gegaan om Karin se taak so maklik moontlik te maak en Karin is haar daarom dankbaar. Sy self is ook vreemd aangetrokke tot die vrou met die mooi blou oë en bleek, fynbesnede gesig en sy hoop dat hulle verder gelukkig sal saamwerk.

Sy trek nou haar wit oorjas uit, neem haar handsak en haal kam en lipstiffie daaruit. Sy het net weer haar handsak toegemaak toe dr. Slabbert aan die deur klop en binnekom.

"Suster sê dat u my wou spreek."

Sy stem en houding is koel en saaklik en op dieselfde toon antwoord Karin hom:

"Ek wou net weet wat die reëlings vir die naweek is. Dr. Roux is weggeroep net nadat ons by die spreekkamers gekom het en daar was nie tyd om sake te bespreek nie . . ."

"Sondagoggend se spreekure word om die beurt deur een van ons waargeneem. Dié naweek is ek aan diens. Behalwe vir persoonlike oproepe wat u mag kry, is u die res van die naweek vry."

"Suster sê daar is nog 'n plaasrit wat vandag gedoen moet word. Kan ek dit nie doen nie?"

Hy aarsel, dan sê hy:

"Ek het van dr. Roux verstaan dat julle vanmiddag saam tennis gaan speel."

Karin voel haar wange word warm.

"Ek het in die eerste instansie hierheen gekom om te werk en nie om tennis te speel nie, Dokter," herinner sy hom beleef.

"Ons sien almal uit na Saterdagmiddae," sê Hugo Slabbert droogweg. "Ek het self gehoop om vanmiddag gholf te gaan speel."

Die kleur in Karin se wange word dieper maar sy staan haar man.

"Ek sal graag die rit onderneem," herhaal sy. "As u so goed sal wees om my die besonderhede te gee . . ."

Maar Hugo Slabbert skud sy kop.

"Ek dink tog ek moet liewers self ry," sê hy en sy stem is weer koel en beslis. "Die plasie is baie eensaam en afgesonder. Van Maandag af sal u 'n oorvloed plaasritte hê – rus maar nog vandag."

Karin antwoord nie maar hy merk dat sy teleurgesteld is. Half-ergerlik, half-geamuseerd oor haar koppigheid kyk hy na haar, dan sê hy kortaf:

"Nou goed, ek sal 'n kompromis met u tref. Ek gaan speel gholf, u kan gaan tennis speel as u lus het, en om vyfuur kom laai ek u op dan ry u saam met my uit plaas toe." Karin se hart klop skielik in haar keel en sy weet nie wat om te sê nie. "Dis nie 'n noodgeval nie," vervolg hy, asof hy dink dat dit die rede is waarom sy aarsel. "Die kind is blykbaar al die hele week siek."

Dit sal kinderagtig wees om nou te weier of beswaar te maak en Karin neem die uitnodiging aan.

"Dis dan afgespreek," sê hy. "Ek kry u om vyfuur by die hotel." Waarskuwend vervolg hy: "As u nie om vyfuur gereed is nie, ry ek sonder u. Ek kan nie wag nie."

"Ek sal gereed wees!" sê sy koel.

Hy draai om om weg te stap, dan draai hy weer terug: "Dit spyt my dat u die eerste oggend alleen hier moes regstaan. Ek moes 'n bloedoortapping gee en kon nie die pasiënt dadelik verlaat nie."

"Met Suster se hulp het dit betreklik voorspoedig gegaan," sê sy styf.

"Ek wil ook om verskoning vra vir oom Japie. Ek hoop nie die voorval het u ontstel nie."

"Hoegenaamd nie," sê sy en haar glimlag is heuningsoet. "Vóóroordeel van die manlike geslag is nie 'n vreemde verskynsel vir 'n vrou wat die medisyne as professie gekies het nie." Hy kyk na haar maar hy antwoord nie en half vererg draai sy weg van hom en sê: "Hy het vir my koorsig gelyk – ek het nie gevoel ek kan hom net met 'n bottel medisyne huis toe stuur nie!"

Hy grinnik effens, maar haar rug is half na hom gekeer en sy merk dit nie.

"Hy was 'n bietjie koorsig," erken hy. "Ek het hom gesê om dadelik bed toe te gaan of ek stuur hom hospitaal toe. Dis al dreigement wat enige effek op hom het. Miskien kan u dit in die toekoms onthou!"

Sy antwoord nie en hy groet en gaan terug na sy kamer toe.

"Nog 'n rissie ook daarby," mymer hy en dis met alles behalwe genoeë dat hy aan die volgende drie maande dink.

In dr. Truter se kamer het Karin haar voorskrifboekie opgetel en in haar handsak gesit.

"Ek sal vir hulle wys," sê sy vir haarself toe sy uitstap. "Ek sal vir hulle wys!"

7

Presies om vyfuur hou dr. Slabbert se motor voor die hotel stil. Karin wag reeds op die stoep en klim langs hom in.

In stilte ry hulle die hoofstraat af, verby die garage waar sy dr. Slabbert die eerste keer gesien het. Daar draai hy in 'n oostelike rigting en na 'n rukkie ry hulle oor die treinspoor. Binne enkele minute is hulle buite die dorp en dadelik trap hy die versneller dieper in.

Die pad is redelik goed en na 'n rukkie verslap Karin. Die herfsgras is goudgetint deur die namiddagson. 'n Innige vreedsaamheid lê oor die velde. Selfs die stilte tussen hulle besit iets van die namiddag se goue vreedsaamheid en hoewel daar baie dinge is wat sy hom wil vra, is Karin onwillig om die een te wees wat eerste die stilte verbreek.

Na 'n rukkie begin hy gesels. Hy vertel haar eers van die medisynes wat sy altyd op so 'n plaasrit moet saamry ingeval sy dit nodig kry. As 'n dokter na die distrik uitgeroep word, moet hy op enige gebeurlikheid voorbereid wees.

"Die nedersetting by die dam is ook deel van ons gebied en daar kry ons selfs nog gevalle van malaria, hoewel die siekte die afgelope jare feitlik die nek ingeslaan is. As die mense net beter wil saamwerk en die eenvoudige voorsorgmaatreëls wat ons voorskryf, wil toepas, kan malaria hier heeltemal uitgeroei word."

Karin luister belangstellend en sy dink meteens weer aan iets wat haar met tussenposes al die hele dag gehinder het.

"Daar is iets anders wat ek u nog wou gevra het, Dokter. Is daar 'n kliniek op Doringlaagte waar verwagtende moeders voorgeboortelike sorg kan ontvang?"

"Daar is 'n hele paar jaar gelede met so 'n kliniek begin, maar weens gebrek aan fondse en ook gebrek aan genoegsame ondersteuning deur die publiek het die poging doodgeloop."

Karin is 'n rukkie stil; dan sê sy:

"Ek dink nou aan die geval wat dr. Roux vandag gehad het." Sy kyk na hom en vervolg effens verleë: "Moenie dink dat ek probeer kritiseer of fout vind nie, Dokter. Dis bloot uit belangstelling dat ek vra. Daar is so baie wat ek nie weet nie en wat ek graag wil weet!"

"Watter geval was dit?" vra hy maar sy stem klink nie baie aanmoedigend nie.

"Die pasiënt was agt maande swanger. Sy het eklampsia gekry en haar kind en byna ook haar eie lewe verloor." Dr. Slabbert kyk reg voor hom in die pad en hy antwoord nie. Haar stem is koel en onpersoonlik toe Karin vervolg: "Ek het geleer dat deur behoorlike toesig toksemie in verwagtende moeders ook heeltemal uitgeskakel kan word."

"Dis waar. Maar jy sal ook gou leer dat die werk hier op Doringlaagte nie met jou werk in die stad vergelyk kan word nie. In die stede, in die groot hospitale, werk die dokters dikwels onder ideale toestande. Hier is ons areas groot, en die mense onder wie ons werk, is nie alleen dikwels onkundig nie maar ook onwillig om te leer. Baie pasiënte woon ver van dokters af en ons sien hulle dikwels vir die eerste maal as die bevalling reeds aan die gang is en komplikasies reeds ingetree het. Baie pasiënte wat naby die dokters woon, sien ook nie die noodsaaklikheid van gereelde besoeke aan die dokter in nie. Dis eers as sake verkeerd loop dat die geneesheer se hulp ingeroep word."

"Ek begryp," sê Karin. Die eerste stap is natuurlik om die verwagtende moeder te laat besef dat deur samewerking met haar dokter sy nie alleen haar kind se lewe beveilig nie, maar ook haar eie. Sonder daardie samewerking is die dokter magteloos om haar te help. Baie lank al broei die gedagte by haar en dit kom nou weer sterk by haar op, dat dít 'n werk is wat sy nogal graag sal wil doen: om haar kennis en haar kragte beskikbaar te stel tot die diens van haar eie geslag ... om hulle in die lang maande van wag by te staan met raad en daad ... om hulle te help om hulle kindertjies uiteindelik veilig en gesond in die wêreld te bring. So baie onnodige pyn en droefheid kan vir die verwagtende moeders heeltemal uitgeskakel word deur behoorlike voorligting en kennis.

Ja, dis 'n wonderlike gedagte!

In stilte ry hulle verder, elkeen besig met sy eie gedagtes. Die pad begin nou tussen die lae rantjies deurvleg en opeens verskyn daar 'n pragtige plaashuis aan die linkerkant van die pad. Dit is 'n groot wit gewelhuis, omring van hoë bome, met 'n netjiese ringmuur wat die huis en vrugteboord omsluit.

"Wat 'n pragtige ou plaas," sê sy saggies, bewonderend, en terwyl hulle verder tussen die rantjies inry, vertel dr. Slabbert haar van die plaas, Elandsdrif, en van die twee oumense wat alleen daar woon. Die enigste dogter het teen haar ouers se sin getrou en haar pa het haar onterf en haar verbied om ooit weer 'n voet op die plaas te sit. Twee jaar nadat die dogter getroud is, het hulle enigste seun, 'n jongman van twintig jaar, verongeluk en in eensaamheid en bitterheid woon die twee oumense sedertdien alleen op Elandsdrif.

"En waar is die dogter?" vra Karin. Hoewel sy die mense nie ken nie, is sy tog meteens diep getref deur die verhaal.

"Ek weet nie," antwoord dr. Slabbert. "Sy het weggegaan en niemand hier het ooit weer van haar gehoor nie. Die twee oumense is albei ons pasiënte – eintlik dr. Truter se pasiënte – daarom dat ek jou die verhaal vertel. Ons word dikwels uitgeroep na Elandsdrif om mev. Jordaan te behandel en dis miskien net sowel dat jy die geskiedenis ken."

"Dit help baie," sê sy. Onbewus het hy die formele "u" vergeet terwyl hy met haar gesels oor die dinge wat ná aan sy hart lê. Maar sy houding tenoor haar bly koel en onpersoonlik en sy wonder waarom hy die moeite gedoen het om haar vanmiddag saam met hom te neem. Dit moet bloot uit hoflikheid, uit 'n gevoel van pligsbesef teenoor haar wees. Dis seer sekerlik nie ter wille van haar aangename geselskap nie!

Die paadjie word nouer en meer stamperig en dr. Slabbert is verplig om 'n bietjie stadiger te ry. Karin moet net vastrap om nie te veel rondgegooi te word nie en na 'n rukkie vra sy:

"Is dit die soort plaaspad wat 'n mens te wagte moet wees as jy in die distrik uitry?"

"Hierdie pad is glad nie so sleg nie," antwoord hy. "Jy sal vind daar is ander paaie wat nog baie erger is. As die swart turfgrond nat word, dan kan jy begin kla."

"O," sê sy. Dis of hy daarop uit is om haar kort-kort op haar plek te sit.

Die pad kronkel nog steeds tussen die rantjies in en sy wonder of sy ooit alleen by die plaas sou uitgekom het. Met soveel verwarrende uitdraaipaadjies is dit vir 'n vreemdeling feitlik 'n onbegonne taak.

"Wel, hier is ons," sê dr. Slabbert toe 'n vaalgepleisterde platdakhuisie in 'n opening tussen 'n klompie doringbome skielik voor hulle opdoem. Voor die deur in die stof speel 'n paar kaalvoet-kindertjies met 'n hanslam. Sodra hulle die vreemde motor gewaar, los hulle egter alles net so en verdwyn om die hoek van die huis.

Dr. Slabbert klim af en onmiddellik bestorm twee yslike rifrughonde hom. Hy steur hom egter nie aan hulle nie, maar maak die motor agter oop en haal sy sakkie daaruit. Karin wonder of sy veronderstel is om te bly sit, maar dr. Slabbert stap na haar kant van die motor en maak die deur oop.

"Kom saam, Dokter," nooi hy haar en gedwee klim sy uit. Hulle stap saam na die huis toe met die twee agterdogtige honde snuiwend op hulle hakke, maar met inspanning geluk dit Karin om – oënskynlik altans – net so kalm soos haar metgesel te wees.

'n Skraal, middeljarige vrou kom hulle vanuit die huis tegemoet. Jare van bekommernis en swaarkry het 'n duidelike stempel op haar gesig en persoon afgedruk maar haar klere is skoon en netjies en sy maak 'n goeie indruk. 'n Verligte glimlaggie verhelder haar gesig toe sy sien wie die besoekers is.

"Kom binne, Dokter," nooi sy vriendelik en vervolg dankbaar: "Ek is so bly Dokter het gekom!"

"Dit is dr. De Wet, Mevrou," stel dr. Slabbert Karin bekend en 'n oomblik vergeet die vrou haar moeilikhede en bekommernisse terwyl sy nuuskierig na die meisie voor haar kyk. Dit is vir Karin of haar stem iets van sy vriendelikheid verloor het toe sy sê:

"Kom binne, dr. De Wet."

"Wie is die pasiënt, Mevrou?" vra dr. Slabbert terwyl hulle saam met haar na binne stap.

"Dit is Elsie, Dokter. Sy is al byna 'n week lank siek – koorsig, pyn in haar bene, keelseer, lusteloos en sy wil nie eet nie . . ." haar stem breek af toe hulle by die eetkamer kom en sy staan opsy sodat Karin en dr. Slabbert voor haar die kamer kan instap.

Op 'n ysterbedjie in die een hoek van die eetkamer lê 'n dogtertjie van omtrent agt jaar. Die vertrek is verder karig gemeubileer met slegs 'n tafel, 'n paar goedkoop stoele en teen die een muur 'n paar paraffienkissies opmekaar gestapel wat as bêreplek dien vir borde en koppies, 'n bietjie kruideniersware en nog meer. Die son val egter warm en koesterend deur die westervenster oor die voetenent van die bedjie waarin die siek dogtertjie lê en Karin dink dit kon erger gewees het. Elsie is 'n blonde dogtertjie met groot, blou oë waarin daar nou angs en onrus skuil. Die ronde gesiggie is bleek, daar is donker skaduwees onder die blou oë en verleë draai sy haar koppie weg toe die twee dokters langs haar bed kom staan.

"Kom, Elsie, kom sê dag vir Dokter," moedig die moeder haar dogter aan. "Dokter kom jou gesond maak."

Hugo Slabbert gaan sit op die kant van die bed en neem die een klein handjie in syne vas.

"Hier is vandag twee dokters," sê hy. "Jy kan self kies watter een jy wil hê."

Skaam kyk sy van hom na Karin en dan weer terug na hom, en verleë skud sy haar koppie.

"Jy wil liewers nie kies nie!" sê hy glimlaggend. "Dan vra ons vir dr. De Wet om te kom kyk wat jou makeer. Sy is eintlik jou dokter – ek het maar net saamgekom om vir haar die pad te wys."

Hy staan op om vir Karin plek te maak en effens uit die veld geslaan deur die onverwagte verloop van sake gaan sy op die bed by Elsie sit.

Sy is in ieder geval gewillig om te probeer!

Hugo Slabbert sit sy instrumentetassie op 'n tafel naby neer en maak dit oop en Karin begin met haar ondersoek. Sy ondervra moeder en dogter om die beurt en haar hande is vlug en seker. Koorsigheid ... pyn in die bene ... hewig ontsteekte keel ... sy het 'n sterk vermoede dat sy weet wat die pasiëntjie makeer. Die vier maande in die kinderafdeling van die groot hospitaal het sy heelwat ondervinding van rumatiekkoors opgedoen en sy het geleer om op sekere simptome te let. Toe sy die laken en kombers versigtig van die pasiënt aftrek, merk sy dadelik die rooi, effens geswelde kniekoppie en sy weet dat haar vermoede reg is. Die knietjie voel warm onder haar hand en Elsie se gesiggie vertrek selfs by die ligte aanraking.

"Van wanneer af is die knietjie so geswel, Mevrou?" vra Karin.

"Ek het vanoggend gemerk die een knie is effens geswel maar ek het gedink sy het haarself seergemaak. Dit lyk nou erger," sê sy met 'n bekommerde plooitjie tussen haar winkbroue.

"Was sy al die tyd in die bed vandat sy siek geword het?" vra Karin.

"Ek het haar gister 'n bietjie laat opsit maar sy was so pap dat ek haar maar weer dadelik terug bed toe laat gaan het."

"Dis gelukkig. Sy mag glad nie opstaan nie, Mevrou," sê Karin. "Onder geen omstandighede nie – al lyk sy ook vir u beter. En neem die lakens weg sodat sy net tussen die wolkomberse lê. Sy moet al die tyd warm en stil gehou word. Mevrou moet veral oppas dat sy nie koue kry nie."

"Wat makeer sy, Dokter?" vra die vrou. Haar houding is styf en effens onvriendelik en Karin kry die indruk dat sy nie veel vertroue in die nuwe dokter het nie.

Gerusstellend knyp Karin Elsie se bleek wangetjie; dan draai sy na die moeder.

"U dogtertjie het rumatiekkoors, Mevrou," sê sy sag. En vir Hugo Slabbert wat stilswyend maar belangstellend toekyk, sê sy: "Ek wil graag 'n bloedsmeer neem om die diagnose te bevestig. Ook 'n penisillien-inspuiting vir die ontsteekte keel gee."

"Rumatiekkoors!" herhaal die vrou effens verslae. "Is u seker, Dokter?"

"Ek is seker," sê Karin simpatiek. "Maar die bloedsmeer is om dubbel seker te maak."

Dr. Slabbert help haar om die nodige bloed af te trek en daarna die pasiënt 'n inspuiting te gee en dis hy wat die dogtertjie paai toe die groot blou oë skielik vol trane skiet en sy beangs aan die komberse vasklou.

"Ek kom weer vir jou kuier," belowe Karin glimlaggend toe sy vir Elsie groet en skamerig groet Elsie terug, duidelik verlig dat die besoek nou verby is. Buite herhaal Karin haar instruksies aan Elsie se moeder en sy probeer dit op die vrou se hart druk dat Elsie se toekomstige gesondheid en geluk grotendeels afhang van die sorg en behandeling wat sy die volgende paar weke ontvang. Met rumatiekkoors is daar nog geen kortpad na herstel nie. Ses weke minstens moet die pasiënt in die bed lê, moet sy so stil moontlik gehou word . . .

Dit is duidelik dat dit 'n ontstellende vooruitsig vir die vrou is en Karin kan raai dat sy wonder hoe sy tussen al haar ander werk nog die pasiëntjie moet versorg, hoe sy haar ses weke lank stil en tevrede in die bed sal hou.

As sy tog maar vir klein Elsie in haar arms kon optel en haar in een van die skoon, wit hospitaalbedjies kan neerlê waar sy weet dat sy die nodige sorg en behandeling sal ontvang, waar sy altyd naby is om 'n wakende ogie oor haar vordering te hou, sal haar hart veel ligter voel.

Hoe sou 'n man soos Hugo Slabbert omtrent die saak voel, wonder sy, toe sy weer langs hom in die motor sit. Raak hy ook nog in verset teen die onregverdigheid en wreedheid van die lewe wat aan die een so min gee en aan die ander so veel?

Na 'n rukkie sê sy:

"Ek begin reeds die waarheid van u woorde besef, Dokter – dat ek sal vind dat die werk hier op Doringlaagte nie met my werk in die hospitaal vergelyk kan word nie."

"Jy dink aan Elsie?" sê-vra hy.

"Ja. Ek dink hoeveel gunstiger die toestande vir haar herstel – haar algehele herstel – in die hospitaal waar ek gewerk het, sou gewees het."

"Dis maar 'n klein persentasie van jou siekes wat hospitaalbehandeling kan ontvang. Met die beperkte aantal beddens wat beskikbaar is en die tekort aan opgeleide verpleegsters, kan slegs die dringendste gevalle hier opgeneem word."

"Natuurlik, dieselfde toestande heers vandag oral. Maar dit verbeter nie die saak nie."

"Glo jy nog dat ideale toestande in dié wêreld ooit verkry sal word, Dokter?" vra hy effens spottend.

"Ek glo dat baie van hulle nog verbeter kan word!"

Hy haal sy skouers op.

"Idealisme is 'n mooi eienskap, maar kenmerkend van die jeug. Realisme is – selfs vir u, Dokter – van baie meer praktiese waarde."

"Is realisme dieselfde as verbittering en ontnugtering?" vra sy koel.

Hy antwoord haar nie dadelik nie. Na 'n rukkie sê hy:

"Miskien is daar 'n verwantskap – hoewel ek dit nie vroeër so ingesien het nie." Sy stem is koel en gelyk en sy weet nie wat om te antwoord nie. Liewers stilbly, besluit sy, as om gevaar te loop om as naïef en onvolwasse bestempel te word. Aan die regterhand van die pad lê die opstal van Elandsrif nou, rustig dromend in die laaste goue strale van die ondergaande son en die verhaal wat Hugo Slabbert haar 'n kort halfuurtjie gelede vertel het, is meteens weer helder voor haar gees. Dis swaar om te glo dat in daardie mooi huis ook droefheid en bitterheid skuil.

Effens verbaas kyk sy op toe Hugo Slabbert onverwags uit die grootpad uit draai en na die plaas toe ry.

"Ek wil net gou hier aanry," sê Hugo. "Ek sal net 'n paar oomblikke vertoef. Ek hoop jy gee nie om nie, Dokter!"

"Ek is nie haastig nie," sê sy. Eintlik verwelkom sy die geleentheid om vandag met die twee oumense kennis te maak. Een van die dae moet sy dalk op eie houtjie plaas toe kom; dan sal dit darem nie heeltemal soos 'n vreemdeling wees nie.

'n Lang, skraal man kom uit die huis te voorskyn net toe hulle voor die deur stilhou en stap nader om hulle te groet. Die skraal, streng gesig – 'n gesig wat lyk of dit uit klip gebeitel is, so hard en koud is dit – maak dadelik Karin se belangstelling wakker en gryp haar verbeelding aan. Dis die gesig van 'n man wat selfbeheer ken en met 'n strenge hand toepas – 'n man wat miskien 'n getroue vriend is maar ook 'n bitter, onversoenlike vyand. Hy is geklee in 'n grys ferweelbroek en groengrys sportbaadjie en met sy kortgeknipte grys baard en ruie winkbroue waaronder 'n paar helderblou oë jou so koel en deurdringend aanstaar, is hy 'n skilderagtige en indrukwekkende figuur.

Dr. Slabbert stel haar aan Bêrend Jordaan bekend en hoflik buig die ou man oor haar hand, onderwyl die deurdringende blou oë 'n vlugtige oomblik in hare kyk.

"Ek het al baie gehoor en gelees van dame-dokters," sê hy. "Dis 'n voorreg om een in lewende lywe te ontmoet."

"Hulle is vandag glad nie meer so 'n rare verskynsel nie," glimlag sy. "Dit vereis net nog moed en durf om die ou erkende vestings van die mansgeslag binne te dring."

Hy glimlag ook – 'n vreemde glimlaggie wat sy lippe raak maar nooit sy oë bereik nie.

"Moed en durf – dis twee eienskappe wat ons almal bewonder. Maar kom nader – die vrou sal bly wees om julle te sien."

"Ons kan nie versuim nie, oom Bêrend," sê Hugo. "Ek wil net vir tant Annie 'n gunsie vra."

"Kom binne, man! Julle dorpenaars het al heeltemal die gawe om 'n bietjie rustig te kuier, verleer!"

Hulle stap saam met die ou boer na binne en met genoeë kyk Karin om haar: ruim kamers met blink gepoleerde vloere, sagte tapyte, swaar glimmende tambotiehoutmeubels, 'n buffet vol ou koperware – dieselfde eenvoud en grasie wat die witgewelhuis van buite kenmerk, word ook binnenshuis weerspieël. En tog lyk die kamers koud en leeg – Karin wonder of dit is omdat daar geen blomme in die huis is nie. Dit lyk soos vertoonkamers vol mooi meubels en tapyte – nie soos kamers waarin daar geleef word nie.

Tant Annie Jordaan is 'n klein, tengerige vroutjie met mooi donker oë en spierwit hare. Haar gesig is bleek en byna deurskynend, sy lyk soos iemand wat pas ná 'n lang siekbed opgestaan het.

Sy groet die jongmense vriendelik.

"Dis 'n gawe verrassing," sê sy aan Hugo. "Ek is bly Dokter het haar so gou na ons toe gebring."

"Dr. De Wet het vanmiddag haar eerste plaasrit gehad," verduidelik Hugo. "Ons het eintlik gekom om tant Annie se hulp te vra."

Verbaas luister Karin terwyl hy mev. Jordaan kortliks van Elsie vertel.

"Ek sal graag help," sê mev. Jordaan dadelik. "Ek glo dat die mense bitter swaar kry. Hulle het maar onlangs hier ingetrek – ons het nog net een maal daar aangegaan want ek het die afgelope maande nie so lekker gevoel nie. Oom Bêrend het af en toe 'n mandjie groente of vrugte oorgestuur, maar die mense is eergevoelig en jy wil hulle nie seermaak nie. As daar siekte in die huis is, is dit natuurlik heeltemal 'n ander saak."

Toe hulle vertrek, was die son reeds onder, die vroeë skemering het vinnig op die aarde toegesak en met verbasing dink Karin daaraan dat dit skaars vier-en-twintig uur tevore is dat sy, vreemd en onbekend, Doringlaagte binnegery het. Sóveel het in die vier-en-twintig uur gebeur dat dit vir haar voel asof sy reeds 'n ou ingesetene van die dorpie is.

Daar is nog baie wat sy Hugo Slabbert wil vra, maar hy is weer stil en teruggetrokke en sy wil hom nie steur nie. Sy voel self ook moeg en lomerig en dis gaaf om net so stil langs hom in die groeiende donkerte te sit terwyl die groot motor vinnig oor die pad gly.

Toe die motor voor die hotel stilhou, klim Hugo Slabbert saam met haar uit.

"Dankie, dr. Slabbert," sê sy. "Dit was vriendelik van u om my saam te neem."

"In die toekoms sal jy self jou pad moet vind."

"Ek weet. Ek is seker dit sal nou makliker gaan. Nogmaals dankie – ook vir Elsie."

"Dit is vir mev. Jordaan afleiding – ek weet sy doen dit graag. Tot siens, dr. De Wet."

Sy stem is koel, kortaf en ewe koel antwoord sy:

"Tot siens, dr. Slabbert."

8

Van die begin af was Karin nie baie gelukkig in die hotel nie. Haar kamer was gerieflik, die behandeling was redelik maar sy het nie in die hotelatmosfeer baie tuis gevoel nie. Haar ongereelde ure het meegebring dat sy dikwels vir ete laat gekom het en die koue of opgewarmde kos was tog nie smaaklik nie.

Ook die gedurige kom en gaan van mense en die lawaai in die kroeg het alles saamgewerk om haar te laat besluit dat sy so gou moontlik 'n ander verblyfplek moet soek. Vir 'n man mag die hotellewe goed wees, vir 'n alleenlopende vrou was dit beslis nie aangenaam nie.

Maar waar en hoe? Ná 'n besonder lawaaierige naweek het Karin net met die intrap Maandagoggend vir Mien bygedam.

"Mien, ek soek ander losies," val sy sommer met die deur in die huis toe Mien die lysie met die name van haar pasiënte inbring. "'n Paar kamers by privaat mense – 'n woonstel êrens waar ek darem ook 'n bietjie rus en privaatheid vir my siel kan kry. As dit daarop aankom, sal ek self vir my maaltye sorg. Weet jy nie van 'n gawe weduwee wat haar oor 'n arme, eensame ou doktertjie sal ontferm nie?"

Mien kyk in die mooi glimlaggende oë en skud haar kop: "Nee, nie op die oomblik nie – maar gee my kans om so 'n bietjie daaroor na te dink. Wil die hotellewe nie meer vlot nie?"

"Nee, ek hou nie daarvan nie. Daar was die naweek 'n hele rugbyspan by die hotel tuis en die lawaai het nooit opgehou nie. Een van die spelers het ook 'n spier in sy been beseer en ek is in my professionele kapasiteit na sy kamer ontbied!"

Mien se oë rek:

"En wat het gebeur?"

Karin glimlag ondeund:

"Ek het die pasiënt ondersoek – dit was 'n ligte spierbesering – behandeling voorgeskryf, hom belet om die volgende paar weke rugby te speel, my fooitjie ingesamel en vertrek. Daar was geen verdere ongevalle nie!"

Mien lag:

"Mooi so. Jammer ek was nie by nie!"

Karin neem die lysie by haar en bestudeer dit 'n oomblik.

"My pasiënte groei aan," sê sy. "Dis vandag almal nuwes. Maar ek het 'n sterk agterdog dat baie van hulle nog bloot uit nuuskierigheid kom."

"Solank hulle maar net kom!" sê Mien toe sy wegstap.

Onderwyl sy op haar eerste pasiënt wag, dink Karin terug aan die veertien dae wat verby is. Veertien besonder besige en interessante dae wat haar kennis en vernuf dikwels kwaai op die proef gestel het.

Maar dit was juis die veelsydigheid van die werk wat sy so interessant gevind het – selfs die lang, dikwels vermoeiende plaasritte was nog 'n nuwigheid – en as sy die vooruitsig gehad het dat sy later toegelaat sou word om self 'n paar kleiner operasies te doen, sou haar beker oorgeloop het. Maar sy het 'n voorgevoel gehad dat as dit van dr. Slabbert afhang – en grotendeels het dit ook van hom afgehang, veral waar dr. Roux oor 'n paar weke met verlof gaan – sy nie daardie geleentheid sou kry nie.

Na veertien dae het sy dr. Slabbert nog niks beter geken as wat sy hom die eerste dag geken het nie.

Is dit omdat hy persoonlik nie van haar hou nie dat hy nog altyd so koel en ongeërg teenoor haar is, wonder sy nou weer. Of is sy houding teenoor haar maar net om sy misnoeë met die ganse vrouegeslag te kenne te gee?

Ongeduldig stoot sy die gedagtes aan Hugo Slabbert van haar af weg. Selfs hy kan haar geesdrif nie demp of die bevrediging wat sy in die nuwe werk vind, bederf nie.

Haar eerste pasiënt vanoggend is 'n aantreklike, welgeklede jong dametjie. Met haar kastaiingbruin hare, lewendige bruin oë en warm gelaatskleur lyk sy 'n toonbeeld van maagdelike frisheid en skoonheid en Karin wonder wat haar na die spreekkamers gebring het. Tot haar verbasing verneem sy dat die meisie byna 'n jaar getroud is en meen dat sy reeds vier maande swanger is.

"Ek moes natuurlik lankal gekom het," glimlag die vroutjie verontskuldigend. "Maar ek was so gesond dat ek die besoek van week tot week uitgestel het – totdat my man nou eindelik sy voet neergesit het. Buitendien was ek ook skaam vir die mansdokters – ek was my hele lewe so gesond dat ek nog maar min ondervinding van dokters gehad het."

Karin glimlag. Sy hou dadelik van die mooi, spontane jong vroutjie.

"Dis darem één geleentheid wanneer 'n vrou nie moet versuim om na haar dokter te gaan nie!"

"Ek weet," erken Sarie Gous. "Daarom is ek so bly dat u nou die bevalling kan neem."

"Dit spyt my," se Karin, opreg teleurgestel. "Ek sou baie graag u bevalling wou geneem het, mev. Gous, maar ek is net vir drie maande hier op Doringlaagte – net totdat dr. Truter terugkom."

Verslae en teleurgestel kyk die vroutjie haar aan.

"Ag nee," sê sy. "Hoe is dit dan moontlik? Dr. Truter is dan vir nege maande weg!"

"Nege maande!" Fronsend staar Karin op haar beurt vir Sarie Gous aan. Omdat dr. Truter haar gevra het om drie maande lank as locum na Doringlaagte te kom, het sy aangeneem dat hy net vir drie maande oorsee is. Sy is so verras dat sy die jong vroutjie byna begin uitvra maar sy bedwing haarself gelukkig. "In ieder geval," vervolg sy na 'n rukkie, "ek het voorlopig net vir drie maande gekom. Miskien sal dit wenslik wees dat u onder die omstandighede liewers na dr. Slabbert of dr Roux gaan."

Maar die vroutjie weier beslis.

"Nee," sê sy. "Ek wil nie na een van hulle gaan nie. As u dan regtig moet weggaan voordat my baba gebore is, kan ons altyd later 'n ander plan maak."

Die ondersoek verloop voorspoedig. Bloeddruk, alles was

pragtig normaal, maar die aanstaande moeder se bekken was heelwat kleiner as wat Karin van haar mooi, sterk liggaamsbou verwag het.

Sarie Gous het dadelik die klein fronsie tussen die dokter se donker winkbroue gemerk.

"Is alles nie reg nie?" vra sy effens verontrus.

"Alles is pragtig," sê Karin gerusstellend. "Behalwe dat die bekken 'n bietjie kleiner is as wat ek verwag het."

"En wat beteken dit?"

"Dat ons die baba nie mag toelaat om te groot te word nie." As dit later blyk dat 'n keisersnee wenslik of noodsaaklik is, is daar tyd genoeg om haar dit te sê, dink Karin. Daar is geen rede om haar pasiënt nou al met die vooruitsig van 'n operasie te ontstel nie – veral waar sy met 'n bietjie voorsorg heel moontlik haar baba self op normale wyse in die wêreld kan bring.

Hulle gesels 'n rukkie oor dieet en oefening en Sarie beloof om getrou en stiptelik Karin se voorskrifte na te kom en ook om haar gereeld elke veertien dae te besoek of dadelik te laat weet as sy nie gesond voel nie.

Glimlaggend groet sy dan vir Sarie en daar is 'n warme, trotse gevoel om Karin se hart. Sarie kon na enige van die ander dokters gegaan het, maar sy het verkies om na háár te kom! Net jammer dat sy Sarie nie die hele tyd kan bystaan nie – nie self kan help om haar kindjie in die wêreld te bring as die tyd daar is nie.

Fronsend, ingedagte kyk sy 'n rukkie voor haar, dan trek sy Sarie se kaart nader om nog 'n paar besonderhede daarop aan te vul. Toe Mien 'n rukkie later die kamer met 'n koppie tee vir haar binnekom, vra sy terloops:

"Mien, vir hoe lank is dr. Truter weg?"

Mien kyk nuuskierig na haar, dan antwoord sy:

"Ses of nege maande, Dokter. Ek het gedink u weet."

Karin skud net haar kop. Sy is bewus van 'n groeiende opgewondenheid en sy neem haar voor om met die eerste geleentheid die saak met dr. Roux te bespreek. Indien dr. Roux-hulle reeds iemand anders gevind het om die res van die tyd waar te neem, is daar natuurlik niks verder aan die saak te maak nie. Maar daar is 'n moontlikheid dat hulle nog nie 'n geskikte persoon gevind het nie. Dr. Truter het haar destyds gesê dat hulle op die tippie in die steek gelaat is deur 'n dokter wat elders 'n meer lonende betrekking aanvaar het – daarom dat die reëlings so halsoorkop moes geskied.

En dan verdwyn die opwinding meteens voor die besef dat sy doelbewus net vir drie maande aangestel is.

Sy voel meteens 'n bietjie bedruk en teleurgestel, maar eintlik kan sy die dokters dit ook nie kwalik neem nie. Met so 'n groot, steeds groeiende praktyk kon hulle seker nie te versigtig wees nie. Al wat sy kan doen om haar saak te bevorder, is om te toon dat sy gewillig is om hard te werk, te wys dat sy haar plek hier kan volstaan.

Ná die middagete toe Karin weer by die spreekkamers kom om te verneem of daar enige pasiënte op haar wag en of daar nog plaasbesoeke bygekom het, vind sy Mien in haar kamer besig om 'n paar mooi dahlias in 'n vaas op haar lessenaar te rangskik.

Glimlaggend kyk Mien op toe sy binnekom.

"Ek het vir Dokter losies gevind!" sê sy.

"Jy het gou gespeel! Waar en hoe?"

Mien merk die effense onsekerheid in haar stem en sy vervolg dadelik:

"Dokter moet natuurlik self besluit – ek het maar net die aanvoorwerk gedoen. Dis tant Rina Louw – sy is 'n weduwee. Sy woon saam met haar kleindogter in 'n lekker groot huis naby die kerk. Die huis is baie gerieflik geleë vir Dokter en ek is seker u sal van tant Rina en Susan hou."

"Is daar nog ander loseerders?"

"Nee. Die Louws was vroeër welgestelde mense, maar oom Joachim is verlede jaar dood en ek is seker tant Rina het dit deesdae nie te breed nie. Dan het sy natuurlik ook nog Susan se toekoms om aan te dink."

"Hoe oud is Susan?"

"Susan is omtrent sewentien jaar – sy skryf vanjaar matriek. Haar moeder is met haar geboorte dood – die vader is later weer getroud en die oumense het die kind aangeneem en grootgemaak."

"En is mev. Louw bereid om 'n loseerder te neem?"

"Sy was eers bietjie huiwerig," erken Mien. "Maar toe sy eenmaal aan die gedagte gewoond geraak het, was sy heeltemal gretig. En dr. De Wet is darem ook 'n baie besondere loseerder," vervolg Mien glimlaggend. "In ieder geval, ek het na die kamers gekyk – twee heerlike ruim kamers, een met 'n deur op die stoep sodat Dokter kan kom en gaan sonder om die huismense te steur. Daar is ook 'n mooi groot tuin – die dahlias kom juis van haar af."

"Dit klink alles baie gaaf en baie dankie vir die moeite, Mien. Ek sal probeer om vanmiddag nog daar aan te ry – sal jy sommer nou vir my die adres gee?" Terwyl sy die adres aanteken, vra sy: "Hoeveel plaasbesoeke is daar?"

"Drie. Wat dit betref, is vandag 'n regte Blou Maandag. Daar was weer 'n bierparty op een van die plase en dié eindig gewoonlik met 'n bakleiery. Daar is glo 'n paar ongevalle – een betreklik ernstig!"

"En ons hoor nou eers daarvan?" vra Karin effens verbaas.

"Die boer was die naweek weg en het pas vanoggend teruggekom – en al die moleste daar aangetref."

"Ek sien. Is die plase naby mekaar?"

"Twee is betreklik naby mekaar. Die derde – waar die bakleiery plaasgevind het – is heeltemal in die teenoorgestelde rigting – naby die nedersetting. Maar dr. Slabbert het alle besonderhede."

"Wag daar nou pasiënte op my? So nie, kan ek maar dadelik ry."

"Daar is niemand vir Dokter nie," sê Mien vriendelik toe sy uitstap.

Karin maak dadelik gereed om te gaan.

Sy vind dr. Slabbert in sy kamer besig om vorms in te vul en te onderteken.

"Sit asseblief net so 'n oomblikkie, dr. De Wet," sê hy toe sy op sy uitnodiging die kamer binnekom. "Ek is nou klaar."

Gehoorsaam gaan sy op die punt van die stoel sit terwyl sy vir hom wag om klaar te maak. Ongemerk rus haar blik 'n oomblik op die sterk jong gesig van die man voor haar. Sy merk weer die ferm mond, die reguit swart winkbroue, die donker hare wat so netjies teen sy kop geborsel is. In sy wit oorjas lyk hy besonder aantreklik ondanks sy koel, ongenaakbare houding. Of is die houding deel van sy aantreklikheid, wonder sy nou.

Na 'n rukkie stoot hy die dokumente opsy, skroef sy vulpen se doppie vas, en kyk beleef na haar:

"Ja, Dokter?"

Die bruusk stem waarsku haar dat sy tyd beperk is en koel antwoord sy:

"Ek het vanmiddag geen pasiënte nie en ook geen dringende besoeke nie en ek het gedink ek kan maar dadelik met die plaasritte begin."

Dr. Slabbert antwoord nie dadelik nie en ongemaklik wonder sy wat die fronsie op sy gesig beteken. Dan sê hy:

"Dr. Roux het die een besoek geneem – hy is reeds weg. Oom Joppie van Zyl se seun het vanoggend van die perd afgeval en hy is nog steeds bewusteloos. Ek het gemeen om self die ander twee besoeke te doen – die plase is nie ver van mekaar nie maar ek het pas verneem dat ek vanmiddag moontlik nog 'n galblaas moet doen. Die pasiënt arriveer met die drie-uurtrein en ek durf nie nou weggaan nie."

Karin se oë glinster:

"'n Galblaas! Ek sal graag ook daar wil wees."

"Ongelukkig is daar die plaasbesoeke," herinner hy haar droogweg.

"Natuurlik!" Haar stem is weer koel en saaklik. Net 'n klein rukkie in sy geselskap is gewoonlik genoeg om alle warmte en spontaneïteit by haar te laat verdwyn. "As u my die nodige besonderhede sal gee, kan ek dadelik gaan."

"Ek het gemeen om self te gaan," herhaal hy tot haar verbasing. "Daar was verlede nag blykbaar 'n bakleiery daar en die een besoek veral sal jy nie te aangenaam vind nie!"

Sy staar hom koel aan:

"Ek gaan daarheen as geneeskundige, dr. Slabbert – ek lê nie 'n sosiale besoek af nie."

Die sweem van 'n glimlaggie raak 'n oomblik sy mondhoeke.

"Ek vra u om verskoning, dr. De Wet." Kortliks verduidelik hy die pad na die plaas, terwyl sy 'n paar haastige aantekeninge maak. Dan vervolg hy: "Daar sal seker 'n paar wonde wees wat toegewerk moet word – sorg maar dat jy alles byderhand het. En ingeval een van die pasiënte hospitaal toe moet kom en jy nie reëlings kan tref vir iemand om hom dorp toe te bring nie, is ek bevrees jy sal hom maar self moet inbring."

"Natuurlik," antwoord sy weer, asof dit inderdaad die natuurlikste ding in die wêreld vir haar is om 'n half-besope dronklap saam met haar rond te ry.

Toe sy opstaan om te gaan, sê sy:

"Daar is nog 'n sakie wat ek vanmiddag met dr. Roux wou bespreek, maar aangesien hy nie hier is nie, kan u my miskien raad gee." Stilswyend wag hy vir haar om aan te gaan. Hy is heeltemal bewus van die feit dat sy gereeld met haar moeilikhede na dr. Roux gaan. Dis alleen as dr. Roux nie beskikbaar is of haar nie kan help nie, dat sy na hom kom. "Ek soek ander losies," vervolg sy nou toe hy nie antwoord nie. "Ek is nie te gelukkig by die hotel nie."

"Daar is geen rede waarom jy by die hotel moet bly as jy nie daar gelukkig is nie, Dokter," antwoord hy dadelik. "Het jy 'n ander losiesplek in gedagte?"

"Mien sê dat mev. Rina Louw bereid is om my te loseer – ek wou haar juis vanmiddag nog gaan spreek het!"

"Tant Rina!" Fronsend kyk hy 'n paar tellings na haar, dan sê hy: "As tant Rina bereid is om vir jou losies te gee, dr. De Wet, hoef jy nie verder te soek nie!"

"Ek is bly om dit te hoor!" sê sy. "Enige verskil in die losiesprys sal ek natuurlik self betaal!"

"Ons kan later daaroor gesels," sê hy en kop-in-die-lug stap sy 'n paar oomblikke later die kamer uit.

Peinsend kyk dr. Slabbert haar agterna. Hy dink aan die rit wat vir haar voorlê en hoewel hy spyt is dat die onaangenaamste deel van die werk vandag op haar val, voel hy dat dit onder omstandighede miskien 'n baie goeie ding is.

Dit sal haar eens en vir altyd laat besef dat die werk van algemene praktisyn op 'n dorp soos Doringlaagte met die distrikswerk ook daaraan verbonde, nie 'n vrou se werk is nie.

9

Karin het eers daaraan gedink om een of twee van die verpleegsters te vra om saam met haar uit plaas toe te ry. Dit was so 'n volmaakte herfsmiddag, hulle sou dit miskien geniet om weer 'n keer uit in die veld te kom. Maar Kitty was vanmiddag aan diens – Kitty was eintlik die een wat aangebied het om saam te ry as sy vry is – en Karin besluit om maar liewers alleen te ry. Sy het darem haar rewolwer in haar baadjiesak gesit, ingeval sy dit nodig mag kry.

Dusver het sy die plaasritte nog glad nie eentonig of vermoeiend gevind nie. Daar het altyd 'n nuwe ervaring op haar aan die einde van elke rit gewag. Dat sy dit helder oordag kon onderneem, het natuurlik ook bygedra om dit vir haar makliker en aangenaam te maak en hoewel sy reeds 'n paar keer verdwaal het, was sy gelukkig nog altyd vóór donker weer terug in die dorp. Die tyd moet egter kom dat die nag haar op vreemde paaie sal oorval en sy probeer so goed moontlik die verskillende paaie en rigtings onthou sodat sy later selfs in die nag, as die donkerte die reeds bekende bakens uitgewis het, nog haar pad sal kan vind.

Gouer as wat sy verwag het, kom sy by die hek met die naambord *Oupossie*. In die veertien dae het sy ook al geleer dat 'n dokter maar 'n bietjie moet aanstoot as sy al haar plaasritte vóór donker gedaan wil kry. Sy besluit om reguit na die plaashuis te ry soos dr. Roux haar die vorige keer aangeraai het. Daar kan sy verneem hoe om by die werkershuise te kom en as die boer gaaf is, stuur hy dalk nog iemand saam om haar die pad te wys. Dit bespaar tyd en verwarring en dan is sy ook nie stokalleen tussen die werkers nie.

Arrie du Randt het op die stoep gesit en koffie drink toe hy die dreuning van die motor hoor.

"Dis seker Dokter," sê hy aan sy moeder wat besig is om haar varings en ander stoepplante nat te gooi. "Hy sal seker eers gou 'n bietjie koffie wil drink."

"Die koffie is op die stoof," antwoord sy. "Ek hoop tog dis Dokter – die arme Jakop het al swaar genoeg gekry."

Arrie kyk fronsend op na die rooi tweesitplekmotor wat net tussen die rantjies verskyn. "Dis nie Dokter nie," vervolg hy vies. "Deksels, wanneer is die mense dan van plan om te kom. Ek sal seker maar self weer moet bel."

"Gaan ontvang darem eers die mense," sê sy moeder. "Miskien verneem hulle net die pad of iets – ek ken glad nie die motor nie."

"Dis 'n dame," sê Arrie terwyl hy opstaan. Ongeduldig en uit sy humeur oor al die gebeure op die plaas, oor die dokter wat nie opdaag nie en die vreemde besoeker wat so ontydig hier aankom, stap hy Karin tegemoet.

Sy eerste aanblik van die besoeker laat sy humeur dadelik aansienlik afkoel. Die meisie het 'n bruin romp met 'n wit bloese en 'n los rooi baadjie aan, sy dra nie 'n hoed nie en die son blink in haar kort, swart hare. Die besondere blou van haar oë onder die mooigevormde, swart winkbroue tref hom dadelik en hy dink dat hy lanklaas so 'n sjarmante nooientjie gesien het. Wat ook al haar besigheid kan wees, hy is bly dat sy by Oupossie aangekom het.

"Goeiemiddag," groet hy vriendelik terwyl hy sy hand na haar uitsteek. "Die naam is Arrie du Randt."

Sy lê haar hand in syne en kyk glimlaggend na hom op en van daardie oomblik af was Arrie haar gewillige slaaf.

"Goeiemiddag, meneer Du Randt," sê sy. "Ek is dr. De Wet."

Dr. De Wet? 'n Oomblik staar hy haar onbegrypend aan, dan verhelder sy gesig meteens. Natuurlik! Die nuwe jong doktertjie. Maar net so skielik verdonker sy gesig weer en vererg sê hy:

"Maar waarom stuur hulle dan vir jóú, dr. De Wet? Waarom kom hulle nie self nie? Dis nie 'n vroumens se werk dié nie!"

"Is dit aan my bekwaamheid wat u twyfel, meneer Du Randt?" vra sy en haar blou oë glinster ondeund.

"Dit het niks met die saak te doen nie," sê hy ontevrede. "Hulle behoort albei beter te weet as om 'n vrou hierheen te stuur. Ek het baie lus en bel dadelik vir Hugo Slabbert."

"Dit sal jammer wees," sê sy en 'n klein glimlaggie huiwer nog om haar mondhoeke. "Dit gaan juis maar moeilik om vir dr. Slabbert te oortuig dat 'n vrouedokter net so goed soos haar manlike kollegas is! As daar nog klagtes van die publiek ook bykom . . ."

"Ek is jammer," sê hy boetvaardig. "Onder daardie omstandighede sal ek natuurlik nie bel nie. Maar kom nader – Moeder het koffie op die stoof."

"Ek het eintlik net die pad kom verneem," sê sy. "As u nie omgee nie, sal ek liewers dadelik gaan; ek weet nie hoe lank ek besig sal wees nie en ek moet nog 'n besoek ná hierdie een aflê."

"Kom drink eers gou koffie," dring hy aan. "Moeder sal die nuwe dokter ook graag wil ontmoet. Daarna kan ons dadelik gaan – ek sal self vir Dokter die pad wys."

Na dié gulle aanbod maak Karin nie verder beswaar nie.

Ook mev. Du Randt kyk verbaas op toe sy verneem dat die jong dametjie in werklikheid die dokter is. Verstandiglik sê sy niks nie en Karin is haar daarvoor dankbaar.

Die jongman voel egter nog glad nie gelukkig omtrent die saak nie.

"Ek begryp nog nie waarom Hugo of dr. Roux nie self gekom het nie," sê hy toe sy moeder binnegaan om die koffie te gaan haal. "Of maak hulle 'n gebruik daarvan om die dame al die onaangenaamste gevalle te gee?"

"Dr. Slabbert het vanmiddag 'n noodoperasie en dr. Roux is vroeg vanmiddag al die distrik in – 'n plaas daar naby die nedersetting. Ek is al een wat oorgebly het." Sy kyk na hom en vervolg: "Die dame verdien nog haar spore. Gee haar nou maar eers 'n kans om te wys wat sy kan doen voordat u verder beswaar maak – of 'n ander dokter inroep."

'n Aantreklike glimlag sprei oor sy gesig.

"Ek sal nie verder beswaar maak nie," sê hy. "Ek sal ook nooit weer 'n ander dokter ontbied nie."

"Nou spot u met my," berispe sy hom.

"Nee, ek spot nie – ek terg maar net 'n bietjie," antwoord hy glimlaggend.

Onmiddellik nadat hulle koffie gedrink het, is hulle saam daar weg.

Arrie het sommer kortpad deur die veld gekies en baie gou was hulle by die werkershuise wat aan die voet van 'n rantjie nie ver van die spruit geleë was nie. Die spruit was nou 'n droë, sanderige sloot en Karin het gewonder waar die mense hulle drinkwater vandaan kry.

In die son voor een van die huise, toegewikkel in 'n kombers, het een van die slagoffers gelê en slaap.

"Waar is Jakop?" vra Arrie een van die vroue wat besig is om mielies te stroop.

"Binnekant," sê die vrou en beduie na 'n hut daar naby.

"Sê vir hom die dokter is hier, hy moet uitkom. En as hy nie kan loop nie, moet Andries-hulle kom uitdra."

"Asseblief, meneer Du Randt!" Karin se stem klink koel en beslis. "Hulle moet liewers vir Jakop laat staan – ek wil eers self na hom kyk. Laat ons maar eers uitvind wat hierdie een makeer."

Arrie gee 'n paar kort opdragte in 'n swart taal en die vrou gaan terug na die mieliestropery. Maar al die tyd hou sy vir Karin dop en kort-kort skud sy ongelowig die kop, terwyl sy saggies en verbaas met haar tong klap.

Die vroudokter – dit ken sy nie.

Skynbaar onbewus van die opskudding wat sy veroorsaak, stap Karin nader.

Iemand help Arrie om die kombers van die man af te rol en Karin kniel langs die jongman neer om hom te ondersoek. Daar is 'n lelike snywond aan sy gesig en hy het blykbaar heelwat bloed verloor, maar sy hart klop sterk en as daar nie ontsteking in die wonde kom nie, behoort hy oor 'n dag of twee weer perdfris te wees.

"Ek sal hier 'n paar steke moet insit," sê Karin. "Maar ek moet eers die wond ontsmet." Sy kyk op na Arrie wat aan die ander kant van die jongman gehurk sit en belangstellend toekyk en vra: "Sal jy vir my kan help, mnr. Du Randt?"

"Ek sal probeer, Dokter. Jy moet maar net sê wat ek moet doen!"

Die pasiënt steun toe sy die wond aanraak en verward maak hy sy oë oop en sit regop. Sy drankbenewelde brein kan die eerste paar oomblikke glad nie inneem wat nou gebeur nie en vyandig gluur hy vir Karin aan.

"Lê stil, Piet," beveel Arrie streng en Karin is opnuut dankbaar vir sy teenwoordigheid. Piet ken daardie stem en gehoorsaam lê hy terug. So doeltreffend as wat in die omstandighede moontlik is, ontsmet Karin die wond en probeer dit verder reinig. Die man se asem is swaar van die drank en vul haar met walging en met vlugge, ratse vingers werk sy om die onaangename taak so gou moontlik klaar te maak. Gelukkig is dit net 'n vleiswond en met Arrie se hulp word die vleis en vel bymekaargetrek en 'n paar steke ingesit. Dan, nadat sy sulfapoeier opgesit het, word dit verder toegeplak, die man kry 'n penisillien-inspuiting teen moontlike ontsteking en sy is gereed om na die volgende pasiënt te gaan.

"Hy behoort natuurlik van kop tot tone gewas te word," sê Karin toe sy opstaan. Met leedwese merk sy dat een van haar nuwe nylonkouse 'n gaatjie op die knie gekry het en reeds besig is om te leer.

"Dit sal net sy weerstand teen die siekte verminder," sê Arrie skouerophalend terwyl hulle wegstap. "Het jou kous geskeur, Dokter?"

"Ons praat nie nou van kouse nie," sê sy koel en hy glimlag. Die glimlag verdwyn toe hy saam met haar Jakop se huisie binnegaan.

"En hier lê die belhamel," sê hy en kortaf beveel hy die twee vroue wat langs Jakop op die grond sit om uit te gaan.

Die werker is bewusteloos en Karin ril toe sy die wrede wond aan sy hoof sien.

Vlugtig ondersoek sy hom. Behalwe die gevaarlike wond aan sy kop vind sy nog 'n meswond aan die skouer en ander kneusplekke aan sy gesig en nek. Dis duidelik dat Jakop 'n geweldige hoeveelheid bloed verloor het en hy brand van die koors – 'n teken dat komplikasies reeds ingetree het.

"Hy moet onmiddellik hospitaal toe gaan," sê sy terwyl sy opstaan. "Ek kan nou nie veel vir hom doen nie."

"Ek sal dadelik die verewaentjie laat inspan," stel Arrie voor. "Die waentjie het motorwiele – hy sal heeltemal gemaklik wees. En moenie so verwytend na my kyk nie, Dokter, ek sou hom dadelik ingestuur het maar die polisie het gesê ek moet vir die distriksgeneesheer wag."

Sy glimlag effens vir sy houding, maar hy merk dat die blou oë nog bewolk is.

"Ek verwyt jou nie, mnr. Du Randt. Inteendeel, ek is baie dankbaar vir jou hulp."

"Ek is bly ek kon help," sê hy en sy stem is onverwags grof en diep. Die swarthaarnooi het die eienaardigste gewaarwordings in hom gewek en hy is self verbaas oor die heftigheid van sy gevoelens.

Die son het net agter die mistige blou rantjies begin wegsak toe Karin weer die dorp binnery. Sy voel moeg en effens bedruk en nie heeltemal gelukkig oor die verloop van die middag nie. Die tweede besoek het haar heelwat hoofbrekings besorg – sy weet nou nog nie wat die kind kan makeer nie. Die hoë koors – dis die vierde dag dat die kind so koorsig is en hy was die vorige nag ylend, vertel die moeder. Die lustelose houding, die geswelde kliere, alles dui daarop dat dinge nie pluis is nie, maar hoewel sy die kind deeglik van kop tot tone ondersoek het, kon sy haar vinger nie op die moeilikheid lê nie. Sy het die seuntjie 'n inspuiting gegee en sulfapille gelaat, maar sy voel tog of sy onverrigter sake terugkeer. Sy begin ook bedenkings omtrent Jakop hê. Miskien dink dr. Slabbert dit was onnodig om vir Jakop hospitaal toe te laat kom – miskien is die wond nie so ernstig soos sy gedink het nie. Ongeduldig skud sy die gedagtes van haar af, maar die gevoel van bedruktheid bly by haar.

Waarom is dit dat 'n mens party dae so sterk en seker van jouself voel, wonder sy, en ander dae weer so hulpeloos en onkundig? Is dit maar net omdat sy nog jonk en onervare is, of het die feit dat sy 'n vrou is daar ook iets mee te doen?

By die hotel wag daar vir haar 'n paar boodskappe – een van dr. Slabbert om hom te bel sodra sy terugkom.

Hugo Slabbert antwoord self dadelik die telefoon.

"Dis dr. Slabbert wat praat," hoor sy die koel, saaklike stem sê en onbewus staan sy meer regop terwyl sy haar ken 'n bietjie hoër lig.

"Goeienaand, dr. Slabbert!" Sy hoop haar stem klink net so koel en onpersoonlik soos syne. "Dis Karin de Wet! Ek het nou net tuisgekom en u boodskap ontvang."

"Goeienaand, dr. De Wet! Dis vriendelik van jou om dadelik te bel. Ek wou net verneem hoe dit met die besoeke gegaan het."

Karin kan haar ore nie glo nie. Dis die eerste keer dat hy dít doen en 'n oomblik weet sy nie wat om te antwoord nie. Dan sê sy onverwags:

"Ek weet nie – nie so goed nie!"

Daar is 'n klein stiltetjie voordat hy vra:

"Wat makeer? Was daar moeilikheid?"

"Nee, glad nie!" sê sy haastig. Sy het nooit bedoel om so 'n erkenning te maak nie – dit het heeltemal onverhoeds uitgeglip! "Meneer Du Randt het saam met my gegaan – daar was geen moeilikheid nie. Maar een van die verwondes kom vanaand hospitaal toe – skedelbreuk – en ek wou u vra om hom vanaand nog te gaan ondersoek indien dit moontlik is."

"Ek sal om agtuur by die hospitaal wees. Is dit in orde?"

"Heeltemal in orde, dankie, Dokter."

"Goed – dan bespreek ons die saak verder. Ek doen die galblaas môre-oggend. Sal jy kan assisteer?"

"Ek sal graag help. Baie dankie, Dokter. Ek ontmoet u dan om agtuur by die hospitaal."

Terwyl sy in 'n bad warm water lê in 'n poging om van haar vermoeienis en bedruktheid ontslae te raak, dink sy weer aan haar gesprek met dr. Slabbert en nuuskierig wonder sy of hy haar gebel het om haar van die operasie te laat weet en of hy net seker wou maak dat sy van haar besoek teruggekeer het. Die gedagte dat dr. Slabbert oor haar veiligheid en welsyn onrustig of bekommerd was, vind sy egter so vreemd dat sy nie eers verder daaroor wil dink nie. Hy het natuurlik net gebel om seker te maak dat sy hom die volgende oggend sal kan bystaan!

Sy is bly dat sy ook by die operasie teenwoordig kan wees en ondanks haar bedenkings omtrent die middag se besoeke, is sy tog bly dat sy gegaan het!

Arrie du Randt is 'n gawe kêrel en sy sien daarna uit om hom weer die naweek op Geluksvlei by die Truters te ontmoet!

Sy trek vanaand 'n warm rooi rok aan en die helder kleur bring ook 'n bietjie kleur in haar wange en verhoog die glans van haar donker hare. 'n Nuwe lipstiffie en 'n bietjie reukwater help verder om haar iets van haar verlore gemoedsrus te laat herwin en in heelwat opgewekter stemming stap sy later eetkamer toe.

Toe sy om agtuur voor die hospitaal stilhou, merk sy dat dr. Slabbert se motor reeds voor die deur geparkeer is. Daar waai 'n koue windjie vanuit die suide en Karin trek haar jas stywer om haar vas. Die herfsdae is nog matig en lieflik, maar in die aande kan jy darem voel dat die winter net om die hoekie wag.

Karin vind dr. Slabbert by die matrone in haar kantoor. Hy sit gemaklik agteroor in een van die leunstoele, terwyl hy luister na iets wat sy vertel en 'n sekonde of twee staan Karin in die deur sonder dat een van hulle van haar teenwoordigheid bewus is.

Dis die eerste keer dat ek hom so rustig en ontspan sien, dink Karin, en sy wonder of dit die matrone is wat so 'n goeie invloed op hom het. Sy het al 'n voëltjie in daardie rigting hoor fluit en hoewel dit vir haar moeilik is om te glo dat die koel, kieskeurige Hugo Slabbert in 'n vrou soos die matrone sal belangstel, blyk dit asof daar tog 'n bietjie waarheid in die stories mag wees.

Sy klop saggies aan die deur. Hugo kyk op en dadelik verander die uitdrukking op sy gesig. Hy staan op en stap na haar toe.

"Goeienaand, Dokter!"

"Goeienaand, dr. Slabbert. Goeienaand, Matrone."

Die matrone groet en staan ook op en ook van haar gesig het die warmte en gemoedelikheid verdwyn.

"Matrone sê die pasiënt het 'n uur gelede aangekom. Hy is reeds in die teater. Sal ons maar dadelik daarheen gaan," stel dr. Slabbert voor.

Hoewel die matrone veronderstel is om agtuur van diens te gaan, is sy blykbaar nie haastig om huis toe te gaan nie.

"Ek help maar eers gou," sê sy. "Daar wag niks dringends op my by die huis nie."

Met kloppende hart stap Karin langs haar. Die matrone help dikwels in die operasiesaal as daar 'n tekort aan verpleegsters is of as daar ongevalle inkom, maar Karin sou verkies het dat die matrone nie ook nog vanaand 'n toeskouer moet wees nie. Sy kan egter niks aan die saak doen nie en vertrou maar net dat sy reg gehandel het.

Sy trek haar jas in die klein kleedkamertjie langs die operasiesaal uit, trek 'n wit oorjas aan en begin haar hande skrop. Dr. Slabbert is reeds by die pasiënt en toe hy die bloedige verband van sy kop afhaal, buk hy dadelik met verskerpte belangstelling oor hom. Karin merk dat die pasiënt nog bewusteloos is en gespanne wag sy om te hoor wat Hugo Slabbert se bevinding is.

Die ondersoek duur nie lank nie.

"Ons sal dadelik opereer," sê Hugo Slabbert toe hy weer regop staan en aan die uitdrukking op sy gesig weet Karin dat hy in sy gedagtes reeds met die operasie besig is. "Dis moeilik om die omvang van die skade te bepaal – maar dis duidelik dat daar 'n drukking op die brein is wat dadelik verlig moet word."

Haastig word daar nou vir die operasie gereed gemaak en Karin se vlugtige gevoel van verligting verdwyn om plek te maak vir die ou bekende gevoel van opwinding wat sy nog altyd ondervind as sy toegelaat word om by te wees by 'n moeilike en ingewikkelde operasie.

Dit was ná tien toe sy, Hugo en die matrone weer met die trap afstap. Die matrone en Hugo bespreek nog die reëlings vir die volgende oggend se operasie maar Karin is stil. Sy weet sy het vanaand 'n knap stukkie werk aanskou.

Toe hulle onder in die portaal kom, bied dr. Slabbert aan om die matrone huis toe te neem en dankbaar aanvaar sy die uitnodiging.

"Ek kom dadelik, Dokter; ek wil net my jas en handsak kry," sê sy.

"Goeienag, Matrone," groet Karin. "Nag, dr. Slabbert, en baie dankie."

"Ek stap saam," sê hy.

In stilte stap hulle na Karin se motor. Met sy hand op die handvatsel van die deur sê dr. Slabbert:

"Dr. De Wet is vanaand baie stil. Is daar nog iets wat haar hinder?"

Sy stem klink sagter, meer simpatiek, maar haastig sê sy:

"Nee, dankie Dokter – alles is reg!"

"Gelukkige mens," sê hy saggies, spottend en hy maak die deur vir haar oop. "Goeienag, Dokter. Slaap gerus."

Haar "goeienag" is skaars hoorbaar en 'n oomblik later trek haar motor vinnig weg. Peinsend kyk hy die rooi liggies agterna, dan stap Hugo Slabbert terug na die hospitaal waar die matrone reeds op hom wag.

10

Boet Truter en sy vroutjie was twee gawe, gasvrye jongmense wat graag hulle vriende op hulle mooi plaas, Geluksvlei, onthaal het. Die groot, gerieflike huis, die tuin met die ou skaduryke bome was dan ook 'n ideale bymekaarkomplek vir die jongmense en naweke was daar gewoonlik die een of ander bedrywigheid op die plaas. Partymaal was dit 'n tennisparty, dan weer 'n vleisbraai of 'n dans of sommer net kuiergaste wat in die rustige atmosfeer van die heerlike ou plaas na hartelus kan rus en ontspan.

Ook Karin het dadelik van Boet en die opgewekte Truida gehou. Hulle het haar by die hotel kom besoek kort nadat sy op Doringlaagte aangekom het en haar hartlik genooi om by hulle op die plaas te kom kuier. Daarna het Truida weer gebel en gereël dat Karin haar eerste vry naweek by hulle sal kom deurbring. Karin het die jongmense se vriendelikheid waardeer en gretig uitgesien na die kuiertjie op die plaas.

Saterdag was soos gewoonlik vir die dokters 'n besige dag maar om kwart-oor-een was Karin klaar met haar laaste pasiënt. Tensy sy nog 'n plaasbesoek moes doen – en die moontlikheid is ongelukkig nie heeltemal uitgeslote nie – was sy nou vry tot Sondagaand of Maandagoggend.

Inderdaad 'n heerlike vooruitsig ná drie besige, bewoë weke!

Van Mien het sy die goeie tyding verneem dat daar dusver maar net een plaasbesoek was. Dr. Roux is die naweek aan diens, dr. Slabbert is beskikbaar in geval van nood en sy het dus geen verdere verpligtings gehad nie! Daar is nog net een of twee klein sakies wat sy gou met dr. Roux moet bespreek voordat sy kan gaan, en toe Mien inloer om vir haar te sê dat dr. Roux vry is, laat sy ook nie op haar wag nie.

Die sakies in verband met haar pasiënte wat sy in dr. Roux se sorg laat, is gou afgehandel. Die ander sakie wat sy nog al die tyd te bang was om aan te roer, het haar keel weer skielik laat toetrek en haar met verleentheid vervul. Maar sy besef dat hoe langer sy uitstel om met dr. Roux te praat, hoe sterker is die moontlikheid dat hulle reeds iemand gevind het om Juliemaand in haar plek te kom. Sy skraap dus al haar moed bymekaar en sê:

"Daar is nog iets waaroor ek u wou spreek, Dokter. Ek sal gou maak – ek weet u is ook haastig."

Hy merk die onsekerheid in haar stem en sê vriendelik:

"Bieg is goed vir die hart. Gesels maar – ek luister."

Glimlaggend skud sy haar kop.

"Dis nie bieg nie – dis 'n guns wat ek wil vra." Sy aarsel nog 'n oomblik dan sê sy: "Dokter, ek verstaan dr. Truter is vir minstens ses maande na Engeland en Europa. My ooreenkoms met hom is net vir drie maande." Hy knik net en Karin merk dat hy effens ongemaklik lyk, maar vasberade vervolg sy: "Ek wou u net graag sê dat, ingeval u nog nie ander vaste reëlings getref het nie, ek – ek graag langer sal aanbly."

Hy antwoord nie dadelik nie en Karin wag gespanne. Dr. Roux kyk stip na die potlood wat hy tussen sy vingers ronddraai en Karin se hart sak tot in haar skoene. Dan kyk hy op na haar en hy glimlag:

"Karin, ek sal jou reguit sê: as dit van my alleen afgehang het, sou ek nie geaarsel het om jou te vra om langer te bly nie. Ons werk lekker saam en ek dink ook nie dis goed of wenslik om kort-kort so 'n verandering te maak nie. Maar die beslissing rus nie by my alleen nie. Om die waarheid te sê, ons het besluit dat, aangesien ek die hele Meimaand weg sal wees, Hugo maar moet besluit."

"Ek sien!" Dis vir Karin teleurstellende nuus. Met dr. Roux aan haar kant was daar nog hoop dat hulle miskien vir Hugo Slabbert kan oorreed. Maar as die beslissing by hom alleen lê, het sy nie hoop dat hy in haar guns sal besluit nie; omtrent sy beskouings was daar heel van die begin af geen onsekerheid nie!

"Die beste sal dan wees om met Hugo self te gesels," stel hy voor.

"Ja, natuurlik."

Sy klink so ongeesdriftig omtrent die saak dat Isak Roux glimlag.

"As jy wil, sal ek hom sê dat jy die saak met my geopper het en hoe ek daaromtrent voel. Meer kan ek ongelukkig nie belowe nie."

Karin se gesig het meteens verhelder:

"Ek sal dit waardeer, Dokter. Dis gaaf van u."

Hy staan op en stap saam met haar deur toe.

"Geniet jou nawekie," sê hy. "Jy weet, volgende maand sal daar geen naweke wees nie."

"Ek sien uit na die kuiertjie," antwoord sy. "Tot siens, Dokter, en nogmaals dankie."

In die gang loop sy byna teen Hugo Slabbert vas. Haastig groet sy, glip by haar eie deur in en enkele minute later ry sy van die spreekkamers af weg, opgewonde en haastig om uit die dorp uit weg te kom voordat daar verder inbreuk op die kosbare ou nawekie gedoen kan word.

Hugo Slabbert was op pad na dr. Roux toe hy Karin in die gang ontmoet. Eers nadat sy in haar kamer verdwyn het, onthou hy dat dit haar vry naweek is en hy wonder of dit die rede vir haar opgewondenheid is. Hy is vandag self haastig om weg te kom en 'n bietjie broodnodige oefening te kry en die ontmoeting met Karin is gou weer vergete. Eers nadat hulle klaar met hulle bespreking is, sê dr. Roux onverwags:

"Hugo, ek weet ek het ingestem om die saak aan jou oor te laat, maar is daar enige grondige rede waarom Karin nie hier kan aanbly totdat Herman terugkom nie?"

Van onder sy gefronsde winkbroue kyk Hugo sy vennoot skerp aan:

"Hoe moet ek jou nou begryp, Isak! Jy weet tog goed wat my gevoelens is."

"Voel jy nog so – nou dat jy sien sy is bekwaam en betroubaar?"

"Ek het nie van mening verander nie. Dis nie dat ek teen dr. De Wet persoonlik beswaar maak nie – dis net dat ek glo dat daar nie in die praktyk vir 'n jong, onervare vrouedokter plek is nie, nie eers op 'n tydelike grondslag nie."

"Jy is net bevooroordeel, Hugo. Karin het die paar weke haar plek goed volgestaan."

"Ons het uit ons pad gegaan om dit vir haar so maklik as moontlik te maak."

"Ek stem nie met jou saam nie. Die feit dat sy haar plaasbesoeke gedurende die dag gedoen het, het nie een van ons groot ongerief veroorsaak nie. Verder was sy altyd op haar pos, altyd gewillig om te help."

"Ons het 'n paar betreklike stil weke gehad. Die eintlike toets kom volgende maand as ek en sy alleen hier sal wees."

Half-vererg, half-ongeduldig haal Isak sy skouers op. Vir Hugo se koppigheid ken hy geen raad nie.

"As jy so sterk oor die saak voel, wil ek nie verder aandring nie. Maar Karin het vandag met my gepraat en ek het beloof om dit te meld. Wat my betref, kan sy gerus maar aanbly."

"Ek sal later self met haar praat. Maar ek is van gedagte dat sy ná Meimaand nie meer so gretig sal wees om aan te bly nie."

"Moontlik is jy reg. In ieder geval, ek laat die saak nou in jou hande."

"Ek sal 'n paar moontlike kandidate opspoor. Die finale beslissing kan ons doen as jy terug is."

"Besluit jy maar self, Hugo – as jy 'n goeie outjie raakloop wat toevallig los is, lê hom maar dadelik vas."

Hugo glimlag effens:

"Jy reken dit sal moeilik gaan! Nou ja, daar is gelukkig nog baie tyd; dis nie nodig om ons nou al daaroor te bekommer nie!"

Toe Karin se rooi motortjie 'n rukkie na twee-uur voor die plaashuis op Geluksvlei stilhou, was die ander gaste al daar en reeds besig om tennis te speel. Net Boet Truter het in die skaduwee van die groot sonsambreel gesit en toekyk en hy staan dadelik op toe hy die motor sien en stap haar tegemoet.

"Is ek laat?" vra sy toe sy hom groet.

"Ons begin vroeg – die middag is so kort. Maar welkom op Geluksvlei, Dokter. Ons is baie bly om jou te sien." Die jongman se oop, aantreklike gesig, bruingebrand deur die son en die wind, die wakker, blou oë, tref haar weer. Sy warme handdruk laat haar dadelik tuis en op haar gemak voel.

"Ek is baie bly om hier te wees," antwoord sy en met onverbloemde nuuskierigheid kyk sy na die mooi groendakhuis, die gladde, goedversorgde grasperke, die groot vrugteboord en die tamaai ou bome wat soos wagte om die huis en werf staan. Sy blik volg hare en hy sê:

"Jy sien Geluksvlei nou op sy onaantreklikste. 'n Paar weke gelede was die bome met die herfsblare nog 'n wonderlike gesig. Nou is alles kaal."

"Dis 'n lieflike plaas," sê sy saggies. "Maar ek wil aanneem dat die lente hier verruklik mooi is."

"Jy sal self sien," belowe hy glimlaggend, terwyl hy haar koffer en raket uit die motor haal.

"In die lente sal ek seker vér weg wees – tensy 'n wonderwerk gebeur," antwoord sy en ondersoekend kyk hy na haar. "My pos is net vir drie maande," verduidelik sy liggies.

"Ek het dit nie geweet nie."

Truida het haar raket neergesit en kom nou ook aangehardloop om haar gas te groet. In haar kort, wit tennisrokkie, met haar blosende wange en blink oë, lyk sy jonk en lewenslustig.

"Welkom, Dokter," sê sy toe sy Karin se hand in albei haar hande neem. "Of mag ons maar sommer Karin sê?"

"Natuurlik!" Die warmte en spontaneïteit van haar gasheer en gasvrou laat haar hart sommer lekker voel en Karin is bly sy het gekom. "Maar gaan maak gerus u stel klaar – as meneer Truter vir my sal wys waar my kamer is, trek ek ook gou aan."

Tien minute later sluit sy by haar gasheer onder die sambreel aan en waai vir Arrie wat, vandat die rooi motortjie voor die hekkie stilgehou het, met 'n opmerklike gebrek aan konsentrasie speel. Twee dubbelfoute laat sy maat verontwaardig uitroep, terwyl sy teenstanders spottend grinnik, en geamuseerd kyk Karin hoedat hy en sy maat met die grootste gemak onder stof geloop word.

"Nee, Arrie," sê Truida tergend toe hulle afstap. "Dit was darem 'n swak vertoning – veral die laaste paar spelle. Ons sal die twee later weer speel as jy jou volle aandag by die spel het."

Arrie glimlag, geensins onthuts deur die tergery nie, en hy stap reguit na Karin toe.

"Ek is bly jy is hier, Dokter," sê hy toe hy haar groet. "Ons was bang hulle hou jou dalk daar in die dorp."

Karin glimlag. Sy het Arrie twee keer gesien sedert sy Maandag op Oupossie sy werkers moes behandel. Die een keer het sy hom toevallig by die hospitaal raakgeloop toe hy na Jakop kom verneem het, die ander keer het hy háár by die hotel kom besoek, onder die voorwendsel dat hy na Jakop se vordering kom verneem. Albei kere kon sy maar net 'n oomblikkie met hom gesels, maar die ontmoetings het haar eerste gevoel van geneentheid teenoor hom versterk en sy het belangstellend uitgesien na verdere kennismaking met die jongman.

Die middag het aangenaam en gesellig verloop. Behalwe Karin en Arrie was daar nog 'n getroude paartjie, Hans en Ella Vorster, boere van een van die aangrensende plase. Hulle was almal geesdriftige tennisspelers en Karin moes hard konsentreer om haar man tussen die klomp te kan staan.

Toe die son agter die rantjies wegsak en die bome skraal en donker teen die rooi aandhemel vertoon, stap hulle almal saam huis toe. Vir dié tyd van die jaar – dit was reeds byna Meimaand – was die weer nog ongelooflik matig en buite langs die huis brand die braaivleisvuurtjie reeds. Solank soos die mans 'n biertjie drink, gaan die dames gou bad en warmer klere aantrek en Truida kyk dat die kinders – twee van haar eie en twee van die Vorsters – hulle aandete kry. Met soveel huishulpe – daar was op daardie oomblik vier in die kombuis – is dit nie vir Karin nodig om hand by te sit nie en na die middag se harde oefening vind sy dit behaaglik om in 'n lekker gemaklike stoel so 'n entjie van die vuurtjie te ontspan en te luister na die boere se praatjies, terwyl die heerlike geur van vleis wat oor die kole braai die lug vul.

"Ek het vir Hugo ook genooi om vanaand saam met ons te kom eet," sê Truida toe hulle elkeen met 'n bord kos op die skoot sit. "Hy het gesê hy sal miskien kom maar daar het seker weer iets voorgeval."

"Moet jy nou oor Hugo praat?" vra Arrie ontevrede. "Ek het net begin dink ek het daarin geslaag om Karin die hospitaal en al die siek mense te laat vergeet."

Karin glimlag. Sy het nie geweet dat Hugo ook uitgenooi is nie, maar sy wonder of hy ooit regtig plan gehad het om te kom. Hy weet dat sy die naweek op Geluksvlei kuier en juis om daardie rede sou hy die plaas sover moontlik vermy. Sy is in ieder geval bly hy het nie opgedaag nie. Maar nou dat Truida sy naam genoem het, vind sy dat sy hom nie weer so maklik uit haar gedagtes kan verban nie. Haar gesprek met dr. Roux die oggend is weer helder voor haar gees en sy wonder of sy die moed sal hê om persoonlik met Hugo Slabbert oor die saak te gesels. As sy haar eie gevoelens probeer ontleed, kan sy ook glad nie begryp waarom sy so gretig is om hier op Doringlaagte aan te bly nie, waar sy voorwaar weet dat dr. Slabbert slegs haar teenwoordigheid duld omdat daar destyds niemand anders beskikbaar was nie. Vanwaar kom die begeerte om hom te oortuig dat hy verkeerd is, dat sy vóóroordeel ongegrond is, dat 'n vroudokter, wat bekwaamheid, pligsbesef en uithouvermoë betref, in elke opsig haar manlike kollega se gelyke is? Of sy dit sal regkry om hom te oortuig, is ook nog 'n ander saak, maar sy is besiel met 'n onverklaarbare koppigheid om nie die saak so maklik gewonne te gee nie. Miskien spruit dit alles net uit 'n persoonlike gevoel van gekrenkte trots, maar sy wil liewers glo dat die stryd nie net om haarself gaan nie, maar dat sy vir al haar susters in verdrukking 'n lansie probeer breek.

Die volgende oggend het sy ontbyt in die bed gekry, maar sy was uitgerus en vol energie en sy het nie onnodig lank in die kamer getalm nie. Later het sy saam met haar gasheer in die tuin rondgestap terwyl sy vrou 'n paar noodsaaklike werkies in die huis verrig en hy het haar van sy ouers en van sy suster vertel en van sy vader se teleurstelling toe hy eindelik besef het dat sy enigste seun net een groot ambisie het: en dit was om eendag op sy oupa se plaas te gaan boer.

"Ek was jammer om hom teleur te stel," sê hy. "Hy het hard gewerk om die praktyk op te bou en ek kan goed begryp dat hy my graag in die praktyk wou hê. Maar die medisyne het my nooit geïnteresseer nie. Miskien was dit my oupa se skuld – ek het van jongs af al my vakansies op die plaas deurgebring en ek het grootgeword met die gedagte dat ek eendag op Geluksvlei sal kom boer. Maar ek het twee seuns en hulle kan nie albei op Geluksvlei boer nie – miskien besluit een van hulle om eendag in sy oupa se voetstappe te volg."

"Dit sal wonderlik wees," sê sy saggies.

"Ja, dit sal vir Oupa wonderlik wees. Maar ek sal hulle nie probeer beïnvloed nie – die drang moet self daar wees." Hy kyk af na haar en vervolg glimlaggend: "Ek is nogal baie nuuskierig om te weet wat 'n aantreklike jong nooientjie soos jy kon beweeg het om die beroep te volg."

"My vader is ook 'n geneesheer," antwoord sy. "Van jongs af het ek in die werk belang gestel, en hoewel my vader my nooit daartoe aangemoedig het nie, het hy my ook nie teengegaan toe ek besluit het om dokter te word nie."

"En jy was nog nooit spyt nie?"

Sy skud haar kop:

"Die werk begin nou eers regtig interessant word."

"Jou moeilikheid lê natuurlik nog voor," sê hy glimlaggend. "Die dag sal kom dat jy tussen 'n man en jou beroep sal moet kies – en wat dan?"

"Waarom moet ek kies?" vra sy liggies. "Waarom kan ek nie die man sowel as die beroep behou nie?"

"Ek weet nie," antwoord hy. "Ek dink maar net nie dit is moontlik nie. Óf die man óf die beroep sal verwaarloos word. En geen man wat sy sout werd is, sal dit aanvaar nie."

Sy kyk op in sy glimlaggende gesig, bewus daarvan dat hy haar terg.

"Ek weier om te glo dat alle mans ewe nougeset en bekrompe is," sê sy. "En as twee mense mekaar begryp en respekteer, kan hulle altyd 'n oplossing vir hulle moeilikhede vind."

"Bes moontlik," gee hy toe. "Maar ons het darem nie nou van respek gepraat nie. Maar toe maar, ons gesels weer eendag . . ." Stadig begin hulle terugstap huis toe en na 'n rukkie vra hy: "Hou jy regtig van die werk hier, Karin?"

"Ek vind dit besonder interessant."

"En jy sal graag langer as die drie maande wil bly?"

"Nogal." Sy vertel hom van haar gesprek met dr. Roux en hy luister belangstellend. Toe sy klaar is, sê hy:

"As jy wil, sal ek ook met Hugo praat."

"Nee dankie," sê sy haastig. "Liewers nie!"

"Hugo en ek is goeie vriende – dit kan geen kwaad doen nie."

"Nee," sê sy beslis en hy glimlag.

"Hou jy nie van Hugo nie?" vra hy.

"Hy is 'n uiters bekwame dokter!" antwoord sy koel.

"Net 'n bietjie ongenaakbaar?" vra hy tergend. "En effens bevooroordeel teen die skone geslag – en ek veronderstel sy vooroordeel geld ook alle vroudokters!"

Sy kyk verwytend na hom en hy lag:

"Toe maar, as jy eendag vir Hugo beter leer ken, sal jy uitvind dat hy glad nie so ongenaakbaar is nie!"

"Die voorreg sal ek seker nooit ken nie," antwoord sy nog uit die hoogte en hy ag dit gerade om van die onderwerp af te stap.

Die middag kort ná ete het Arrie weer kom kuier. Hy het Karin genooi om 'n entjie te gaan stap en hoewel hy later vir Boet en Truida ook by die uitnodiging ingesluit het, het hulle begryp dat hy liewers alleen met die nooientjie wil wees en gesê hulle verkies om tuis te bly. Karin was egter bewus van die tergende glinstering in Boet se oë en met effens verhoogde kleur het sy saam met Arrie van die huis af weggestap.

Sy het die jongman 'n interessante en opgewekte maat gevind. Hy het haar van Oupossie vertel en van sy ouers wat nog by hom inwoon totdat hy eendag sover sal kom om 'n vrou huis toe te bring.

Karin kon nie so maklik en so vlot soos Arrie van haar drome en teleurstellings gesels nie, maar sy het hom iets van haar werk in die stad vertel en ook die redes wat haar beweeg het om platteland toe te kom.

"Ek is bly jy het Doringlaagte toe gekom," se hy toe sy klaar is. "Want anders het dit miskien nog jare geduur voordat ek jou ontmoet het. Maar die werk daar in die hospitaal klink vir my asof dit 'n vrou baie beter sal pas as die werk wat jy hier op Doringlaagte moet doen."

"Miskien," sê sy. "Maar ek wil self uitvind." Die jongman se warme bewondering vind sy strelend en aangenaam maar dit laat haar ook 'n bietjie verleë voel en sy stel voor dat hulle huis toe begin stap aangesien die mense vir hulle vir koffie wag.

Arrie willig in en heelwat stadiger as wat hulle gekom het, stap hulle nou deur die veld huis toe. Eers toe hulle naby die huis kom, vra Arrie haar of sy die volgende Saterdagaand saam met hom bioskoop toe sal gaan.

"Ek sal graag wil gaan, Arrie," sê sy dadelik. "Maar ek dink nie ek durf 'n afspraak met jou maak nie. Ek is volgende naweek aan diens – dr. Roux-hulle vertrek ook die dag met vakansie – en ek sal baie jammer wees as jy die hele ent in dorp toe kom en ek vind op die tippie dat ek nie saam met jou kan gaan nie."

"Ek kom dorp toe vir besigheid – dus hoef dit jou nie te bekommer nie. Ek het gehoop ons kan ook die middag saam tennis speel want ons rugbywedstryd is gekanselleer. En as jy die aand vry is, gaan ons saam uit; so nie, ry ek maar saam met jou op jou rondes of wag ek maar totdat jy klaar is."

"Dan neem ek graag die uitnodiging aan," sê sy maar sy wonder hoe lank Arrie se geduld en belangstelling onder sulke omstandighede sal duur. Die eerste en selfs die tweede keer mag dit nogal 'n aardigheid wees om so op 'n nooi te wag, maar op die lang duur kan dit vervelig raak.

Arrie het die aand by hulle geëet en daar gekuier totdat

Karin so teen nege-uur se kant aanstaltes begin maak het om te ry.

Hy het agter haar aangery tot by die eerste hek – van daar het hulle paaie in byna teenoorgestelde rigtings geloop.

"Hy is gaaf," dink Karin toe sy alleen verder ry. "Ek hou baie van hom."

Maar vreemd genoeg was dit nie Arrie wat haar gedagtes die res van die pad besiggehou het nie.

11

Mev. Roux het vir Karin en Hugo Slabbert genooi om Vrydagaand - die aand voordat die Rouxs met vakansie sou vertrek - vir oulaas saam met hulle te eet. Daar was nog 'n paar sakies wat die dokters moes bespreek en finale reëlings wat getref moes word, en die Rouxs was gretig om die volgende middag vroeg, sodra spreekure verby was, in die pad te spring.

Karin het die middag tussen een- en twee-uur van die hotel na haar nuwe tuiste getrek. Sy het nog nie geleentheid gehad om haar koffers uit te pak of die kamers na haar sin te rangskik nie, maar sy is seker as alles eers agtermekaar is, sal sy baie gelukkig hier saam met tant Rina en haar kleindogter woon.

Terwyl sy in een van haar koffers rondsoek na 'n rok om aan te trek, dink sy weer aan die gesprek wat sy en Hugo Slabbert die oggend gehad het. Hulle was besig om gou 'n koppie koffie tussen operasies te drink toe hy vir haar sê dat dr. Roux met hom gepraat het en vir hom gesê het dat sy graag langer by hulle op Doringlaagte sal wil aanbly.

"Jy weet wat my gevoelens omtrent die saak is, Dokter," het hy vir haar gesê. "Ek het daarvan geen geheim gemaak nie. Nou dat ons twee die werk alleen moet behartig, sal jy self besef wat ek bedoel as ek sê dat 'n vrou nie die werk kan doen nie. Dis nie dat ek jou gewilligheid of selfs jou bekwaamheid in twyfel trek nie. Dis hier ook 'n kwessie van stamina en fisieke uithouvermoë – en dis daar waar 'n vrou nie kan byhou nie. Ek sou jou dus aanraai om maar liewers weer 'n betrekking as huisdokter by een van die hospitale te vind; daar kan jy die werk doen waarin jy belang stel sonder dat jy gevaar loop om jou kragte te ooreis."

Dit was alles baie mooi en baie vaderlik maar Karin se mond het koppig gesluit en sy het hom nie geantwoord nie. Koel, ondersoekend het hy haar van onder gefronste winkbroue aangekyk en ná 'n rukkie het hy half ergerlik gesê:

"Dr. De Wet, *wil jy* nie oortuig word nie?"

"Ek glo ek kan die werk doen," het sy koppig geantwoord. "Al wat ek vra, is 'n geleentheid om dit te be-wys."

'n Lang oomblik kyk hulle mekaar aan, soos twee aartsvyande wat kragte meet. Toe het sy houding verslap en hy het kortaf gesê:

"Jy sal die geleentheid kry! Oor 'n maand gesels ons weer!"

"Dankie – dis al wat ek vra," het sy koel herhaal, maar haar hart het in haar keel geklop en haar hande het so gebewe dat sy nie die koppie behoorlik kon vashou nie. Die smaak van oorwinning was soet in haar mond en sy het sterk en vol moed gevoel.

Sy dink aan die maand wat voorlê en sy weet dat hy nie onnodig uit sy pad sal gaan om sake vir haar te vergemaklik nie. Inteendeel! Maar sy wil dit ook nie anders hê nie en sy vertrou dat sy die nodige krag en inspirasie sal vind sodat sy haar altyd goed en deeglik van haar taak sal kan kwyt.

Dr. Slabbert se motor staan reeds op die sypaadjie voor die Rouxs se huis en Karin trek haar motor langs syne. Van vroeg vanmiddag is daar 'n verandering in die weer merkbaar en daar waai nou 'n geniepsige koue windjie en die lug is aan die toetrek. Koueweerswolke of reënwolke, wonder Karin. In ieder geval kondig hulle seker die einde van die matige, sonnige herfsdae aan.

Sy vind die familie en dr. Slabbert om 'n heerlike vuurtjie geskaar en dadelik word daar vir haar ook 'n stoel nadergetrek en vir elkeen 'n glasie wyn ingeskink.

"Ons drink Isak en Marie se gesondheid," stel Hugo voor en glimlaggend lig Karin haar glasie vir hulle.

"'n Heerlike vakansie," wens sy hulle toe.

"Dankie – ons sien al so daarna uit," sê Marie. "Dit sal die eerste keer wees dat ons sonder die kinders gaan vakansie hou." Glimlaggend kyk sy na Kosie wat sit en koerant lees en vervolg: "Kosie gaan koshuis toe en ek is seker dit sal hom 'n wêreld se goed doen, maar ek sal bly wees as julle so vérlangs 'n ogie oor hom sal hou en ingeval iets skeef loop – 'n mens weet tog nooit wat kan gebeur nie – weet ek darem dat hy in goeie hande is."

"Ag, Ma, wat kan tog gebeur?" vra Kosie ongeduldig. "Tensy ek omkom van die honger."

"Met daardie blik soetkoekies, droëvrugte en biltong?" vra sy ma en Kosie grinnik net.

"Ons sal na hom kyk, Marie," belowe Hugo, en Marie Roux glimlag dankbaar.

"Is jy al gevestig in jou nuwe kamers?" vra sy vir Karin.

"Allesbehalwe! Ek het vandag halsoorkop getrek en ek het nog nie eers begin uitpak nie – ek kom nou net van 'n plaasbesoek terug. Maar dis heerlike kamers – daar is ook 'n kaggel wat ek gereeld sal gebruik – en ek is seker ek gaan daar baie gelukkig wees." Sy kyk vlugtig na Hugo en sê: "Ek moet vir jou dankie sê, Dokter: my telefoon was vanmiddag toe ek terugkom reeds daar."

Hy glimlag effens: "Dit was 'n plesier, Dokter!"

Die volgende dag was grou en bewolk met fyn motreëntjies af en toe – die eerste werklike onaangename dag vandat Karin op Doringlaagte gekom het – maar teen twaalfuur het dit begin opklaar en toe dr. Roux net ná eenuur van die spreekkamers af wegry, het die sonnetjie al weer met tussenposes deur die wolke gebreek en daar kon selfs weer aan tennis gedink word. Vir 'n wonder was daar die dag nie 'n enkele plaasbesoek nie en Karin kon met 'n rein gewete gaan tennis speel. Sy is egter vroeg huis toe want sy het 'n paar gewone besoeke gehad en sy wou graag haar kamer 'n bietjie regmaak. Toe sy by die huis kom, vind sy Susan op die stoep waar sy in die sonnetjie sit en lees.

"Dokter is vroeg terug," sê die meisie skamerig.

Sy is 'n mooi dogter met dromerige groen oë en lang, blonde vlegsels en Karin het dadelik van haar gehou.

"Ek het nog nie eers my koffers uitgepak nie, Susan!"

antwoord Karin vriendelik. "En ek het gedink vanmiddag is 'n goeie geleentheid om alles mooi agtermekaar te kry."

"Kan ek nie vir Dokter help nie?" vra Susan en geredelik willig Karin in. Susan se hulp sal vandag werklik waardeer word en terselfdertyd gee dit haar 'n geleentheid om met die meisie nader kennis te maak.

Bewonderend kyk Susan na Karin se mooi rokke en met eerbiedige hande hang sy hulle aan die opgestopte skouertjies en stryk hulle met haar hande gelyk voordat sy hulle in die kas ophang. Toe sy hoor dat Karin nog 'n paar besoeke het om te doen, stel sy voor dat Karin dadelik gaan bad en aantrek en dat sy alleen verder sal uitpak en wegpak.

"Ek doen dit graag, Dokter," sê sy toe Karin aarsel. "Ek weet hoe besig u is en ek geniet dit om al die mooi klere te sien. Buitendien het ek nou niks anders te doen nie – Ouma het 'n siek tannie gaan besoek en ek moet huis oppas."

Karin het die vriendelike aanbod aanvaar en toe sy weer in die slaapkamer terugkom, was die koffers leeg en alles netjies weggepak.

"Ek het die koffers in die kas in die gang gebêre," sê Susan. "Daar is baie plek en hier is hulle tog net in die pad."

"Jy is 'n skat," sê Karin dankbaar. "Kom help nou gou vir my dat ons die meubels in my sitkamer so 'n bietjie verskuif, dan is alles agtermekaar."

Hulle het gestoot en geskuif totdat die meubels na Karin se sin was en Susan het dadelik gemerk dat die kamer nou baie geselliger lyk.

"Dis wonderlik wat 'n verandering dit maak," sê sy peinsend en sy wonder meteens wat haar ouma sal sê as sy die meubels in haar kamer en die eetkamer ook 'n bietjie verskuif.

"Ja, dit lyk gaaf," sê Karin en sy dink: met 'n mooi mat en nuwe gordyne sal dit sommer eersteklas wees. Sy sal dadelik aan haar moeder skryf om dit vir haar te koop en te laat aanstuur. Moeder sal wel weet wat om te kry.

"As Dokter uit is en die telefoon lui, moet ek dit beantwoord?" vra Susan toe sy uitstap.

"As jy toevallig naby is en jy skryf die boodskap sorgvuldig neer, sal ek baie dankbaar wees, Susan. Maar dis glad nie nodig dat jy die telefoon oppas nie."

"Ek doen dit graag," antwoord Susan en Karin dink dat sy dit inderdaad gelukkig getref het.

Die aand is sy saam met Arrie bioskoop toe en ongestoord kon hulle die hele program geniet.

"Dit lyk vir my jy het my maar net bang gepraat," sê Arrie toe hulle later in die kafeetjie sit en koffie drink. "Ek is teleurgestel – daar het dan niks gebeur nie!"

"Wees dankbaar, my vriend, wees net dankbaar!" sê sy.

"En mag ons volgende Saterdagaand die afspraak herhaal?"

"Onder dieselfde voorwaardes; en ek hoop om jou ontwil dat die aand 'n bietjie meer opwindend is."

Hy glimlag en sê tergend:

"'n Aand saam met jou is nooit sonder opwinding nie."

Op daardie oomblik kom Hugo Slabbert die kafee binnegestap. Die kamer is betreklik vol en 'n oomblik staan hy in die deur terwyl hy rondsoek na 'n leë tafeltjie of 'n plek om te gaan sit. Daar is nog by hulle 'n plek en Arrie wink vir Hugo om by hulle te kom sit.

"Ek hoop nie jy gee om nie," sê Arrie terwyl hy 'n stoel vir Hugo uittrek. "Ek wou hom nog oor 'n sakie spreek en nou is miskien 'n goeie geleentheid. Hallo, Hugo. Ek sê nou net vir Karin ek wou jou nog raadpleeg en nou bespaar jy my 'n telefoonoproep."

Hugo se "Goeienaand" is koel maar vriendelik. Hy ruik effens na eter – Karin wonder of hy by die hospitaal was.

Die dametjie wat bedien, is dadelik by en hy bestel koffie, dan sê hy vir Arrie:

"Is jy oor Bester bekommerd?"

"Ja. Bester het weer sy knie by die werk seergemaak en ek het vir hom gesê hy moet sonder versuim na jou toe gaan."

"Ek het hom vanmiddag gesien. Hy sal seker nie weer hierdie seisoen rugby speel nie!"

"Maar Hugo!" Arrie is heeltemal verslae. "Ons enigste vleuel wat iets beteken! Wat gaan ons nou aanvang?"

"Jy sal maar vir Lubbe moet promoveer. Ek glo nog altyd dat die kêreltjie baie belofte inhou."

"Hy is te bang," sê Arrie vies. "As die wêreld vir hom ooplê, nael hy soos 'n windhond, ja, maar by die eerste teken van gevaar verloor hy sy kop en dan foeter hy alles op. Ekskuus, Karin," maak hy haastig verskoning. "Maar Lubbe lok by my gewoonlik sterk taal uit."

"Hy is onervare – dis al," sê Hugo. "Gee hom gereeld plek in jou eerste span en kyk wat gebeur."

"Ek sou veel liewers vir Kosie Roux probeer. Daar's vir jou 'n oulike klein vleuel."

"Kosie is 'n skoolseun en jy kan maar daardie gedagtes uit jou kop sit," sê Hugo droogweg. "Al sou sy pa nog toestem dat hy vir julle speel, sal ek dit nie toelaat nie."

Arrie grinnik:

"So het jy al meermale gesê. Maar wat se soort dokter is jy dan, Hugo, dat jy nie Bester se knie kan regmaak nie!"

"As Bester verlede jaar na my geluister het en die knie kans gegee het om behoorlik gesond te word, sou julle nie nou met die hande in die hare gesit het nie."

Vir Karin sê hy: "Ek kom nou net van die hospitaal af – een van die skoolseuns het in 'n motor vasgery."

"Ernstig?" Sy wonder of hulle na haar gesoek het – sy is immers aan diens. Tensy dit natuurlik een van Hugo se private pasiënte is.

"Gelukkig nie – net 'n paar gebreekte ribbes en kneusplekke."

"Ek het 'n wonderlike rustige aand gehad," erken Karin. "Arrie is heeltemal teleurgestel – ek dink hy het verwag om die hele aand in die ambulans rond te ry."

"'n Man het ook maar sy drome," glimlag Arrie.

"Die stilte voor die storm," voorspel Hugo. "Saam met die koue weer kom die winterkwale en siektes."

Hulle het nog so 'n rukkie gesels, toe sê Karin sy moet huis toe gaan. Hugo Slabbert het 'n tweede koppie koffie bestel en sy en Arrie is alleen daar weg.

"Ek het nie geweet dr. Slabbert stel ook belang in rugby nie," sê Karin aan Arrie toe sy weer langs hom in sy motor sit.

"Hy stel baie belang – hy het vroeër jare self ook gespeel.

Hy is vanjaar lid van ons keurkomitee, soos jy seker van ons gesprek afgelei het."

"Ek het – ook dat die arme kaptein maar baie moeilikhede het!"

Ná die lang, bedrywige dag was Karin moeg en bly om in die bed te kom, maar die telefoon het haar die nag twee maal uit 'n diep slaap gewek en in die koue uitgejaag. Die wind het gaan lê, maar dit was nou snerpend koud en die grond was hard van die ryp.

Toe Karin die tweede keer in die bed klim net toe die rooidag begin breek, was sy so verkluim dat dit vir haar gevoel het sy word nooit weer warm nie. Sy het al baie van die Hoëveldse winters gehoor en as dit maar 'n voorsmakie is van wat gaan kom, het sy die helfte nog nie gehoor nie!

Hugo Slabbert se voorspelling dat dit slegs die stilte voor die storm was, is die volgende paar weke oor en oor bewaarheid. Sommer uit die staanspoor was die tempo vinniger. Die ongure weer het voortgeduur en griep, verkoues, brongitis en tonsilitis was meteens hoog in die mode. Die spreekkamers was vol, die plaasbesoeke het toegeneem en tussenin het Karin van die een pasiënt na die ander gejaag. Die rooi tweesitplekmotortjie was hier, daar en oral en die vriendelike swarthaarnooientjie wat agter die stuurwiel gesit het, was lankal nie meer 'n vreemdeling op Doringlaagte nie.

Sy was bewus daarvan dat dr. Slabbert dit nog drukker as sy gehad het – hy was nie die soort man wat homself gespaar het nie, nie eers as hy 'n koppige nooientjie 'n broodnodige les wou leer nie! – en behalwe in die oggende as sy hom in die operasiesaal bygestaan het, het sy maar min van hom gesien. Sy was saans doodmoeg, maar sy het nooit gekla nie, nie eers teenoor tant Rina of Susan wat die vriendelikheid en hulpvaardigheid self was nie. Hulle het in die besige dae baie vir haar beteken. Haar kamers was altyd blink en skoon, die kaggelvuurtjie het helder gebrand as sy saans moeg en koud by die huis gekom het, telefoonboodskappe is getrou aangeteken en tant Rina het dit altyd reggekry om vir haar iets smaakliks vir ete voor te sit, selfs as sy lank ná die etensuur eers opgedaag het.

Enkele gevalle van kwaai virus-griep het hulle verskyning gemaak en voordat die dokters die siekte gediagnoseer het, het die gevalle hulle heelwat hoofbrekens besorg. Eers toe het Karin vir Hugo vertel van die geval wat sy weke gelede op een van haar plaasbesoeke teengekom het en wat haar so gehinder het omdat sy nie haar vinger op die moeilikheid kon lê nie. Sy het destyds die geval met dr. Roux bespreek maar omdat sy nooit weer van die mense gehoor het nie, het sy aangeneem dat die kind gesond geword het en later daarvan vergeet. Nou glo sy dat dit ook 'n geval van virus-griep was.

Die plaasbesoeke, hoewel tydrowend en vermoeiend, het Karin wonderlike ervaring verskaf en het dikwels oomblikke van groot geluk en diepe bevrediging gelewer.

Die moeilikste geval wat sy op die plaasbesoeke gehad het en wat die hoogste eise aan haar vaardigheid en bekwaamheid as geneeskundige gestel het, was 'n bevalling in 'n nederige werkershuisie. Toe sy die middag kort voor sononder eindelik daar aankom – dit was haar derde plaasbesoek die dag . . . dr. Slabbert was juis ook met 'n moeilike bevalling besig en kon glad nie weggaan nie – het sy die jong meisie in 'n uitgeputte toestand, stom van pyn en angs en met smeking in haar oë aangetref. Sy het die huisie benoud en bedompig gevind. Vir verwarming het daar 'n houtvuurtjie gebrand en die rook het soos 'n miswolk in die vertrek gehang. Onder die rooklaag was die lug verbasend skoon. En in die eenvoudige huisie, met die lig van 'n flikkerende olielamp en die sterk flits wat sy altyd by haar gedra het, het sy alleen met net die twyfelagtige hulp van 'n ou vrou, geveg om die lewe van die moeder en haar kind. Dit was 'n lang en taai worsteling. Alles was verkeerd. Die meisie was uitgeput en die sweet het later op Karin se voorhoof gepêrel en op die grond begin val sodat sy elke nou en dan die ou vrou moes vra om dit af te veeg.

Maar eindelik was die stryd verby en 'n klein, swart baba, warm toegewikkel in 'n kombersie, het luidkeels sy koms in die koue, onvriendelike wêreld aangekondig. Sy moeder het geslaap, nog onder die invloed van die verdowingsmiddels wat Karin haar toegedien het, maar ook vir haar was die stryd verby en as sy wakker word, sou hulle die kindjie in haar arms lê en die pyn en aakligheid sou saam met die donker nag wyk. Die dokter se werk was gedaan en eindelik kon sy huis toe gaan.

Met diep teue het Karin die koue, vars lug ingeasem en met nederigheid en diepe erkentlikheid het sy die Skepper gedank dat sy weer eens die wonder van die geboorte van 'n nuwe lewe kon aanskou! In hierdie oomblik, hier in die oop veld, onder die helder vonkelende sterre, het sy baie ná aan daardie Skepper gevoel.

Sy luister na die stamelende dank van die vader wat saam met haar tot by die motor stap en styf en stram gly sy agter die stuurwiel in. Nou dat alles verby is en die reaksie begin intree, nou eers besef sy hoe moeg sy is. Maar vir haar het die einde van die dag nog nie gekom nie. Die lang pad huis toe lê nog voor en aan die einde van haar bestemming wag die besoeke wat sy die middag nie kon doen nie.

Dat sy op pad huis toe nog hopeloos sou verdwaal, het sy toe nog nie geweet nie!

Dit was 'n stikdonker nag en omdat sy so moeg was, het sy die uitdraaipaadjies seker nie so goed dopgehou soos sy moes nie. Dit was eers toe 'n vreemde houthek skielik voor haar in die pad opdoem dat sy vir die eerste maal besef dat sy op 'n vreemde pad is. Sy het nooit vanmiddag deur so 'n hek gery nie: dit onthou sy goed.

Dadelik draai sy om en toe sy 'n paar kilometer terug 'n uitdraaipaadjie aan die regterhand sien, het sy dit gevolg. Maar haar onrus het toegeneem. Is dit maar net omdat dit so donker is dat die pad vir haar so vreemd lyk?

Toe sy 'n driekwartier later weer voor dieselfde houthek stilhou en besef dat sy die hele tyd in 'n kring tussen die rantjies deurgery het en dat sy nie 'n enkele tree nader aan die huis was nie, het sy haar kop op die stuurwiel gelê met die gevoel dat sy nou die einde van haar uithouvermoë bereik het!

Sy sien nie kans om vanaand verder te gaan nie. Met die koms van die nuwe dag sal sy miskien weer nuwe moed en nuwe besieling kry, maar nou wil die golwe van vermoeienis en teleurstelling haar oorweldig.

'n Lang ruk het sy so met haar kop op haar arms gerus en sy moes seker ingesluimer het, maar skielik het sy met 'n ruk regop gesit.

Wat was die geluid wat haar opeens helder wakker gemaak het!

Gespanne wag sy om te hoor of die geluid herhaal word en haar hart klop in haar keel. Die donker nag is meteens vol dreigende gevare. Dan hoor sy dit weer: die aaklige getjank van 'n jakkals hier digby en sy sug verlig terwyl haar hele liggaam 'n oomblik verslap. Maar sy sit gou weer regop. Sy besef nou sy durf nie hier bly nie. Om vanaand hier voor die hek te slaap, sou wees om te erken dat Hugo Slabbert reg was. Enigeen kan in die donker nag op 'n vreemde pad verdwaal. Dít is nie so 'n groot skande nie. Maar vervlaks of sy hier gaan bly sit totdat die son môre-oggend opkom.

Sy kyk op haar horlosie en merk met verbasing dat dit reeds halftwaalf is. Sy moet beslis 'n rukkie gedut het. Sy is stram en styf van die koue en rasend honger, maar sy is nie meer so verskriklik moeg nie. Sy sal maar weer probeer, miskien geluk dit haar dié keer.

Sy klim uit die motor uit en kyk op na die helder vonkelende sterre. Miskien kan hulle haar help om by die huis te kom. Die Suiderkruis hang hoog en die melkweg lê skitterend en skoon oor die hemel. Maar hoe loop haar pad huis toe? Mismoedig skud sy haar kop.

Toe die jakkals skielik weer hier digby haar sy stem verhef, vlieg sy in die motor en ruk die deur toe.

Sy sal maar vannag sonder die hulp van die sterre haar pad moet vind!

12

Toe Karin om half-tien nog nie van haar plaasbesoeke teruggekeer het nie, het tant Rina net erg bekommerd begin voel. Sy gee nie om as die kind laat saans en selfs snags hier alleen op die dorp rondry nie, maar die gedagte dat die meisie stokalleen êrens in die distrik is, vul haar met onrus. Karin is 'n dokter, maar sy is ook 'n vrou, en die wêreld is vandag so boos dat 'n vrou dit nie alleen in die nag op die donker paaie durf waag nie.

Sy stap nou weer na Karin se sitkamer waar Susan besig is om haar huiswerk te doen. Karin het voorgestel dat hulle twee saans as sy uit is in háár sitkamer sit en werk. Daar het altyd saans 'n heerlike vuurtjie gebrand en een van hulle was dan byderhand as die telefoon miskien lui. Tant Rina het gewoonlik saans vroeg gaan slaap, maar Susan het graag van die voorreg gebruik gemaak. Sy het Karin aanbid en sy het dit geniet om in haar kamer te werk en miskien 'n paar woorde met haar te wissel as sy terugkom. Dan het sy ewe tevrede terug kombuis toe gegaan of haar boeke weggepak en bed toe gegaan.

Karin se stipulasie dat sy nie ná tienuur mag bly nie tensy sy baie dringende werk gehad het om te doen, het Susan ook getrou nagekom.

Sy kyk op toe haar ouma die kamer binnekom.

"Ek gaan nou maar bed toe, my kind. As Dokter kom vóór jy gaan slaap – daar is lekker sop op die stoof en die ketel kook amper. Miskien wil sy liewers 'n warm melkdrankie hê; die arme kind is seker verkluim."

"Sy was nog nooit so laat nie, was sy, Ouma?" vra Susan en haar ouma hoor die onrus ook in haar stem. Meteens luister die dogter gespanne, dan sê sy: "Hier is nou 'n motor – miskien is dit Dokter!"

Tant Rina het ook die geklap van die motordeur gehoor en in stilte luister hulle nou na die voetstappe op die gruispaadjie. Dan skud Susan haar kop. Nog voordat die persoon aan die deur klop, het sy geweet dat dit nie dr. De Wet is nie.

Sy maak die deur oop en haar oë rek effens toe sy sien dis dr. Slabbert wat buite staan.

"Goeienaand, Susan. Is dr. De Wet hier?"

"Goeienaand, Dokter. Nee, sy het nog nie van haar plaasbesoeke teruggekom nie. Maar kom binne, Ouma is ook hier."

Hy kom binne en effens senuweeagtig bied sy hom 'n stoel aan. Tant Rina groet hom vriendelik. Sy goedheid teenoor haar en Susan tydens haar man se siekte en afsterwe sou sy nie lig vergeet nie.

"Kan ek vir Dokter 'n koppie koffie maak?" bied sy aan. "Die water kook – dit sal geen moeite wees nie!"

"Dankie, dit sal heerlik wees!" Ook hy het 'n lang, moeilike dag agter die rug en hy gaan sit in die diep stoel voor die vuur en stoot sy bene behaaglik voor hom uit. Hy wonder wat Karin so vertraag het. Hy het beslis verwag om haar tuis te kry, maar sy sal seker nou enige oomblik hier opdaag.

Belangstellend kyk hy in die kamer rond. Dis die eerste keer dat hy hier kom en hy dink dat sy die kamer baie gesellig ingerig het. Hy hou van die warm wynrooi gordyne, van die helder kussings wat op die divan gestapel is. En dan kyk hy na die dogter wat by Karin se lessenaar sit en werk. Hoewel sy seker wil voorgee dat sy verdiep in haar werk is, merk hy dat sy nie op haar gemak is nie en hy is nie verbaas toe sy na 'n paar minute haar kladskrif toemaak en haar boeke bymekaar pak nie.

"Dr. De Wet het gevra ek moet saans as sy uit is, hier sit," verduidelik sy effens verleë toe sy opstaan. "Ek skryf dan die telefoon- en ander boodskappe vir haar op."

Die telefoon lui meteens en sy tel dit dadelik op. Sy luister 'n rukkie dan sê sy beleef:

"Dokter is nog nie terug nie, Mevrou . . . Ja, ek het die

boodskap afgeskryf en ek het gesê dis dringend . . . Ja, sy sal die boodskap kry."

Toe sy die telefoon neersit, kyk sy na Hugo.

"Dis die derde maal dat die dame bel. Moet ek nou weer die boodskap neerskryf?"

"Skryf dit maar weer neer, dan weet dr. De Wet dis dringend."

Susan skryf die boodskap neer dan sê sy saggies:

"Dokter was nog nooit so laat nie!"

Hugo antwoord nie en sy sê nag en verdwyn. 'n Rukkie later bring tant Rina koffie en beskuit en solank soos hy dit drink, gesels hulle hiervan en daarvan; maar die geselsery wil maar nie vlot nie en toe hy klaar is, maak tant Rina verskoning en sê dat sy bed toe gaan.

"Ek wag nog 'n paar minute," sê dr. Slabbert. "Dan moet ek ook gaan."

"En as sy nie kom nie?" vra tant Rina en vir die jongman klink dit soos 'n beskuldiging.

"Sy sal kom," antwoord hy koel. "Sy is natuurlik êrens vertraag."

"Ek hoop so! Maar die rondryery so alleen in die nag is nie goed nie!"

Sy wens dr. Slabbert goeienag toe en dan is Hugo alleen met sy gedagtes voor die vuur.

Toe Karin om kwart-oor-tien nog nie terug is nie, staan hy op en stap na die lessenaar toe. Vlugtig kyk hy na die boodskappe wat op die skryfblok geskrywe staan, dan skeur hy die vel papier af en steek dit in sy sak. Op die skoon vel skrywe hy haastig 'n paar reëls, onderstreep die woord "dringend" en teken sy naam. Voordat hy gaan, sit hy nog 'n groterige stomp op die vuur, dan trek hy die deur saggies agter hom toe.

Om elfuur was Hugo terug in sy woonstel. Hy probeer vir Karin skakel – ingeval sy gekom het onderwyl hy met die besoeke besig was – maar daar is geen antwoord nie en hy het gaan bad en later gaan lê. Hy kon nie dink wat haar so kon vertraag het nie, maar hy weier om werklik bekommerd te raak. Onverwags verrys die beeld van 'n skraal jong meisie

– heelwat skraler as toe sy hier gekom het – met donker hare en oë so blou soos koringblomme voor sy gees en met 'n gedempte vloek gooi hy skielik die komberse van hom af, trek sy kamerjas en pantoffels aan en stap na die telefoon toe.

Hy skakel die polisie en verduidelik kortliks wat gebeur het. Hulle beloof dat hulle dadelik met al hulle manne in die distrik wat bereikbaar is, in verbinding sal tree en hom sal skakel sodra hulle iets verneem.

Meer kan hy nie doen nie. Hy is terug bed toe maar sy onrus groei nou by die oomblik aan en hy het later maar opgestaan en vir homself koffie gemaak. Om half-een het hy Karin weer probeer skakel maar daar was geen antwoord nie. Traag het die minute verbygekruip en gedagtes aan wat alles met haar kon gebeur het, het hom nou van sy laaste bietjie gemoedsrus beroof en hy het net besluit om aan te trek en sy motor te neem en self na haar te gaan soek, toe die telefoon skielik lui.

Dadelik was hy by. Dis die polisiesersant wat bel om te sê dat dr. De Wet by een van hulle buitestasies aangekom het. Sy het verdwaal en hulle gee net vir haar koffie, dan sal die manne haar tot in die grootpad begelei en sy behoort so oor 'n driekwartier tuis te wees.

"Dankie, Sersant!" Sy verligting is oneindig groot.

"Alles reg, Dokter, ons help graag. Bly ons het haar gekry. Sy kon die hele nag daar tussen die kliprantjies rondgedwaal het – en miskien nog verkluim het van die koue."

Die sersant is heeltemal onder die indruk van sy eie woorde en Hugo bedank hom weer en lui af. Verdwaal! Aan daardie moontlikheid het hy nooit ernstig gedink nie. Na byna twee maande op Doringlaagte – twee maande waarin sy minstens vier, vyf plaasbesoeke elke week gehad het – behoort sy darem nie meer te verdwaal nie. Maar dis natuurlik tipies van 'n vroumens! Dan versag die streng lyne van sy mond en hy wonder wat die nooientjie vir haarself te sê sal hê. Heelwat verlig klim hy weer in die bed, skakel die lig af en vyf minute later is hy vas aan die slaap.

Dit was half-twee toe Karin saggies die buitedeur oopstoot en stil en geluidloos soos 'n skaduwee die kamer binneglip.

Die vuur is dood, maar die kamer is nog warm en sy is onuitspreeklik dankbaar om na langelaas die warmte en veiligheid van haar eie kamer te bereik.

Die ondervinding was 'n nagmerrie gewees, maar dis verby en sy wil nie nou verder daaraan dink nie. Nou begeer sy net een ding en dit is: slaap, slaap en nog slaap. Sy voel dat as sy haar oë nou sluit, maak sy hulle nooit weer oop nie. Sy skakel die lig aan en sy skrik toe daar saggies aan haar deur geklop word. Dit is tant Rina in 'n lang flennienagrok en 'n groot, grys wolserp om haar skouers wat in die deur staan.

"My *kind*! sê sy. "Ek was al só bekommerd oor jou. Waar was jy?"

"Ek het verdwaal, Tannie!" Meer kan sy nie uitkry nie, maar meer is ook nie nodig nie.

"Klim *dadelik* in die bed. Ek bring vir jou iets om te drink."

Outomaties stap Karin eers na die lessenaar en trek die skryfblok nader. Daar is net een enkele boodskap en dit wel van dr. Slabbert.

"Bel my sodra jy inkom. *Dringend.*"

En dan die naam daaronder! *Hugo Slabbert*! En die "dringend" onderstreep!

Besluiteloos kyk sy na die briefie. Hy verwag tog nie dat sy hom *nou* bel nie. Maar die "*dringend*" wat so onderstreep is, laat haar tog onrustig voel en half huiwerig trek sy die telefoon nader.

Sy stem toe hy antwoord, is diep en bruusk.

"Ja?" vra hy kortaf en sy weet hy het geslaap.

"Dit spyt my, Dokter – ek wou jou nie hinder nie. Maar jou boodskap sê "*dringend*"."

"Dit was dringend! Ek het intussen verneem dat jy onder polisie-begeleiding huis toe kom – maar ek is bly jy het gebel! Daar is môre-oggend geen operasies nie – slaap dus maar vir 'n verandering laat. Goeienag, Dokter."

"Onder polisie-begeleiding!" Dit is tipies van Hugo Slabbert om dit so te stel. Maar hy het nie kwaad geklink nie. Sy stem was onverwags warm en diep en sy wonder of hy ook 'n bietjie bekommerd oor haar was! Die gedagte dat hy met die polisie in verbinding was, laat haar tog darem 'n bietjie verleë voel!

Sy het geslaap tot die volgende oggend om half-nege. Selfs nadat sy wakker geskrik het, het sy nog 'n tyd lank in die bed gelê, ongewoon traag en onwillig om op te staan. In die lig van die dag, met die son wat so warm en heerlik by haar venster inskyn, kon sy glimlag oor die vorige nag se ervarings, maar diep in haar hart het sy erken dat sy nie graag gou weer so 'n ondervinding wil deurmaak nie.

Voordat sy spreekkamers toe kon gaan, moes sy eers by die hospitaal aangaan om 'n pasiënt te besoek en tot haar verbasing is Hugo Slabbert se motor nog daar. Hy doen gewoonlik sy hospitaalrondes vroeg in die oggend en tensy hy operasies het, is hy teen hierdie tyd lankal weer weg. En hy het tog uitdruklik vir haar gesê dat hy vandag geen operasies het nie . . .

Vinnig stap sy die hospitaaltrappies op. Die matrone is nie in haar kantoor nie, maar die stafsuster is in die ontvangkamer besig en bied aan om saam met Karin te stap. Dit gebeur maar selde dat die matrone vir Karin op haar ronde vergesel – daarvoor is dr. De Wet nie belangrik genoeg nie! Maar sonder uitsondering is sy op haar pos as Hugo Slabbert daar kom.

"Het julle vanoggend operasies gehad, Staf?" vra Karin terwyl hulle die gang afstap.

"Twee – albei dr. Silbur se pasiënte. Die blindederm het hy self gedoen, die buikoperasie het dr. Slabbert gedoen."

Behalwe vir die Truter-Slabbert-Roux-vennootskap is dr. Silbur die enigste ander geneesheer op Doringlaagte. Sy pasiënte is meesal uit die meer gegoede Engelse gemeenskap en hoewel Karin nooit die indruk kry dat hy hom doodwerk nie, maak hy blykbaar 'n goeie bestaan. Hy bestuur nie eers self sy groot swart motor nie, maar word oral deur sy motorbestuurder rondgery. Hy opereer nie dikwels nie – hoogstens een of twee keer per week – en dan doen hy alleen kleiner operasies. As sake ernstig word, roep hy gewoonlik dr. Truter of Hugo Slabbert se hulp in of stuur die pasiënte stad toe waar hulle deur 'n spesialis behandel kan word.

Karin het hom een of twee keer met operasies bygestaan en die kontras tussen sy tydsame, presiese bewegings en Hugo Slabbert se vlugheid en behendigheid was baie opvallend. Maar verder was hy 'n aangename, hoflike man wat blykbaar tevrede is met sy kleiner prestasies, solank dit plek en tyd in sy lewe laat vir die ander dinge, soos gholf en brug waarin hy hartstogtelik belang stel.

In die kinderafdeling waar een van haar pasiëntjies lê, loop sy dr. Viljoen, die huisdokter, raak.

"Jy het vanmôre iets interessants gemis," sê hy aan haar en hy vertel haar kortliks van dr. Slabbert se operasie en van die ontsaglike gewas wat hy uit die vrou se buik gehaal het. "So iets het ek in my dag des lewens nog nie gesien nie – en ek glo jy ook nie!" vervolg hy.

Sy glimlag oor sy entoesiasme, maar sy voel tog dat sy iets gemis het.

Toe sy terugkom, staan die twee dokters en die matrone in die voorportaal te gesels. Hulle groet en Karin is bewus van dr. Slabbert se blik op haar.

"Ek hoop jy het volkome herstel van die onaangename ervaring vannag, Dokter," sê hy beleef en tot haar ergernis voel Karin dat sy bloos.

"Ek het heeltemal herstel, dankie," antwoord sy en aan dr. Silbur en die matrone wat nuuskierig toekyk, verduidelik sy glimlaggend: "Ek het vannag in die distrik verdwaal!"

"*Dit* was seker nie so 'n aangename ondervinding nie!" sê dr. Silbur besorg.

"Nee, dit was nie," erken sy liggies.

Die matrone sê niks nie en haar blink, donker oë verraai ook nie haar gedagtes nie. Dis net wat 'n mens van die onervare ou stadsdoktertjie kon verwag het, dink sy, om hier op die plaaspaaie te kom verdwaal. Die feit dat Karin vanoggend ondanks haar wedervaringe nog so jeugdig en aantreklik daar uitsien, het seker iets met haar gevoel van wrewel te doen. Die mooi ferm mondjie is helderrooi geverf, die skaduwees onder die diep-blou oë laat hulle nog groter en donkerder lyk. Die grys baadjiepak pas haar volmaak, die syserpie om haar hals is die presiese blou van haar oë. Sy lyk soos 'n modepop, nie soos 'n dokter nie, dink sy vererg toe Karin saam met die twee mansdokters daar wegstap.

Dr. Silbur stap saam met Karin na haar motor toe.

"Ek is bly ek het jou hier raakgeloop, dr. De Wet!" sê hy toe hulle by die motor kom. "Ek het jou gister probeer bel, maar jy was reeds weg op jou besoeke. Daar is 'n sakie wat ek graag met jou wil bespreek – ek het gewonder of jy nie vanaand saam met ons wil kom eet nie."

Onseker kyk Karin na hom:

"Ek sou graag wou kom, dr. Silbur, maar op die oomblik durf ek geen afsprake maak nie. Dit is moontlik dat ek teen etenstyd van my besoeke terug is, maar ek kan ongelukkig nie daarop reken nie."

"Ons eet nooit saans voor half-agt nie," sê hy. "Ons sal vir jou wag tot agtuur. En moenie aantrek nie, daar sal geen ander besoekers wees nie."

Wat kan die sakie wees wat hy met my wil bespreek, wonder Karin nuuskierig terwyl sy wegry en sy hoop dat haar werk dit sal toelaat dat sy vanaand saam met dr. Silbur en sy vrou kan eet.

By die spreekkamers wag dr. Slabbert reeds op haar. Hy maak geen verdere melding van haar avontuur van die vorige nag nie en kort en saaklik bespreek hulle die paar gevalle wat hy noem, ook die besoeke wat hy die vorige aand vir haar gedoen het. Eers toe hulle klaar is, sê sy met 'n half verleë glimlaggie:

"Dit spyt my oor die moleste wat ek gisteraand aangevang het. Ek hoop dit het nie vir jou groot ongerief veroorsaak nie."

Hy glimlag onverwags:

"Ek het nie gedink jy sal nou nog verdwaal nie!"

"Ek het dit nie met opset gedoen nie!"

"Ek neem dit aan! Maar ek het genoeg bekommernisse – sorg dat dit nie weer gebeur nie!"

"Ja, Dokter," antwoord sy gedwee.

Die res van die dag het vinnig verloop. Om drie-uur die

middag, net toe sy met haar laaste pasiënt klaar is en aan die plaasbesoeke begin dink, kom dr. Slabbert weer na haar kamer toe.

"Ek het vergeet om vir jou te sê dat ek Donderdag stad toe moet gaan om getuienis in 'n moordsaak af te lê. Ek sal baie vroeg die oggend moet weggaan – dis byna tweehonderd kilometer – en ek weet nie hoe laat ek die middag sal terugkom nie; dit hang alles af van hoe laat die saak verhoor word. Ek is bevrees jy sal die dag maar alleen hier moet regstaan, Dokter!"

"Ek sal dit geniet," antwoord sy ewe parmantig en daar is 'n ondeunde glinstering in die mooi blou oë.

"Ek hoop jy sal nie rede hê om jou woorde te berou nie," sê Hugo Slabbert, maar hy glimlag. Dan vervolg hy weer saaklik: "Daar is dusver twee plaasbesoeke – nie ver van mekaar nie – en ek sal albei doen. Soek vir jou 'n maat, dan gaan speel jy 'n paar stelle tennis."

Daar is 'n klein stiltetjie voordat Karin saggies sê:

"Ek neem aan dis net 'n voorstel!"

Hy grinnik.

"Nee – dis doktersbevele! En sorg dat jy hulle nakom!"

Toe Mien 'n paar minute later die kamer binnekom, sê sy terwyl sy met haar duim in die rigting van Hugo se kamer wys:

"Dit word heeltemal menslik! Toe ek nou in sy kamer kom, staan hy sowaar en fluit!"

Daarop het Karin niks te sê gehad nie.

Om half-agt die aand was sy by dr. Silbur se huis en sy het selfs tyd gehad om te bad en tydsaam een van haar mooi rokkies aan te trek.

Die Silburs het in 'n groot dubbelverdiepinghuis nie ver van die Rouxs gewoon nie. Die vertrekke was ruim en deftig gemeubileer.

Mev. Silbur, 'n lang, donker dame van omtrent veertig jaar, was geklee in 'n swart fluweelrok. Sy was aanvanklik 'n bietjie koel en teruggetrokke en omdat sy nie Afrikaans kon praat nie, is die gesprek later deurgaans in Engels gevoer.

Die eettafel was pragtig gedek, die maaltyd heerlik, die

bediening perfek, en dit was duidelik dat die Silburs die kuns van lekker lewe verstaan het en daagliks uitgeleef het. In die strelende atmosfeer het Karin ook heeltemal ontspan en sy kon skaars glo dat sy maar net vier-en-twintig uur gelede, nat van die sweet, in 'n eenvoudige huisie om die lewe van 'n jong vroutjie en haar kind geworstel het.

Eenkeer het sy die telefoon vérweg hoor lui, maar een van die huishulpe het dit beantwoord en indien dit 'n boodskap vir die dokter was, sou hy seker eers later daarvan verwittig word.

Daar was geen haas, geen gevoel van gejaagdheid nie, en hulle het gesels oor die opera, oor boeke, oor alles behalwe siek mense en hulle kwale. Dit was eers later toe hulle weer in die sitkamer voor die vuur sit en dr. Silbur rustig aan 'n sigaar rook dat hy tot die eintlike rede vir die uitnodiging van vanaand gekom het:

"Ek het van dr. Slabbert verneem dat u hulle tot einde Junie help. Ek weet nie of u al enige verdere planne gemaak het nie, maar ek wil graag aan u 'n voorstel doen."

In stilte wag Karin. Sy wonder of dr. Slabbert *vanoggend* vir dr. Silbur gesê het dat sy net tot Junie aanbly. Dit beteken dat hy reeds besluit het dat sy sal gaan en maar net die tyd afwag om haar te sê. Sy voel meteens ontsteld en vererg, maar ook bitter teleurgestel. Hy het gesê hy sal haar 'n kans gee . . . maar al die tyd het hy reeds vooraf besluit. Heeltemal onbewus van die gevoelens wat sy woorde by die jong meisie wakker gemaak het, vervolg dr. Silbur tydsaam. "Ek en my vrou wil ook graag vanaf Augustusmaand vir drie maande met vakansie oorsee gaan en ek sal met graagte my praktyk gedurende die maande in u hande wil laat." Hy kyk ondersoekend na Karin, maar sy weet nie dadelik wat om te sê nie en hy vervolg weer: "Ek bied u dieselfde vergoeding aan wat u vandag kry en die werk sal oneindig makliker wees. Daar sal min plaasbesoeke wees – ek het net 'n paar pasiënte in die distrik – en u sal die gebruik van my motor en bestuurder hê."

Met opregte waardering antwoord Karin:

"Dit is baie vriendelik van u, Dokter – ek waardeer die

vertroue wat u in my stel. Ek het nog nie besluit wat ek gaan doen nie en ek sal graag oor u aanbod wil nadink."

"Doen dit gerus," sê dr. Silbur hartlik. "Ek dink ook al geruime tyd daaraan om 'n jong vennoot te vind. Dalk slaag die proefneming so goed dat ons later aan 'n vennootskap kan dink."

Karin is daar weg met die gevoel dat sy droom. Maar tussen al die gedagtes wat deur haar brein gewarrel het, was sy die sterkste bewus van haar wrewel en haar diepe teleurstelling in Hugo Slabbert.

13

Dr. Silbur se onverwagte aanbod het Karin heelwat gegee om oor na te dink en sy het gewens dat sy die saak 'n slaggie met haar vader kon bespreek. Sy kon nie besluit nie. Die laaste paar weke het kwaai eise aan haar kragte en uithouvermoë gestel en al was sy ook hoe geesdriftig omtrent die werk, het sy besef dat sy dit nie kan volhou nie. Van brood alleen kan die mens ook nie leef nie. Daar moet tyd vir rus en ontspanning wees, selfs in die besigste lewe, en die gedurige gejaagdheid, die gebrek aan genoegsame rus, die volslae gebrek aan sosiale omgang met jongmense, het die eerste saadjies van twyfel in haar hart laat posvat. Dikwels het sy ook die gevoel gekry dat van haar pasiënte afgeskeep word – in die sin dat sy hulle graag meer persoonlike aandag sou wou gegee het bloot omdat ander, meer dringende gevalle haar tyd en aandag geëis het. Weliswaar was dit 'n besondere besige maand gewees. Selfs onder normale omstandighede sou sy en dr. Slabbert hulle hande vol gehad het om alleen die groot en uitgestrekte praktyk te behartig. Met die kwaai griep-epidemie en die ander siektes wat die skielike koue weer gebring het, het dit feitlik 'n saak van onmoontlikheid geword.

Maar dit was slegs tydelik. Oor tien dae sou dr. Roux terug wees en dan sal dit weer heelwat makliker gaan. As dit van haar alleen afgehang het, sou sy seker verkies om 'n tydjie langer saam met drs. Slabbert en Roux te werk.

Maar sy moes ook aan die moontlikheid dink dat sy ná Juniemaand sonder werk kan wees en dit was in daardie lig dat sy dr. Silbur se aanbod oorweeg het. Indien sy werklik gretig is om in die platteland te praktiseer, is dit inderdaad 'n geleentheid wat sy nie verby behoort te laat gaan nie.

Vroeër of later moes sy natuurlik die saak met Hugo Slabbert bespreek, maar sy was nog vreemd-onwillig om dit te doen. Haar gevoelens teenoor Hugo Slabbert was in hierdie dae nog meer deurmekaar as ooit tevore. Die weke wat hulle so nou saamgewerk het, het slegs haar bewondering vir sy bekwaamheid, sy werk- en uithouvermoë verdiep. Sy het hom 'n stimulerende, interessante en – haar vrouehart het dit erken – besonder aantreklike jongman gevind, maar hoewel sy houding teenoor haar nie meer so styf en afsydig was soos aan die begin nie, was daar ook nie die geringste teken van toenadering van sy kant nie. Maar dit het haar nie gehinder nie. Wat die werk betref, het sy beslis vordering gemaak en sy het al hoe meer die gevoel gekry dat sy so stadigaan sy vertroue wen. Hy het meer en meer van die verantwoordelike werk aan haar toevertrou, hy het haar die afgelope tyd selfs toegelaat om kleiner operasies te doen en hoewel hy gereeld bygestaan het en alles met valk-oë betrag het was hy blykbaar tevrede.

Om daardie rede het dr. Silbur se mededeling dat Hugo Slabbert aan hom gesê het dat hulle ná Juniemaand nie langer van haar dienste gebruik sal maak nie, haar so geskok en teleurgestel en al die ou wrewel teenoor hom weer gewek.

Nadat sy die hele môre alleen met haar teleurstelling geworstel het, kon sy die spanning en onsekerheid nie langer uithou nie en toe hy die middag ná spreekure na haar spreekkamer kom om een van die buitegevalle met haar te bespreek, het sy hom van dr. Silbur se aanbod vertel.

Hy antwoord haar nie dadelik nie. Fronsend staar hy 'n rukkie voor hom uit toe vra hy:

"Vra jy my raad in die saak, dr. De Wet?"

"Ek wil graag die saak met jou bespreek, Dokter," antwoord sy koel. Stilswyend wag hy, sy oë ondersoekend op haar gerig en sy vervolg: "Dr. Silbur het my die aanbod gemaak nadat jy hom vertel het dat ek net tot einde Junie saam met julle werk."

Sy een winkbrou gaan effens op. Dan het hy hom nie verbeel dat die nooientjie se houding die hele dag so effens koel en afsydig was nie. Dít was dan die rede!

"Wanneer sou ek dit aan dr. Silbur gesê het?" vra hy.

Sy merk dat hy dit nie ontken nie en ongeërg haal sy haar skouers op. Sy kan haar ontsteltenis nie heeltemal van hom verberg nie, maar sy probeer so kalm moontlik praat:

"Ek weet nie. Dit maak ook nie juis saak nie. Ek het net verwag dat jy die saak eers met my sou bespreek – voordat jy dit met dr. Silbur of enigiemand anders bespreek."

"Ek het nie die saak met dr. Silbur bespreek nie," ontken hy kalm.

"Maar jy het hom tog laat verstaan dat ek ná Juniemaand vry sal wees om 'n ander pos te aanvaar!"

Hy begin in die kamer op en af stap:

"Dr. De Wet, kom ons veronderstel dat jy net tot Juniemaand hier by ons werk; sou jy dan dr. Silbur se aanbod aanvaar?"

"Ek het nog nie besluit nie," antwoord sy koel.

"Antwoord dan vir my op dié vraag: is jy nog so gretig om op 'n klein dorpie soos Doringlaagte as algemene praktisyn te werk?"

Onwillig antwoord sy:

"Ek dink so!" En dan meer beslis: "Ja, ek is nog net so gretig."

"Het selfs die afgelope drie weke jou nie van sienswyse laat verander nie?"

"Dit was harde werk maar ek het dit geniet."

"Het jy jouself onlangs geweeg, dr. De Wet?" vra hy onverwags.

"Wat het dit met die saak te doen?"

"Jy weet net so goed soos ek wat dit met die saak te doen het. Jy het die afgelope weke baie gewig verloor – vier kilogram, sou ek skat. Hoe lank dink jy gaan jy dit volhou teen daardie koers?"

"Ek is nie die enigste een wat die afgelope weke gewig verloor het nie," sê sy koel. "En ek dink jy sal self erken, Dokter, dat dit 'n besondere moeilike paar weke was."

"Ek erken dit geredelik – maar daar kan weer sulke tye kom." Sy antwoord nie en na 'n rukkie vervolg hy: "Dr. Silbur dink ernstig daaraan om 'n vennoot by te kry."

"So het hy my gesê," antwoord sy nog uit die hoogte en weer gaan die een winkbrou op.

"En jy aarsel nog om sy aanbod te aanvaar?"

"Ek sal dit heel moontlik aanneem," sê sy koel, net om hom te wys dat sy nie die minste verleë is nie, maar nadat sy die woorde geuiter het, sou sy enigiets gegee het om hulle terug te roep.

"Ek is seker dit sal jou nie berou nie," sê hy goedkeurend. "Die werk is maklik – selfs 'n vrou sal dit kan behartig."

Dit moes hy nie gesê het nie! Vuurvonke skiet uit die blou oë:

"En dink jy dis waarvoor ek nege lang jare gewerk het, dr. Slabbert – net so hard soos enige van die manstudente – waarvoor ek my al die opofferings getroos het, om nou tevrede te wees met so 'n ou rusbank-praktykie waarna geen ander dokter wat sy sout werd is, sal kyk nie? Dr. Silbur het 'n ryk vrou – ek moet myself onderhou."

Sy draai meteens weg sodat hy die trane van ergernis wat skielik haar oë vul, nie kan sien nie en 'n oomblik is daar stilte in die kamer. Dan kom hy vlak by haar staan.

"Karin," sê hy en sy stem is diep en bruusk. "Wil jy liewers saam met ons werk?"

'n Oomblik kyk sy op in sy donker oë terwyl sy dink: dis die eerste keer dat hy vir my "Karin" sê. Dan draai sy vinnig weg en koel en beslis kom haar antwoord:

"Nee, dankie, dr. Slabbert – tot die einde van Junie sal net lank genoeg wees. En as u my nou sal verskoon, ek moet nog 'n plaasrit doen."

"Net 'n oomblikkie, dr. De Wet," sê hy. "Ek is self haastig. Ek wil jou net graag dit sê: ek kon weke gelede vir dr. Silbur gesê het dat ons reëling net tot Juniemaand strek. Onlangs was jou naam net eenmaal tussen ons ter sprake: een oggend toe dr. Silbur my vertroulik omtrent jou werk uitgevra het. Op wat ek vir hom geantwoord het, het hy jou die aanbod gemaak, maar hy het my nie gesê dat hy van plan was om jou te nader nie. Wat jou ander beskuldiging betref, is ek ook onskuldig: ek het die saak nog met niemand bespreek nie. Ek het jou beloof dat ons na 'n maand weer kan gesels – maar waar jy blykbaar reeds jou besluit geneem het, is daar nou verder niks te sê nie!" 'n Lang oomblik kyk hy na die meisie wat met 'n bleek gesiggie en neergeslane oë voor hom staan, dan sê hy saggies, spottend: "Ek het dít nie van jou verwag nie, dr. De Wet – so 'n tipiese stukkie vrouehisterie!"

Hy draai om en stap die kamer uit.

Karin het vir Kosie Roux beloof dat sy die middag sou kom kyk hoe Doringlaagte se eerste skoolspan een van die naburige skoolspanne op hulle baadjie gee en hoewel sy glad nie in die luim daarvoor was nie, het sy besluit om tog by die rugbyveld langs te ry en net 'n paar oomblikke te kyk hoe hulle speel. Die twee spanne was reeds op die veld toe sy daar aankom, maar by een van die jong toeskouers het sy verneem dat daar nog geen punte aangeteken is nie.

Die spel is lewendig, selfs sprankelend, en Kosie het 'n paar pragtige naellope uitgevoer maar keer op keer is hy met die bal en al uit die veld gestoot voordat hy die doellyn kon haal. Maar hulle boer op hul teenstanders se doellyn. Enige ander dag sou Karin self al warm van opwinding gewees het, maar vandag volg sy nie die spel met haar gewone konsentrasie en belangstelling nie. Sy wou net seker maak dat Kosie haar langs die kantlyn raaksien en sy het net plan begin maak om te gaan, toe 'n man se skaduwee oor haar val en Hugo Slabbert langs haar kom staan.

"Ek het nie geweet dr. De Wet stel ook belang in rugby nie!"

Sy stem is koel, spottend, en koud antwoord sy:

"Ek het Kosie beloof dat ek sal kom kyk hoe hulle speel. Ongelukkig kan ek nie langer vertoef nie, anders verdwaal ek dalk weer op die pad terug."

Hy antwoord haar nie daarop nie. Beleef sê hy net:

"Ek wou jou net weer daaraan herinner dat ek môre stad toe gaan – en bes moontlik die hele dag weg sal wees."

"Ek het nie vergeet nie! Tot siens, Dokter!"

"Tot siens, dr. De Wet."

'n Oomblikkie kyk hy haar agterna voordat hy weer sy aandag by die spel bepaal. Ook op hom wag daar nog 'n plaasrit, maar dit duur 'n tydjie voordat hy hom van die seuns se interessante spel kan losmaak.

Toe Karin van haar besoek tuis kom, vind sy tant Rina in die bed. Toe sy besorg oor haar buk, fluister die ou dame hees:

"Ek weet nie wat makeer nie – seker maar 'n bietjie griep. Ek voel al 'n paar dae nie so lekker nie, keelseer en kopseer, maar vanmiddag by die vergadering het ek skielik koue koors begin kry . . . Mev. Horak, die prinsipaal se vrou, het my sommer met die motor huis toe gebring."

Die ou dame se vel voel warm en droog, haar polsslag is vinnig, sy lyk moeg en uitgeput. Karin gaan haal haar tassie en tant Rina se teenpratery help nou niks nie.

'n Rukkie is daar stilte in die kamer terwyl Susan met groot, verskrikte oë bystaan. Toe Karin met die ondersoek klaar is, sê sy:

"Ek dink tant Rina se diagnose is reg! Maar die griep is vanjaar besonder kwaai en daar is net één manier om daarvan ontslae te raak: bly in die bed totdat jou dokter sê jy mag opstaan!" Sy glimlag teenoor Susan: "Ons het 'n pasiënt, Susan, en ons sal haar mooi moet oppas as ons wil hê sy moet gou gesond word. Gaan haal nou gou eers vir my bietjie kookwater en dan maak jy vir Ouma 'n lekker warmwatersak."

Terwyl hulle alleen in die kamer is en sy gereed maak om die ou dame 'n inspuiting te gee, sê Karin:

"Wanneer tant Rina beter is, wil ek u graag weer goed ondersoek. Die ou hart klink vir my vandag 'n bietjie moeg."

'n Vreemde trekkie gaan oor tant Rina se gesig:

"Jy hoef niks vir my weg te steek nie, kind. Ek sukkel jare al met die ou moeg hart."

"'n Mens sal dit nie sê as 'n mens na al tant Rina se bedrywighede kyk nie," sê sy saggies en die ou dame se oë skiet skielik vol trane. Toe Susan met die kookwater die kamer binnekom, draai sy haar kop weg en veeg ongemerk met die laken 'n traan uit haar oog. Susan kyk belangstellend terwyl Karin vir haar ouma die inspuiting gee; dan sê Karin:

"So ja – ons hoop dit keer dat daar geen verdere

komplikasies kom nie. En wat kan ons nou vir tant Rina vir aandete bring?"

"Niks nie, dankie – miskien net 'n koppie tee later. Dit spyt my daar is ook niks vir julle gereed nie. Susan moet maar gou iets vir Dokter regmaak."

"Ons sal regkom – moet nou nie bekommerd wees nie. As dit nodig is, eet ek die paar dae in die kafee, maar tant Rina mag nie *roer* uit die bed nie. Verstaan ons mekaar mooi?"

Tant Rina glimlag effens:

"Ek sal gehoorsaam wees. Vanaand altans is ek te moeg om teen te praat. En dankie, Dokter, vir alles wat jy gedoen het."

'n Oomblik rus Karin se hand gerusstellend op die warm hoof, dan pak sy haar instrumente in en maak die tassie toe.

Tien minute later maak sy en Susan in die kombuis aandete. Karin het 'n voorskoot van tant Rina om haar skraal middeltjie gebind en sy maak roereiers terwyl Susan brood sny en sorg dat alles op die tafel is. Karin se wange gloei van die hitte van die stoof, haar oë is blink en mooi en Susan kan haar oë nie van die jong dokter af hou nie.

Sy is die mooiste mens wat ek nog ooit gesien het, dink sy dromerig. Die wonderlike blou oë en daardie swart hare . . .

Sy skrik toe Karin haar skielik op haar naam roep.

"Susan! Hoe lyk dit vir my jy staan en droom. Is jy nie ook honger nie, kind?"

"Natuurlik is ek!"

"Maak dan plek . . . die roereiers is klaar!"

"Oe, ek het nie geweet Dokter kan so lekker kos maak nie," sê Susan 'n rukkie later waarderend.

"Ek is nie net 'n dokter nie – ek is 'n vrou ook," spog sy.

14

Die telefoon het Karin vroeg die volgende oggend wakker gemaak.

Nog half deur die slaap – sy was gedurende die nag weer uitgeroep na 'n kind wat kroep gehad het – steek sy haar hand uit om die gehoorbuis op te tel.

Dis die matrone van die seunskoshuis wat bel.

"Ek is jammer om u so vroeg lastig te val, Dokter," sê sy verskonend. "Ek soek eintlik na dr. Slabbert, maar daar is geen antwoord van die woonstel nie en hy is ook nie by die hospitaal nie. Kan u miskien sê waar ek met hom in aanraking kan kom?"

"Dr. Slabbert is vir die dag stad toe, Matrone. Hy moet getuienis in 'n moordsaak gaan aflê." Sy hoor matrone se uitroep van ontsteltenis en vra: "Kan ek u nie help nie?"

"Dis Kosie Roux," sê matrone. "Ek voel baie ontsteld oor hom. Hy was die hele nanag siek – maagpyn en vomering. Die seuns het gisteraand nadat die ligte uit was, 'n tamaai fees gehou om hulle rugby-oorwinning te vier en ek het gedink dis van al die deurmekaar-etery dat hy siek geword het en ek is bevrees ek het nog vir hom medisyne gegee om te drink. Nou begin ek onrustig word. Hy is koorsig, hy vomeer nog altyd, en die pyn is ook erger."

Karin is meteens helder wakker.

"Ek kom dadelik, Matrone," sê sy en sit die telefoon neer.

Terwyl sy haastig aantrek, is haar gedagtes met Kosie besig. Volgens die matrone se beskrywing van die simptome klink dit vir haar na akute blindedermontsteking en die feit dat die matrone hom medisyne ingejaag het, kan sake kwaai belemmer.

By die koshuis is Karin se ergste vrese bewaarheid. Al

Kosie se simptome het op 'n baie akute aanval van blindedermontsteking gedui en op haar vraag of hy al meermale aanmanings gehad het, het hy erken dat hy eenmaal tevore 'n aanval gehad het – hoewel dit niks was in vergelyking met hierdie een nie.

"Ons sal maar die ou blindederm uithaal," sê sy glimlaggend. "As hy so begin lol, moet 'n mens maar dadelik van hom ontslae raak."

"Vandag nog?" vra hy en hy probeer ook glimlag, maar dis duidelik dat hy heelwat pyn verduur.

"Vandag nog," antwoord sy. "So gou moontlik."

Ongelukkig kan Kosie ook nie vir haar sê presies waar sy ouers gevind kan word nie – al wat hy weet, is die naam van die plaas waar hulle gekuier het, en van waar hulle saam met hulle vriende op safari gegaan het. Maar of hulle nog daar is en of hulle reeds op pad terug is, weet hy nie – hy weet net dat hulle verwag om teen volgende Woensdag of Donderdag tuis te wees.

'n Paar oomblikke staan Karin besluiteloos, dan roep sy die matrone eenkant. Beslis sê sy:

"Hy moet dadelik hospitaal toe gaan. Ek sal die hospitaal bel en ook reël dat die ambulans hom kom haal."

Die matrone is diep ontsteld.

"Maar, Dokter," protesteer sy, "ons durf nie sonder sy ouers se toestemming opereer nie."

"Maar kan u nie die nodige toestemming gee as ons sy ouers nie betyds kan opspoor nie?"

"Nee, Dokter," sê sy. "Dr. Roux het gesê dat ingeval Kosie siek word of iets voorval, moet ek maar net vir dr. Slabbert roep – hy sal weet wat om te doen."

Karin is nou in 'n penarie. Die operasie kan desnoods 'n uur of twee langer uitgestel word, maar dit was tog wenslik om Kosie so gou moontlik op die operasietafel te kry. Daar is reeds miskien 'n moontlikheid van perforasie . . . En waar gaan sy nou vir dr. Slabbert vind? Aan die matrone sê sy:

"Ek sal probeer om met dr. Slabbert in aanraking te kom. Ek sal die sersant van die Polisie vra om my te help. Hy kan die polisie op die dorpies langs die hoofpad in kennis stel en miskien kan hulle hom nog voorkeer." Sy kyk na haar horlosie. "Dit is nou net sewe-uur; ek sal tot nege-uur wag, langer durf ek nie wag nie. As ek dan nog niks van dr. Slabbert verneem het nie, sal ek opereer."

"Dit sal op Dokter se eie verantwoordelikheid wees," waarsku die matrone.

"Ek aanvaar die verantwoordelikheid. As dit u meer gerus sal stel, sal ek dr. Silbur vra om Kosie ook te ondersoek en sy opinie te gee."

Matrone gryp na die strooihalmpie.

"Asseblief, Dokter. Ek dink dit sal verstandig wees."

Kwart-oor-sewe, dink Karin, toe sy by die polisiekantoor uitstap. Hugo behoort nog ver van die stad te wees! Mag dit hulle geluk om hom voor te keer!

Toe sy by die huis kom, probeer sy dr. Silbur skakel maar hy is nog in die bed. Die huishulp wou hom nie gaan roep nie en het beloof om hom 'n boodskap te gee, maar daarmee was Karin nie tevrede nie.

"Ek moet dr. Silbur self spreek," sê sy koel en beslis. "Sê vir hom dis dr. De Wet en sê asseblief vir hom dis dringend. Ek sal wag!"

Betreklik gou was dr. Silbur by die telefoon, ewe vriendelik en hulpvaardig, en hy het Karin beloof dat hy om agtuur by die hospitaal sou wees.

Nou eers kan Karin gaan kyk hoe dit vanoggend met tant Rina gaan. Die ou dame het 'n betreklike goeie nagrus gehad, maar sy lyk moeg en pap, haar koors is hoër, en Karin herhaal haar bevele dat die ou dame nie uit die bed mag opstaan nie.

"Ek sal maar vandag by die huis bly," sê Susan toe Karin in die kombuis kom. "Ons skryf volgende week eksamen en doen nou net hersiening."

Op pad hospitaal toe moes Karin gou eers 'n paar noodsaaklike besoeke doen, maar om agtuur was sy by die hospitaal.

Die matrone is nie in die kantoor nie en Karin kry haar by Kosie in die kamer. Soos gewoonlik is dit moeilik om te weet wat in haar gedagtes omgaan, maar Karin kry die indruk dat die matrone bekommerd is en dit laat haar ook meer senuweeagtig voel.

Kosie se toestand is feitlik dieselfde. Hy lê met geslote oë maar hy slaap nie en toe Karin oor hom buk, ontsnap 'n sagte kreuntjie sy lippe. Sy is jammer sy het die koshuismatrone belowe dat sy sal wag – die spanning word ondraaglik en die wag bring hulle niks in die sak nie.

Sy gesels met die matrone, maar dié se houding is koel en stug en Karin is dankbaar toe dr. Silbur die kamer binnekom. Tydsaam en op sy gemak doen hy sy ondersoek en Karin voel hoe die spanning hoër en steeds hoër laai. Eindelik kyk hy op na Karin en hy knik.

"Blindederm," beaam hy. "Geen twyfel nie. Het jy gemeen om self te opereer, Dokter?" Sy knik en effens onseker vervolg hy: "Dit kan dalk 'n moeilike operasie wees. Sal dit nie beter wees om te wag totdat dr. Slabbert self kom nie?"

Karin se antwoord is koel en beslis:

"Ek dink nie dit is raadsaam om te wag nie, dr. Silbur. Indien ek om nege-uur nog niks van dr. Slabbert verneem het nie, gaan ek opereer."

Sy is bewus van die vlugtige afkeer op die matrone se gesig maar sy maak of sy dit nie raaksien nie. Toe dr. Silbur aanbied om haar by te staan, neem sy dankbaar die aanbod aan en hy is daar weg met die belofte dat hy om kwart-voornege weer terug sou wees.

Nadat hy weg is, sê die matrone aan Karin:

"Sal dit nie verstandiger wees om na 'n ouer, meer ervare man soos dr. Silbur se raad te luister nie, dr. De Wet?"

"Die verantwoordelikheid sal nog groter wees, Matrone, as ek uitstel – totdat dit te laat is. Sal u dan asseblief sien dat Kosie gereed gemaak word vir die operasie?"

Sy probeer vriendelik en beleef praat, maar die matrone bly stug en die gebrek aan vertroue in haar bekwaamheid wat sy oral teenkom, laat Karin nou ook in haarself begin twyfel. Kitty het vir haar 'n koppie koffie gebring waarvoor sy dankbaar was en om kwart-voor-nege is sy na die operasiesaal om te begin skrop en regmaak.

Vir oulaas het sy langs Kosie se bed gestaan, haar vinger op die haastige pols, 'n gebed in haar hart, toe het sy vasberade weggestap.

Tot op die laaste het sy nog gehoop om iets van Hugo te hoor.

Om drie minute voor nege kom die polisiesersant by die hospitaal aan met 'n boodskap wat hy persoonlik aan haar wil afgee en Kitty neem hom reguit na die operasiesaal. Karin het al haar wit jurk aan en die suster help haar om haar handskoene aan te trek, toe Kitty vir haar kom sê dat die sersant haar 'n oomblikkie wil spreek.

"Ek kan nie nou uitgaan nie, Kitty. Wat is die boodskap?"

Kitty het die deur agter haar oopgelaat en die volgende oomblik staan die sersant daar. Hy klap sy hakke flink en bewus van die aandagtige gehoor, sê hy aan Karin:

"Ons het dr. Slabbert gevind, Dokter. Hy sê as u reken dis nodig om dadelik te opereer, moet u nie aarsel nie. Hy kom so gou as moontlik."

Karin sug saggies – 'n suggie van diepe verligting. Krag en besieling vloei soos 'n elektriese stroom deur haar en sy weet dat sy Hugo Slabbert altyd vir hierdie oomblik dankbaar sal bly. Dan buk sy oor die pasiënt en die operasie begin.

'n Halfuur later kom Hugo Slabbert self by die hospitaal aan. Haastig het hy die trap opgehardloop en bo in die gang het hy vir Kitty gekry, wat hom vertel het dat die operasie reeds aan die gang is. Haastig het hy sy hande in die kleedkamer geskrop net om van die stof en olie ontslae te raak, die oorjas aangetrek wat Kitty vir hom gebring het en so ongemerk moontlik in die operasiesaal ingeglip.

So verdiep was Karin in haar taak dat sy nie eers opgemerk het dat dr. Slabbert die kamer binnekom nie. Die operasie het nie so voor die wind gegaan soos sy gehoop het nie. Eers kon sy tot haar ontsteltenis nie dadelik die blindederm vind nie en kosbare minute het verlore gegaan terwyl sy daarna gesoek het. Toe sy dit vind, was dit rooi en geswel en vol ontsteking met duidelike tekens van perforasie en die gedagte aan die twee uur wat sy – onnodig – versuim het, het haar soos 'n yslike verwyt in die gesig gestaar. Sy het net die ontsteekte orgaan afgebind en verwyder toe sy van Hugo Slabbert se aanwesigheid in die operasiesaal bewus word. Vlugtig het sy na hom opgekyk en haar eerste reaksie was om opsy te staan sodat hy haar plek kan inneem en die operasie voltooi. Hy het sy kop effens geskud en sag, maar gebiedend gesê:

"Gaan aan!"

Met vlugge hande en diepe konsentrasie, dog altyd bewus van sy aandagtigheid, het sy die operasie voortgesit. Bloot Hugo Slabbert se aanwesigheid en die wete dat sy stilswye sy goedkeuring van haar werk betuig, het haar meer vertroue ingeboesem, en sonder verdere aarseling het sy die operasie voltooi.

Terwyl hulle koffie drink, ontdek Karin waarom die polisie nie eerder vir Hugo kon opspoor nie. Hy het net anderkant die eerste dorpie – minder as vyftig kilometer – moeilikheid met sy motor gekry en hy was verplig om terug na 'n garage te gaan, waar hy meer as 'n uur lank vertraag is! Hy het net die boodskap gelaat en dadelik die motor omgedraai en terug Doringlaagte toe gejaag.

Op sy beurt wou hy meer besonderhede omtrent Kosie weet en Karin vertel hom kortliks wat gebeur het. Hy luister aandagtig en verneem so 'n bietjie na Kosie se simptome, en hy frons toe sy vertel dat die matrone nog vir Kosie maagmedisyne gegee het.

"In daardie geval begryp ek nie waarom jy nog gewag het nie, dr. De Wet," sê hy koel. "Waar daar reeds gevaar van 'n perforasie bestaan het, moes jy dadelik geopereer het."

"Ek is bevrees ek dra daar ook skuld aan, Dokter," sê dr. Silbur aan Hugo. "Toe ek besef dat daar moontlik komplikasies kan wees, het ek dr. De Wet aangeraai om te wag totdat jy kom. Ek het toe nog nie geweet dat sy ook 'n snydokter is nie – ek het gedink sy leer nog maar om een te wees." Hy kyk na Karin en vervolg glimlaggend: "Ek vra jou om verskoning, Dokter. Dit sal nie weer gebeur nie."

Karin glimlag skielik verleë, bewus van die blos wat haar wange bedek. Dit is die gaafste kompliment wat sy nog ooit ontvang het, dink sy, en dit van die versigtige, tydsame dr. Silbur! Tot die einde van haar dae sal sy hierdie goue woorde diep in haar hart bewaar.

Karin voel effens verleë en sê:

"Ek wil net weer na Kosie gaan kyk."

"Ek stap saam," sê Hugo. Op pad vra hy: "Maar ek het blykbaar nog nie die hele verhaal gehoor nie. Wou hulle jou nie toelaat om sonder my toestemming te opereer nie?"

Sy stem is vriendelik, aanmoedigend, en onwillig sê sy:

"Koshuismatrone wou nie haar toestemming gee nie – sy het gesê as ek opereer, is dit op my eie verantwoordelikheid. Dr. Silbur het my aangeraai om te wag. Ook Matrone was nie gelukkig nie en wou gehad het ek moes wag. Om hulle tevrede te stel, het ek gesê dat ek tot nege-uur sal wag!"

"Jy was hierdie keer gelukkig," sê hy. "Maar moet dit nie weer waag nie! As sake verkeerd geloop het, was dit ook jou verantwoordelikheid."

"Ek weet, maar wanneer mense jou so duidelik laat voel dat hulle geen vertroue in jou het nie, verloor jy later ook vertroue in jouself."

Fronsend kyk Hugo voor hom, dan sê hy:

"Miskien het ek daar ook skuld aan. Miskien het ek in die verlede nie genoegsaam getoon dat jy *my* volle vertroue geniet nie."

Karin staan voor hom en 'n oomblik weet sy nie wat om te sê nie. Dan kyk sy op na hom en die diep blou oë is blink en mistig.

"Dankie, Dokter!" sê sy saggies. "Dit sal nie weer gebeur nie!" Sy tel haar handsak en handskoene op, dan vervolg sy op 'n ligter toon: "Mag ek ook vir gister se vertoning van – histerie – om verskoning vra?"

Hy grinnik effens:

"Waarom wil jy om verskoning vra? Jy het tog alles bedoel wat jy gesê het, nie waar nie?"

"Ek het!" erken sy moedig, "maar dis nog geen rede waarom ek dit moet sê nie!"

Hy glimlag maar antwoord nie en met die vrede tussen hulle nou weer herstel, stap hulle saam daar weg.

"Wat word nou van jou saak?" vra Karin nuuskierig.

"Ek weet nie. Ek hoop maar ek word nie aangespreek vir minagting van die hof of so iets nie. Ek het die polisie gevra om 'n boodskap deur te telefoneer dat ek vertraag is. Ek wil nou gaan telefoneer om te verneem wat hulle kon regkry."

Mien lyk vandag ook bleek en gespanne maar toe Karin verneem of sy iets makeer antwoord sy ontkennend. Sy wil eers gou alles omtrent Kosie se operasie hoor en kortliks vertel Karin haar die gebeure, maar al die tyd hou sy Mien fyn dop. Haar kleur is vanmôre besonder sleg – sy is nie net baie bleek nie, maar haar vel het 'n gryserige ondertoon waarvan Karin nie hou nie. En sy het die afgelope tyd baie maerder geword.

Toe sy klaar is met haar vertelling en Mien haar gelukgewens het, sê sy onverwags:

"Mien, jy lyk nie vir my goed nie. Is jy bekommerd of is jy siek? Wil jy nie vir my sê nie? Jy weet twee koppe is altyd beter as een!"

Mien haal haar skouers op en daar is 'n bitter trek om haar mond.

"Dis maar net weer die gewone manmoeilikheid," sê sy ongeërg. "Maar nou dat ek ouer word, slaan die moeilikheid op my maag. Ek kan omtrent niks eet nie, of ek kry die vreeslikste indigestie."

"Pyn ook?"

"Nie pyn nie – anders sou ek lankal gedink het dis iets ernstigs. Net indigestie – 'n gedurige swaar gevoel hier op my maag – en dit alles net deur die verbrande man."

Karin weet alles van Mien se man af – op 'n dorpie soos Doringlaagte leer 'n mens gou jou bure en hulle moeilikhede ken. John de Lange is 'n aantreklike, opgewekte, onverantwoordelike man wat Mien al baie ongelukkige dae besorg het – nie net oor sy onverantwoordelikheid teenoor haar en sy twee kinders nie, maar oor die warme belangstelling wat hy nog altyd in die vroulike geslag stel. Na so 'n episode is hy altyd weer berouvol en vol goeie voornemens en 'n tyd lank gaan dit dan weer goed, maar hy kan dit maar nie regkry om op die nou en reguit paadjie te bly nie. Mien het al geleer om sy afwykinge met gelatenheid te aanvaar en Karin wonder wat hy nou weer aangevang het om Mien so te ontstel.

"Dis maar net weer die gewone storie," antwoord Mien op haar vraag. "Maar die kinders word groot en hulle begin besef wat aangaan. Party dae dink ek ook ek is 'n gek – ek moes hom die eerste keer al in die pad gesteek het."

"Kom eet vanmiddag saam met my," sê Karin. "Tant Rina is siek en ek eet sommer by die kafee. Dan kan ons ongestoord gesels."

Maar Mien skud haar kop:

"Die kinders kom van die skool af en dan kan ons darem so 'n halfuurtjie gesels. Ek sien reeds so min van hulle. Ek sal liewers huis toe gaan as Dokter nie omgee nie."

"Natuurlik! As daar reeds twee plaasbesoeke is, sal ek ook nie lank kan versuim nie!" Sy kyk na Mien en vervolg ongeërg: "Mien, ek wil graag X-straalplate van jou maag laat neem. So gou moontlik."

'n Oomblik staan Mien roerloos; dan kyk sy stadig op na Karin en Karin merk die onrus in haar oë:

"Dis nie nodig nie. Ek is seker dis net indigestie."

"Dis baie moontlik," stem Karin in. "Bekommernis kan 'n mens liggaam en siel vernietig. Maar daar is tog 'n kans – één kans in 'n duisend miskien – dat dit nie net indigestie is nie. Laat ons maar heeltemal seker maak."

"Ek sal daaroor nadink," sê Mien, besig om vinnig te retireer.

Karin laat haar gaan. Sodra sy 'n bietjie aan die gedagte gewoond geraak het, sal sy weer met haar praat. Van die eerste dag dat sy Mien ontmoet het, het Mien se slegte kleur haar opgeval, en dit het die afgelope weke nie verbeter nie. En die gedurige indigestie . . . Arme Mien, wat reeds so 'n dubbele las moet dra!

Maar daar is nie tyd om langer aan Mien te dink nie. Die eerste pasiënt het reeds die kamer binnegekom.

15

Soos die dag begin het, so het dit ook verder verloop en toe Karin die middag om vieruur voor oom Japie Blinkwater se eenvoudige, vaalgepleisterde huisie stilhou – met die vooruitsig van nog twee plaasbesoeke wat voorlê – was dit met die wete dat ook hierdie besoek seker nie sonder skermutseling sal verloop nie.

'n Ou dame met spierwit hare en 'n liewe, vriendelike gesig, vooroor gebuig deur die wrede artritis wat haar die laaste jare so kwaai gemartel het, maak vir haar die deur oop.

Karin glimlag vriendelik.

"Goeiemiddag," sê sy. "Ek is dr. De Wet."

Die glimlaggie verdwyn van die ou dame se gesig en bekommerd kyk sy na Karin.

"Maar, kind," protesteer sy. "Ons het vir dr. Slabbert laat roep."

"Dr. Slabbert is stad toe, Tante, en hy sal nie voor môre terug wees nie. As oom Japie baie siek is, moet ek maar liewers na hom kyk."

Sy wag lankal op die dag dat haar en oom Japie se paaie weer sal kruis.

Die ou tannie aarsel nog 'n oomblik, dan staan sy opsy sodat Karin kan binnekom:

"Kom binne, kind. Maar wat my man sal sê, weet ek nie! As die bors so benoud is, kan 'n mens niks met hom uitrig nie."

In die slaapkamertjie lê oom Japie teen die kussings met 'n bruin trui oor sy pajamas, hygend na asem, so benoud dat hy kan sterf, maar die waterige blou ogies gluur Karin vyandig aan, asof hy haar uitdaag om nog 'n tree nader te kom.

"Alie," sê hy hees en sy bors fluit en raas soos 'n ou konsertina. "Is dit ... jóú werk? Waar ... is dr. ... Slabbert?"

'n Skielike hoesbui oorweldig hom en Karin wag totdat hy weer 'n bietjie tot bedaring gekom het, toe stap sy nader, maar onmiddellik vlieg oom Japie orent, en hy kyk haar verwilderd aan.

"Loop hier uit," fluister hy hees. "Ek wil vir dr. Slabbert hê."

Karin kyk hom vierkant in die oë en ook haar oë blits nou vuur.

"Kyk, oom Japie," sê sy koel en nadruklik. "Ek het nie tyd om te mors nie. Dr. Slabbert is weg en hy sal nie voor môre terug wees nie. Ek het nog twee plaasbesoeke om te doen en ek is haastig. Wil u hê ek moet u help of wil u hê ek moet loop?"

Tant Alie staan angstig nader maar sy sê nie 'n woord nie. 'n Oomblik gluur oom Japie nog die twee vroumense aan asof hy hulle van die aardbol wil verdelg, maar die gedagte aan die lang nag wat voorlê, aan die verskriklike benoudheid wat alleen deur die dokter se blink naald verlig kan word, is te veel vir hom. Nors fluister hy:

"Maak gou!"

Karin ondersoek hom vlugtig, dan gee sy hom die inspuiting wat die verlangde verligting sal bring.

"Laat my weet as dit nie beter gaan nie," sê Karin later terwyl sy haar instrumente inpak. "Maar ek verwag dat oom Japie nou 'n betreklike rustige nag sal hê."

"Dankie," fluister oom Japie onwillig, reeds 'n bietjie gemakliker en Karin glimlag.

Tant Alie stap saam met haar deur toe.

"Jy moet hom tog maar verskoon, Dokter," probeer sy paai. "Hy bedoel dit nie so erg nie."

Arme ou man, dink sy terwyl sy wegry en die glimlaggie huiwer nog om haar mond. Dan dink sy aan tant Alie en haar gesig versober. Sy sien weer die geboë postuur, die skewe, misvormde hande en die liewe, vriendelike gesig. Sy sal graag vir tant Alie beter wil leer ken.

Maar ander mense en ander bekommernisse verdring die twee oumense uit haar gedagtes.

Die volgende oggend was Hugo terug en Kosie se toestand so bevredigend dat Karin hom volgens die nuutste metode van behandeling 'n rukkie regop in 'n stoel laat sit het.

Karin se bevel dat Kosie binne vier-en-twintig uur van die operasie moet opstaan en 'n paar minute in 'n stoel moet sit, het 'n hele opskudding in die hospitaal veroorsaak en byna op 'n rusie tussen Karin en die matrone uitgeloop.

Karin was besig om haar hande te skrop vir die oggend se operasies, nog diep ontsteld en ongelukkig, toe Hugo Slabbert ook die kamer binnekom.

"Goeiemôre!" Sy groet is koel en saaklik en sluit blykbaar vir haar sowel as vir Kitty en die stafverpleegster in, wat besig is om die laaste voorbereidings vir die operasie te tref.

Sy beantwoord sy groet sonder om op te kyk en gaan aan om haar hande te was. Hy kom langs haar staan en begin ook skrop.

Dan sê hy:

"Dr. De Wet, Matrone sê vir my dat jy Kosie vanoggend al wil laat opstaan."

Kitty prik haar ore en staan ongemerk nader. Hier is iets wat sy nie wil mis nie.

"Dit was my opdrag, dr. Slabbert," antwoord sy koel. Na 'n rukkie sê hy:

"Ek weet dis die gebruik by sommige geneeshere in die stede om hulle pasiënte so vroeg te laat opstaan. Ek stem egter nie daarmee saam nie."

"So het Matrone my vertel," sê sy. Hy kyk tersluiks na haar, maar sy staan vooroorgebuig en haar donker hare verberg haar gesig van hom.

"Ons kan nie nou oor die saak argumenteer nie," vervolg hy. "Maar ek dink tog dis wenslik dat Kosie nog 'n dag of twee in die bed bly voordat hy probeer opstaan." Sy antwoord nie en half ergerlik oor haar koppigheid sê hy: "Stem jy nie met my saam nie, dr. De Wet?"

Vir die eerste maal kyk sy op na hom en hy sien die vuurvonke in die diep blou oë.

"Ek het blykbaar niks oor die saak te sê nie, dr. Slabbert," antwoord sy koel en met druppende hande stap sy na Kitty wat met oorjas en handskoene gereed staan.

Die operasies is betreklik gou verby en onderwyl hulle in die kleedkamer tee drink, bespreek hulle die dag se werk.

Toe hulle klaar is, sê Hugo onverwags:

"Nou kom ons gaan kyk hoe gaan dit met Kosie. 'n Paar minute in die stoel sal hom seker geen kwaad doen nie!"

Verbaas kyk Karin op na hom. Daar is 'n glinstering in sy oë, 'n fyn glimlaggie huiwer om sy mond en tot haar ergernis voel Karin dat sy bloos. Sonder 'n woord stap sy saam met hom na Kosie se kamer. 'n Rukkie later sit Kosie – nog bleek maar glimlaggend en hoog in sy skik met die verloop van sake – in die diep leunstoel.

"Net tien minute lank, hoor!" sê Karin nadruklik aan Kosie en die verpleegster en met die belofte dat hulle hom sal laat weet sodra hulle iets van sy ouers verneem, is sy en dr. Slabbert daar weg.

Die matrone is in haar kantoor en sy groet hulle ewe vriendelik toe hulle verbystap, maar Karin het geweet dat die vriendelikheid nie vir haar bedoel was nie.

Maar selfs die matrone se onvriendelikheid kon haar nie vanoggend skeel nie en daar was 'n warm, gelukkige gevoel om haar hart toe sy in haar rooi motor klim en van die hospitaal af wegry.

Die gevoel het haar bygebly totdat Hugo om kwart-voor-een, net toe sy met haar laaste pasiënt klaar was, na haar kamer kom met 'n vreemde jongman wat hy as dr. Brink aan haar voorstel en haar nooi om saam met hulle by die hotel te gaan eet.

Dr. Brink was 'n kort, breedgeskouerde jongman van so vyf- of ses-en-twintig jaar – natuurlik een van Hugo Slabbert se aspirant-kandidate vir haar pos ná Juniemaand. Die lekker gevoel het verdwyn, die dag was meteens nie meer so mooi nie. Dis natuurlik die gedagte dat hy ná Juniemaand van haar ontslae is wat Hugo so toegeeflik teenoor haar gestem het!

Die maaltyd het heeltemal gesellig verloop. Dr. Brink het

pas sy jaar van verpligte hospitaalwerk aan een van die groot hospitale aan die Rand voltooi en hy was gretig om eers 'n bietjie algemene werk te doen alvorens hy besluit watter rigting hy wil inslaan. Dr. Slabbert se vrae omtrent sy werk aan die hospitaal en sy verdere planne vir die toekoms het hy glad en sonder aarseling beantwoord, en sy ambisie en sy geesdrif vir die werk wat so ná aan haar hart lê, het 'n simpatieke snaar by Karin aangeroer.

Terwyl sy en dr. Brink vir Hugo op die stoep wag – Hugo is in die eetkamer voorgekeer deur een van sy ou pasiënte – vra die jong dokter vir haar meer pertinent uit omtrent die werk.

"Ek het die werk besonder interessant gevind," erken sy.

"Maar jy verkies tog om terug stad toe te gaan?"

"Ek het nooit so gesê nie, dr. Brink," antwoord sy verbaas.

"Maar ek verstaan tog dat jy net tot einde Junie hier aanbly!"

"Saam met dr. Slabbert-hulle, ja!" Haar stem is koel, ongeërg, maar die gevoel van teleurstelling is nog altyd daar. "Dr. Silbur – dis 'n ander plaaslike geneesheer – het my gevra om vir hom vir drie maande te locum, met die vooruitsig van 'n vennootskap daarna."

Hy kyk na haar met nuwe waardering in sy lewendige groengrys oë.

"En dit is wat jy die graagste wil doen?" vra hy.

"Ek weet nie. Ek het nog nie finaal besluit nie," antwoord sy en sy glimlag effens.

Sy kyk op haar horlosie en merk dat dit reeds twee-uur is. "Ek moet gaan. Sal jy asseblief my verskoning by dr. Slabbert maak? Ek sal hom later self bedank vir die ete."

"Tot siens, Dokter," sê hy. "Miskien sien ons mekaar weer."

'n Oomblikkie lê haar hand in syne, dan stap sy vinnig weg en die jongman kyk haar agterna, sy blik vol warme bewondering. Dis gaaf om te dink dat, ingeval hy na Doringlaagte kom, hy haar ook hier sal vind.

Toe Karin by die spreekkamers kom, wag daar 'n dringende oproep van die ouers van 'n kindjie wat sy die vorige middag met een van haar plaasbesoeke behandel het en 'n skielike onrus oor die geval het alle gedagtes aan die jong dr. Brink voorlopig op die agtergrond geskuif.

Terwyl sy besig is met die pasiënte wat reeds op haar wag, dink sy maar kort-kort aan die ander pasiëntjie wat sy gister gesien het, 'n seuntjie van agtien maande wie se simptome van hoë koors, hoofpyn en rusteloosheid haar die vorige middag laat vermoed het dat hy ook griep onder lede het. En tog was sy nie heeltemal tevrede dat dit griep was nie.

Karin wag haar kans af en glip gou tussen pasiënte by dr. Slabbert se kamer in. Hulle bespreek die plaasritte en dr. Slabbert vra haar uit na die pasiëntjie wie se toestand sy ouers soveel sorg baar. Hoewel sy dit nie in soveel woorde sê nie, is hy tog bewus van haar onrus en toe sy klaar is, vra hy of sy liewers wil hê dat hy die besoek moet doen.

Maar sy skud beslis haar kop. Sy moet self gaan. As sy reg was, wil sy weet en as sy 'n verkeerde diagnose gemaak het, wil sy ook weet – en sien of sy vandag die regte een kan maak.

Sy was al halfpad deur toe, toe sy weer omdraai:

"Amper vergeet ek – ek wil nog dankie sê vir vanmiddag se ete."

"Dit is ek wat jou moet bedank dat jy gekom het. Ek kon sien jy het baie lus gehad om te weier."

"Waarom sal ek weier?" vra sy.

"Ek weet nie – ek het maar net die gevoel gekry." Ondersoekend kyk hy na haar; dan vra hy onverwags: "Wat dink jy van die jongman?"

Vererg kyk sy na hom. Skeer hy nou die gek met haar? Sy gesig is egter doodernstig, en koel antwoord sy:

"Dis moeilik om ná so 'n kort kennismaking te sê, dr. Slabbert. Maar hy besit natuurlik die een kwalifikasie waarop jy blykbaar die meeste gesteld is?"

"En wat is die kwalifikasie, dr. De Wet?" vra hy nuuskierig.

Sy glimlag liefies:

"Hy is van die uitverkore geslag! Maar ek moet gaan. Tot siens, Dokter."

Soos die wind is sy by die deur uit en enkele oomblikke later snork die rooi motortjie voor sy venster verby.

Dit duur 'n tydjie voordat hy weer sy onverdeelde aandag aan sy pasiënte kan gee.

Toe Karin hom die aand om sewe-uur bel, net nadat hy van sy plaasbesoeke teruggekeer het, kon hy dadelik aan haar stem hoor dat daar fout is:

"Dr. Slabbert? Jammer om jou lastig te val. Ek wil net vir jou sê ek het die pasiëntjie ingebring hospitaal toe."

"Wat makeer?"

"Harsingvliesontsteking."

'n Oomblik is daar stilte, dan vra hy:

"Heeltemal seker?"

"Daar is geen twyfel nie. Ek het dadelik met die serum en ander behandeling begin, maar ek sal bly wees as jy ook na die pasiëntjie sal kom kyk."

Aangesien sy reeds vir die kind serum gee, is daar geen onmiddellike haas nie en hy beloof om haar om agtuur by die hospitaal te ontmoet.

Toe hy 'n rukkie na agtuur by die hospitaal kom, is die matrone reeds van diens af en die nagsuster sê vir hom dat hy vir Karin by Kosie in die kamer sal kry.

Kosie het vanaand heelwat pyn en een van Karin se skraal handjies is styf in sy sterk regterhand vasgevat, asof hy in die aanraking troos en verligting vir sy pyn wil soek.

Hugo gaan aan die ander kant van die bed sit en Kosie probeer 'n bietjie gesels, maar sy oë is swaar en hy is lomerig en moeg.

"Môre sal hy heelwat beter voel," sê Hugo.

Karin se antwoord is skaars hoorbaar en hy volg haar na die kinderkamer waar die pasiëntjie alleen lê. Sy ondersoek bevestig net Karin se diagnose en dis duidelik dat die kind se toestand kritiek is. Hulle bespreek die behandeling, maar dan is daar niks meer wat hy kan doen om haar te help nie.

"Ek maak net die pasiënte gereed vir die nag, dan sal ek by hom gaan sit," sê suster Voster en Karin knik dankbaar.

"Kom ons gaan drink koffie," sê Hugo toe hulle buite kom en sonder teenstribbeling het Karin die uitnodiging aanvaar. 'n Rukkie later sit hulle in die koue, trekkerige kafee en Karin wens dat sy Hugo liewers genooi het om saam na haar kamers toe te gaan waar 'n heerlike kaggelvuur brand.

Maar sy is tog dankbaar vir die geleentheid om haar hart so 'n bietjie teenoor hom uit te praat. Sy was diep ongelukkig en ontsteld.

Om en om het haar gedagtes gemaal en telkemale het dit maar weer op dieselfde plek uitgekom: was sy nalatig of was dit gebrek aan kennis en ervaring wat haar die fout laat begaan het?

Hugo se koel, saaklike houding het gehelp om haar 'n bietjie beter te laat voel en na twee koppies sterk, warm koffie kon sy weer die wêreld in die gesig kyk. Toe hulle 'n tien minute later uitmekaar is, het sy met nuwe moed in haar hart in haar motor geklim en weer hospitaal toe gery, waar sy 'n paar uur lank self by haar pasiënt gewaak het.

16

Die volgende dag was Saterdag en volgens afspraak sou Arrie die aand by haar kom kuier.

Enersyds het sy gewens dat Arrie liewers nie moet kom nie. Sy het die oggend wakker geword met hoofpyn, 'n brandende keel en 'n loodsware gevoel in haar arms en bene en hoewel sy haarself die hele dag kwaai gedokter het, het dit gevoel asof die verkoue tog die oorhand wil kry. Maar aangesien sy nie vroeg bed toe kon gaan nie, sou Arrie se aangename, opbeurende geselskap haar miskien baie goed doen.

Haar pasiëntjie se toestand het uiters kritiek gebly en die hele dag deur het sy soveel tyd as wat sy kon, by die hospitaal deurgebring. Die kind was reeds langer as twaalf uur in 'n koma, maar bloot die feit dat hy nog leef, het haar moed gegee en sy het met alle krag en al die nuwe middels wat tot haar beskikking was, geveg om sy lewe.

Sy ouers was later ook daar, twee eenvoudige boeremense, verslae en verwese voor die aanslag van die nuwe ramp wat hulle so onverwags getref het.

Later is sy huis toe. Sy het gebad en 'n rooi wolrok aangetrek en nadat sy 'n paar aspirienpilletjies gedrink het, het sy weer beter gevoel. Sy wou nie saam met Arrie bioskoop toe gaan nie – sy wou vanaand liewers naby die telefoon bly – en hulle het toe maar voor die vuur gesit en gesels en Susan het vir hulle koek en tee gebring.

'n Rukkie nadat Arrie om tienuur weg is, het Karin nog alleen voor die vuur gesit en diep in die gloeiende hart van die kole gekyk. Sy was moeg en haar keel was seer maar sy was vervul met 'n onverklaarbare rusteloosheid en sy het maar weer haar jas aangetrek, 'n serp om die seer keel gewikkel en in haar motor geklim en hospitaal toe gery.

Onmiddellik toe sy hom sien, het sy besef dat sy toestand versleg het. Sy het hom dadelik 'n inspuiting gegee om die moeë hartjie te stimuleer en 'n rukkie het dit gelyk asof daar weer geringe beterskap ingetree het en met hernude moed het sy weer haar plek voor die bedjie ingeneem.

Maar heel gou het dit geblyk dat die opflikkering maar net tydelik was en ondanks alles wat sy gedoen het, het die seuntjie sy taai houvas op die lewe begin verloor en om halftwaalf het sy die nagsuster gevra om die ouers te laat roep.

Hugo Slabbert het die aand saam met vriende brug gespeel en hulle het net met die laaste rubber begin toe hy om elfuur vir 'n bevalling na die hospitaal geroep is. Die oproep was dringend en Hugo het alles net so gelos en dadelik gegaan.

Karin se rooi motortjie staan voor die ingang van die hospitaal geparkeer en Hugo wonder wat háár so laat by die hospitaal bring. Van die nagsuster het hy verneem dat sy by haar jong pasiëntjie is, maar hy moes dadelik na die kraamkamer gaan waar sy teenwoordigheid dringend nodig was en toe hy 'n uur later met die moeder en die kind klaar was, het die nagverpleegster hom vertel dat die seuntjie 'n rukkie tevore oorlede is.

"Ons het koffie gemaak, Dokter," sê die nagverpleegster aan hom terwyl hy sy hande was. "As u solank na die stafkamer sal gaan – dis lekker warm daar – dan bring ek dit dadelik."

Hy bedank haar, en geruisloos stap hy die lang gang af na die stafkamer. In die deur aarsel hy.

Karin staan teen die kaggel aangeleun, haar hoof teen haar linkerhand gestut, haar regterhand diep in haar jassak gesteek, terwyl sy met onsiende oë in die vlamme staar, haar hele houding sprekend van vermoeienis en van 'n diepe verslaentheid.

Asof sy skielik bewus is van sy teenwoordigheid, kyk sy na die deur en dadelik staan sy regop.

"Kom binne, Dokter," sê sy.

Haar gesig is wit, die blou oë is diep, donker poele; sy lyk so jonk en moeg en verslae dat 'n oorweldigende begeerte om haar in sy arms te neem, om haar so te troos en te sterk hom byna oormeester. Maar sy stem is koel en bruusk toe hy sê: "Jammer, Dokter! Maar daar is dinge waaroor die mens geen beheer het nie!"

Sy draai haar gesig weg sodat hy nie die skielike bewing van haar lippe moet sien nie en sy is dankbaar toe die suster 'n paar minute later met die koffie die kamer binnekom.

Hugo stap tien minute later saam met haar na haar motor toe.

Hy maak die deur vir haar oop en saggies stoot hy haar nader aan die motor. Dan sê hy: "Slaap môre-oggend laat – ek sal die spreekure waarneem."

"Ek is môre aan diens," maak sy beswaar.

"Ek weet, maar probeer jy maar om van jou verkoue ontslae te raak. Ek sal jou diens oorneem."

Die volgende oggend was haar verkoue erger, haar keel was pynlik en dik en sy was dankbaar vir die geleentheid om so 'n bietjie langer in die bed te vertoef. Dit was stil in die huis en sy het weer ingesluimer en later met 'n skrik wakker geword toe die telefoon langs haar bed lui.

Hoewel Hugo die spreekure vir haar waargeneem het, was Karin die oggend betreklik besig.

Die aand bel Hugo om te verneem hoe dit gaan.

"Dit gaan beter, dankie," sê sy.

"Dit klink nie beter nie!"

"My stem is nog 'n bietjie hees – dis al!"

'n Oomblik is daar stilte; dan sê hy droogweg:

"Ek neem aan dat jy die verstand het om self te weet wanneer dit tyd is om bed toe te gaan!" Sonder om haar 'n kans te gee om te antwoord, begin hy die volgende oggend se operasies bespreek. Dan lui hy af. Alles so ewe koel en saaklik, dink Karin, terwyl sy haar melk voor die vuur klaar drink. En aangesien dit presies is wat sy wou gehad het – om op gelyke voet saam met hom te werk, sonder spesiale vergunnings bloot omdat sy 'n vrou is – begryp sy nie waarom sy koel, onpersoonlike houding haar vanaand skielik vererg nie.

Die nag is sy twee keer uitgeroep. Daar het 'n ysige windjie buite gewaai en teen die tyd dat sy weer terug in haar kamer gekom het, het haar tande opmekaar geklap van die koue koors. Sy het 'n paar aspiriene gedrink maar haar keel was dik en pynlik en sy kon byna nie sluk nie. Haar hele lyf was seer en rusteloos het sy rondgerol totdat Susan om sewe-uur by haar kamer inloer om te verneem hoe dit gaan.

"Dokter is siek," sê sy dadelik. "Dokter kan nie opstaan nie."

"Dit lyk so," erken Karin, te moeg om teë te praat. "Sal jy asseblief die hospitaal bel en 'n boodskap vir dr. Slabbert laat?"

Tien minute later is daar weer 'n klop aan die deur en iemand kom die kamer binne. Toe Karin haar oë oopmaak, staan Hugo Slabbert voor die bed.

"Goeiemôre, Dokter," groet hy. "Dit spyt my dat jy siek is."

Verleë draai Karin haar gesig weg.

"Ek is seker jy is hoegenaamd nie spyt nie," fluister sy hees.

"Ek is werklik," sê hy sagter. "Kom laat ek hoor wat alles makeer."

Sy skud haar kop.

"Gaan doen jou werk. Ek het nie 'n dokter nodig nie!"

Fronsend kyk hy af na haar.

"Moenie kinderagtig wees nie, Karin," sê hy koel. "Sal jy verkies dat ek dr. Silbur vra om jou te kom behandel?"

'n Oomblik is daar stilte. Dan skud sy haar kop.

Hugo kom sit op die bed by Karin en lê sy hande aan weerskante van haar pynlik-ontsteekte keel. Sy koel, sterk vingers betas saggies die geswelde kliere en mangels en sy ligte, onpersoonlike aanraking laat haar geleidelik verslap.

Hy gee haar 'n inspuiting terwyl Susan belangstellend bystaan, dan beveel hy Susan om die telefoon na die kamer langsaan te verwyder.

"Aangesien jy self weet wat jy makeer, sal ek jou nie met my diagnose verveel nie," sê hy aan Karin. "Ek sal suster Botha vra om jou te kom oppas. Sy is gelukkig vry. Maar pas op as ek klagtes kry!"

Hy skink haar tee in en bring dit vir haar. Solank soos sy dit met pynlike slukkies probeer drink, pak hy sy instrumente in. Dan sê hy:

"Isak Roux het my gisteraand gebel. Hulle verwag om vanmiddag laat hier te wees."

"Ek is bly," fluister sy. Sy het gewonder hoe hy moontlik die werk alleen gaan behartig. "En die operasies?"

"Ek opereer om agtuur – dr. Silbur sal help. Jy hoef jou dus oor niks te bekommer nie. Onthou maar net wat jy vir al jou eie virusgriep-pasiënte voorgeskryf het – en moenie probeer om jou langer daarteen te verset nie."

Die aand het die Rouxs net 'n oomblikkie daar aangekom – moeg, bruingebrand en gesond – om te verneem hoe dit met haar gaan en haar inniglik te bedank vir wat sy vir Kosie gedoen het.

Hugo Slabbert het eers die volgende oggend op pad spreekkamers toe, weer opgedaag. Hy was koel en onberispelik netjies soos altyd, maar hy het moeg gelyk en Karin besef dat die spanning en vermoeienis van die afgelope weke ook op hom begin tel het.

Toe hy haar keel ondersoek, was sy grimmigheid opnuut ontstoke.

"Geen verstandige dokter sal ooit so iets doen nie," sê hy koel. "Maar dis net wat 'n mens van 'n koppige vroumens kan verwag! Ek hoor jy was toe Sondagnag in die bitter koue ook uit."

Die geur van eter en jodoform kleef nog aan sy klere en persoon en toe sy weer kon praat, vra sy:

"Watter operasies het julle vanoggend gedoen?"

Hy is besig om sy instrumente weg te pak en fronsend kyk hy af na haar en vra streng:

"Het jy gehoor wat ek gesê het?"

'n Klein glimlaggie raak haar mondhoeke aan:

"Ja, Dokter."

"En wat het jy daarop te sê?"

"Niks, Dokter."

Maar hy glimlag nie.

"Waar is Suster?" vra hy.

"Sy is 'n uurtjie huis toe. Kan ek haar 'n boodskap gee?"
"Ek wil hê sy moet koue kompresse om jou keel sit."
"Dis nie nodig nie," protesteer sy.
"Koue kompresse," herhaal hy koel en beslis. "En geen besoekers nie!"
"Ja, Dokter," sê sy gedwee.
Eers nadat hy weg is, besef sy dat hy haar nooit van die operasies vertel het nie.

Toe hy die middag om vyfuur weer daar aankom – blykbaar om te sien of sy opdragte uitgevoer is – lê sy met 'n yslike kompres om haar keel. Hy sit sy vingers op die pols van haar linkerhand en 'n rukkie is dit stil in die kamer.

"Hoe gaan dit met die keel?" vra hy toe hy sy hand wegneem.

"'n Bietjie beter," erken sy.

"Het jy al iets geëet?"

"Nee," sê sy saggies. "Maar in alle ander opsigte is ek 'n ideale pasiënt."

Hy glimlag effens.

"Dis wonderlik wat 'n goeie dreigement op die regte tyd kan doen, nè!" sê hy tergend. "Maar jy moet darem probeer om vanaand iets te eet."

Hy vertel haar dat Kosie vandag huis toe is, vol lewenslus en geesdrif. Maar hy weier nog om oor operasies of plaasbesoeke te gesels.

"As jy gesond is, sal daar baie wees om oor te gesels," sê hy. "Nou moet jy rus."

Sy praat nie teen nie en 'n rukkie sit hy nog by haar, terwyl die vroeë skemering die daglig uit die kamer verdryf. Toe hy opstaan om te gaan, skakel hy die lampie by haar bed aan en sê:

"Het jy al jou ouers laat weet dat jy siek is?"

Sy skud haar kop.

"Wil jy hê dat ek hulle moet bel?"

"Liewers nie – hulle sal net onnodig skrik. Ek sal môre aan hulle skryf, of vir Susan vra om te skryf."

'n Oomblik kyk hy af na haar dan sê hy "goeienag" en verdwyn. En die kamer is meteens vir Karin leeg en koud, die skemeruur is vol heimwee en verlange.

Vrydag het sy vir die eerste keer 'n bietjie opgestaan en die middag het Boet en Truida haar plaas toe kom haal.

"Hugo sê as ons jou weer dadelik in die bed sal sit, mag jy kom," sê Truida, en van al haar besware het hulle geen notisie geneem nie. 'n Halfuur later was hulle op pad Geluksvlei toe.

17

Vir Karin was die paar dae op Geluksvlei besonder aangenaam. Boet en Truida het geen ander gaste vir die naweek genooi nie, maar Arrie wat homself al as een van die familie beskou het en op geen spesiale uitnodiging gewag het nie, het vroeg die Saterdagmiddag al kom kuier.

Karin het die oggend so teen elfuur weer opgestaan maar die dag was koud en bewolk en Truida wou nie toelaat dat sy buite gaan nie.

"Ek is bang vir daardie kwaai dokter van jou," het sy tergend aan Karin gesê. "Ek het hom beloof om jou soos 'n stukkie goud op te pas, anders sou hy nooit toegelaat het dat ek jou plaas toe bring nie."

"Hugo is darem glad nie so kwaai en ongenaakbaar as wat hy voorgee nie," merk Truida peinsend op. "Hy het natuurlik die liefdesteleurstelling gehad wat hom verbitter het en hom sy vertroue in die Evasgeslag laat verloor het en waar dit maar net 'n herhaling was van die gedrag van sy eie moeder teenoor sy vader, kan 'n mens hom nie so baie kwalik neem nie."

Verbaas kyk Karin op en Truida vervolg: "Sy ouers was geskei."

Dit alles was vir Karin nuus en het nuwe lig gewerp op die gekompliseerde karakter van Hugo Slabbert. Na 'n rukkie vervolg Truida:

"Elizabeth – Boet se suster – het meermale gesê dat daar net een ding is wat vir Hugo weer mens sal maak: hy moet halsoorkop verlief raak op 'n nooientjie wat met hom niks uit te waai wil hê nie. Maar dit lyk nie of dié wonderwerk wil geskied nie. En van liefde gepraat . . ."

"Het ons?" vra Karin glimlaggend.

"Van liefde gepraat," herhaal Truida beslis. "Ons vriend Arrie sal seker vroeg vanmiddag hier wees. Hy wou gisteraand al kom kuier het maar ek wou dit nie toelaat nie!"

Vroeg die middag was Arrie daar, netjies uitgedos in sy beste pak en die bedagsame Truida het haar man en seuntjies genooi om 'n entjie te gaan stap en vir Karin en Arrie alleen in die sitkamer voor die vuur gelaat. Daar het Arrie ook, dankbaar vir die geleentheid om alleen te wees met die nooientjie wat hom soveel slapelose nagte besorg, vir Karin gevra om sy vrou te word.

"Ek het jou lief van die eerste dag dat ek jou gesien het," vervolg hy ernstig toe sy nie dadelik antwoord nie.

Maar Karin skud haar kop, opreg spyt oor die leed wat sy die getroue Arrie moet aandoen.

"Dit spyt my, Arrie," sê sy saggies, "maar die antwoord is nee. Ek hou baie van jou – ek dink jy weet self hóé baie ek van jou hou – maar ek het jou nie lief nie en ek kan nie met jou trou nie. Ek is nie van plan om op te hou om te praktiseer as ek eendag trou nie . . . en ek kan nie sien hoe ek moontlik op Oupossie kan woon en nog praktiseer nie!"

Met ongeloof en verbasing kyk Arrie haar aan.

"Bedoel jy werklik dat jy, selfs nadat jy getroud is, jou praktyk wil volhou?"

"Maar natuurlik! En ek bedoel dit met my hele hart," sê sy en sy glimlag effens.

"Is jy dan glad nie van plan om te trou nie?" wil hy weet, maar sy antwoord hom nie dadelik nie. Vandag was dit maklik om te besluit, omdat Arrie nooit regtig haar hart aangeraak het nie. Maar as sy werklik voor die keuse te staan kom: die man wat sy lief het of die beroep wat so 'n onafskeidbare deel van haar lewe uitmaak – hoe sal sy dan kies?

Toe die Truters van hulle wandeling terugkeer, het hulle saam koffie gedrink en omdat Karin moeg begin lyk het, het Truida haar gemaklik gemaak met kussings en haar met 'n warm reisdeken toegemaak. Toe eers besef Karin hoe moeg sy is.

Die volgende dag was die weer beter en Karin het saam met Boet en Truida die oggend op die stoep in die son gesit en gesels toe Hugo Slabbert se motor voor die hekkie stilhou.

"Hugo! Is dit moontlik!" sê Truida verras en Boet staan op en stap hom tegemoet. Karin se hart begin met harde hamerslae te klop en sy wonder wat Hugo Slabbert na Geluksvlei toe bring.

"Dis 'n aangename verrassing, Hugo," sê Truida toe sy opstaan om hom te groet.

Die donker winkbroue gaan verbaas op.

"Ek was onder die indruk dat jy my vir middagete genooi het, Truida!" sê hy koel.

Sy lag:

"Jy het al so dikwels my uitnodigings verontagsaam, Hugo, dat ek al hoop opgegee het om jou ooit weer op Geluksvlei te sien."

"Wel, hier is ek nou!" Hy stap na Karin wat nog altyd in die diep leunstoel sit: "En hoe gaan dit met die pasiënt?"

'n Oomblikkie langer as wat nodig is, hou hy haar hand in syne vas terwyl hy na haar afkyk en Karin weet dat die koel, bruin oë alles – selfs die bietjie rooisel wat sy aan haar bleek wange gesmeer het – waarneem.

"Ek is nie meer 'n pasiënt nie, dankie!"

"Is jy nie?" vra hy glimlaggend terwyl hy in die stoel langs hare kom sit.

Hulle het tee gedrink en nog so 'n bietjie gesels; toe sê Hugo vir Truida:

"Ek moet dalk onmiddellik ná ete teruggaan dorp toe en daar is nog 'n paar sakies wat ek met dr. De Wet moet bespreek. Sal julle ons so 'n bietjie verskoon?"

"As dit moet," sê Truida tergend. "Eintlik is sy nog met vakansie!"

"Ek belowe ek sal haar nie vermoei nie!" sê Hugo. Vir Karin vra hy: "Stap saam met my tuin toe, Dokter – dis lekker warm en die stappie sal jou goed doen."

Peinsend kyk Boet die twee agterna terwyl hulle wegstap; toe sê hy aan Truida:

"Dis eienaardig dat nie een van ons vroeër aan die moontlikheid gedink het nie!"

"Watter moontlikheid?" vra Truida nuuskierig.

"Hugo en Karin!"

Verbaas kyk sy op na hom.

"Hugo en Karin?" herhaal sy. Dan skud sy haar kop: "Onmoontlik!"

"Waarom?"

Truida se oë glinster:

"Boet! Glo jy dit werklik? Dis 'n wonderlike gedagte!"

Karin en Hugo het nie ver gestap nie. Op 'n bankie onder 'n ou appelboom in die tuin het hulle gaan sit. Toe sê Hugo:

"Jou vader het my Vrydagaand gebel."

"My vader?" vra sy verbaas. "Waarom het hy jóú gebel?"

"Hoofsaaklik om te verneem hoe dit met jou gaan. Hulle het jou briefie gekry en jou probeer skakel, maar jy was reeds plaas toe en toe het hulle my maar gebel."

Daar is 'n stiltetjie voordat Hugo sê:

"Jou vader is bekommerd oor jou. Hy het my omtrent jou werk, jou gesondheid en so meer uitgevra."

"Ek kan glo julle het heerlik gesels," sê sy sarkasties.

"Ek het nie vanoggend gekom om met jou rusie te maak nie, Karin," sê hy na 'n rukkie. "As ons nie die saak kan bespreek sonder om opgewonde te raak nie, moet dit liewers uitgestel word."

Stadig maak sy haar hande oop en sy forseer haarself om te ontspan.

"Dit spyt my," sê sy. "Wat is dit wat jy met my wil bespreek, dr. Slabbert?"

"Eerstens wil ek vir jou sê dat jy die maand wat ons alleen gewerk het, jou plek volgestaan het – net so goed soos enige man dit kon gedoen het." Haar hart klop in haar keel, sy waag dit nie om te praat nie en hy vervolg: "Tweedens wil ek jou sê dat, ingeval jy nog nie finaal met dr. Silbur ooreengekom het nie, ons jou 'n verlenging van kontrak ná Juniemaand aanbied."

Ongelowig kyk sy op na hom en daar is net die sweem van 'n glimlag om sy mond toe hy sê:

"En laaste – maar nie die minste nie – wil ek jou weer aanraai om liewers dr. Silbur se aanbod te aanvaar."

Vererg en teleurgestel kyk sy weg. Waarom eers al die mooi dinge sê, om alles in dieselfde asem te bederf?

"Jy laat my in geen twyfel omtrent jou gevoelens nie," sê sy bitter. "Ek is jou daarom dankbaar."

"Jy is hoegenaamd nie dankbaar nie," sê hy. "Jy is net so koppig en moedswillig as wat jy kan wees. Maar jy hoef nie vandag al te besluit nie. Gaan bespreek die saak met jou ouers en as jy terugkom, kan jy vir ons sê wat jy besluit het."

Koel sê sy:

"Sal dit nie die beste wees as ek dan glad nie weer terugkom nie?"

"Wil jy hê ek moet daardie vraag beantwoord, Dokter?" vra hy na 'n rukkie.

"Nee," antwoord sy moedswillig. "Ek weet self die antwoord."

Hy kyk na haar, lank en stil. Sy is bewus van sy blik op haar maar sy weier om na hom te kyk.

Onverwags neem hy haar hand in syne. "Toe maar," sê hy. "Ek weet waarom jy vir my kwaad is. Gaan gesels met jou pa en as hy nie met my saamstem nie, sal ek al my besware terugtrek."

Vinnig trek sy haar hand uit syne uit, vreemd ontroer deur die onverwagte aanraking.

"Natuurlik sal hy met jou saamstem," sê sy onvriendelik. "Veral ná die gesprek wat julle gehad het."

"Jy is vasberade om vanoggend met my rusie te maak, nè? Maar ek is net so vasberade om die vrede te bewaar! Wat moet ek jou ouers sê – wanneer kan hulle jou verwag?"

"Ek sal later besluit," antwoord sy moedswillig. "Ek sal hulle self bel."

"Net soos jy verkies. Sal jy my darem netnou toelaat om na jou keel te kyk?"

"My keel is gesond, dankie," antwoord sy.

"Jy sal natuurlik die beste weet," sê hy ongeërg. "Ek begryp net nie waarom jy daardie rooisel aan jou gesig smeer nie; dink jy dat jy iemand daarmee om die bos lei?"

Vererg spring sy op.

"Jy is darem die enigste persoon wat so onbedagsaam is om daarvan melding te maak," verwyt sy hom. Glimlaggend en ongeërg stap hy langs haar huis toe, terwyl sy veg om haar verlore kalmte te herwin.

Die middagete was aangenaam en gesellig en Hugo was op sy gaafste en aantreklikste. Hulle was nog besig om koffie te drink toe die oproep kom wat hy blykbaar te wagte was en kort daarna is hy weg.

"Ek het jou gesê as jy Hugo eers leer ken, jy sal vind dat hy glad nie so ongenaakbaar is nie," sê Truida aan Karin toe hulle drie weer alleen op die stoep is. "Was ek nie reg nie?"

Die herinnerings aan die tydjie daar in die tuin onder die boom is nog vir Karin baie vars in die geheue. Koel en nadruklik sê sy:

"Hoe beter ek vir Hugo Slabbert leer ken, hoe minder hou ek van hom."

Boet en Truida kyk vlugtig na mekaar. Toe vra Boet:

"Wat gebeur nou ná Juniemaand?"

"Dr. Slabbert het my die werk aangebied – hy sê ek het dit verdien! Maar in dieselfde asem raai hy my aan om dr. Silbur se aanbod te aanvaar. Wat meer is, ek is seker hy het vir my pa ook gesê dat die werk vir my te veel is . . . en as my pa die slag sy voet neersit, luister ek gewoonlik nog!"

"En wat gaan jy nou doen?" vra Boet nuuskierig.

"Ek weet nie," sê Karin. "Miskien kom ek glad nie eers weer terug na Doringlaagte nie!"

18

Arrie moes onverwags stad toe gaan vir besigheid en hy het aangebied om vir Karin na haar ouers te neem. Hulle is net na ontbyt die oggend weg en om eenuur het hy en Karin saam met mev. De Wet aan tafel gesit.

Mev. De Wet was baie bly om haar dogter weer te sien maar sy kon haar ontsteltenis oor Karin se skraalheid en bleekheid nie verberg nie.

Arrie was op sy sjarmantste en mev. De Wet het dadelik van die jongman gehou. Hulle het nog gesit en koffie drink toe Myra, Karin se jonger sussie, daar aankom. Myra, 'n aanvallige nooientjie van vyf-en-twintig jaar, was onderwyseres aan een van die groot meisieskole in die stad en haar ingewikkelde liefdesake het haar moeder byna net soveel hoofbrekens besorg as haar oudste dogter se gebrek aan belangstelling in dié sake.

Die aand kon Karin en haar vader ongestoord gesels.

"Ek glo dat jy die werk interessant vind," sê hy later peinsend, "en ek wil aanneem dat dit 'n wonderlike ervaring vir jou is. Maar as ek so na jou kyk, Karin, weet ek nie of dit verstandig sal wees om aan te gaan met 'n werk wat, hoe interessant en bevredigend dit ook al is, soveel van jou liggaamlik eis as wat blykbaar die geval is nie."

"Luister, Vader," soebat sy, "dit was 'n besondere besige maand – mens kan nie daarvolgens oordeel nie. Daarby het ek griep gehad en omdat dr. Slabbert en ek alleen was, het ek uitgehou solank as wat ek kon – en dis eintlik die tekens van die ellendige griep wat Vader nou nog op my sien!"

Haar vader glimlag:

"Ek het nou die aand 'n bietjie oor die telefoon met dr. Slabbert gesels en ek het hom toe reguit gevra wat hy van die saak dink. En hy meen beslis dat die werk – met die groot distrik wat hulle bedien – te veeleisend vir 'n vrou is."

Haar hart begin onstuimig te klop. Die griep het beslis nie haar humeur goed gedoen nie!

"Dr. Slabbert is 'n teleurgestelde oujongkêrel," sê sy koel. "Hy het nie 'n goeie woord vir 'n vrou nie!"

"Ek weet nie," sê haar vader saggies. "Ek het die indruk gekry dat my dogter, wat bekwaamheid en pligsbesef betref, nogal by hom hoog aangeskrywe staan."

Karin is 'n rukkie stil; toe sê sy:

"Dis sommer oëverblindery daardie – Hugo Slabbert wil net nie 'n vrou in die vennootskap hê nie!"

Ondersoekend kyk dr. De Wet na sy oudste dogter; dan sê hy:

"Karin, weet jy presies wat jy van die lewe verlang?"

'n Lang oomblik staar sy in die hart van die vuur. Dan sê sy stadig:

"Ja, ek weet. Of ek dit sal kry, is 'n ander saak."

"Met ander woorde: jy hoop om jouself te kan uitleef as vrou sowel as dokter!"

"Verlang ek te veel?"

"Ek dink so, my kind Selfs in hierdie moderne eeu is dit nog die vrou wat rigting moet gee in die huis, wat die middelpunt is waarom die hele huishouding draai. Daarvoor het sy al haar verstand en al haar kragte en vernuf nodig. Hoe kan sy terselfdertyd 'n veeleisende beroep soos die medisyne volg en hoop om reg aan albei te laat geskied?"

"Dit word tog vandag gedoen," sê Karin opstandig. "Min vrouens is vandag tevrede om net huisvrouens te wees." 'n Rukkie rook haar vader in stilte. Dan vra hy onverwags:

"Is die moontlikheid dat jy terugkom stad toe heeltemal uitgesluit?"

"Dis wat Vader graag sal wil sien, nie waar nie?"

"Om eerlik te wees, ja! Maar dis jy wat moet kies."

"Ek wil terug Doringlaagte toe gaan," sê sy sonder aarseling. Sy glimlag effens en vervolg: "Moenie kwaad wees nie – ek móét teruggaan. Maar alle dinge in aanmerking geneem sal ek net tot Juliemaand saam met dr. Roux-hulle werk."

"Ek is bly," sê hy. "Ek dink dis 'n verstandige besluit."

"Ek sou liewers onverstandig wou gewees het," erken Karin. "Maar dis seker beter so!"

"Vertel my 'n bietjie meer omtrent dr. Slabbert," sê haar vader. "Behalwe dat hy 'n teleurgestelde oujongkêrel is, het ek uit jou briefies verstaan dat hy ook 'n bekwame chirurg is – dat jy heeltemal verbaas was oor die operasies wat daar gedoen word."

"Hy is werklik bekwaam," erken sy geredelik. "My mond het aan die begin oopgehang toe ek sien wat hy alles aandurf, en met sukses ook. In daardie opsig was dit waarlik 'n voorreg om saam met hom te werk."

"Hoe oud is dr. Slabbert, Karin?"

"So iets in die dertig," antwoord sy, haar oë op die flikkerende vlammetjies. Ondersoekend rus dr. De Wet se blik op sy dogter wat so droomverlore in die vuur staar en daar is die sweem van 'n glimlaggie om sy mond toe hy droogweg sê:

"Ek sien! Ek sal nogal graag met hom wil kennismaak!"

"Kom kuier eendag vir ons," nooi Karin gretig. "Vader sal verbaas wees om te sien hoe modern ons hospitaal is."

Dit was heerlik om weer gesond te wees, heerlik om weer op Doringlaagte terug te wees, en met 'n gelukkige gevoel van opwinding het Karin die Maandagoggend liggies die trappies van die hospitaalgebou opgehardloop. Almal was blykbaar bly om haar weer te sien en met nuwe geesdrif het sy weer aan die werk gespring.

By die spreekkamers het Mien haar vriendelik ontvang – 'n opgewekte, glimlaggende Mien wat heel duidelik die indruk wou skep dat sy nie 'n enkele bekommernis in die wêreld het nie, en met die eerste oogopslag het sy 'n bietjie beter gelyk. Maar Karin het die vrede nie vertrou nie. Mien was sorgvuldig gegrimeer, maar haar toenemende skraalheid, die donker merke onder haar oë, die senuweeagtigheid wat so tussen die opgewektheid deurskemer, het getuig dat alles met Mien nie wel was nie.

"Mien," sê sy glimlaggend. "Jy lyk viets vanmôre! Gaan dit beter?"

Mien glimlag en sê vinnig:

"Baie beter, dankie, Dokter. Dit was maar net my senuwees wat my 'n bietjie opgekeil het."

"Ek is bly om dit te hoor – ek was bietjie onrustig oor jou!" Sy kyk Mien vas in die oë en vra saggies: "Wanneer kan ons nou daardie X-straalplate laat neem?"

'n Lang oomblik kyk Mien terug in die diepblou oë en stadig verbleek haar gesig. Haar een hand kruip op na haar keel asof sy dit moeilik vind om asem te haal en Karin merk die vrees en die onrus wat haar oë verdonker.

"Jy sê dan self ek lyk beter, Dokter," fluister sy eindelik.

"Jou kleur is 'n bietjie beter, ja, maar jy is veels te maer. En sal jy nie self bly wees om die gerusstelling te kry dat alles reg is nie?"

"Ek sal weer daaroor nadink," belowe sy en Karin is verplig om haar te laat gaan.

Daardie namiddag het sy net twee pasiënte gehad – of liewers een pasiënt en een besoeker. Die pasiënt was mev. Sarie Gous, nou ses maande swanger en nog steeds 'n toonbeeld van gesondheid en geluk.

"Mev. Gous, jy is absoluut 'n ideale pasiënt," wens Karin haar geluk toe sy met die ondersoek klaar is. "Alles is perfek – bloeddruk, gewig, posisie van die baba, jou gemoedstoestand – alles! Dis 'n voorreg om so 'n pasiënt te hê. Ons moet net hoop dat jou baba nie te groot word nie, want 'n groot baba kan ons dalk nog opdraande gee!"

Sarie Gous kyk op in haar dokter se glimlaggende gesig:

"Dit gaan nie sonder opofferings nie, hoor, Dokter. As ek so rasend van die honger is, voel ek soms of ek my skoon kan vergryp aan die kos; maar dan dink ek weer aan wat Dokter gesê het en ek eet maar 'n appel of drink 'n glas lemoensap! En ek moet sê ek voel wonderlik. My man sorg dat ek gereeld gaan stap – hy is eintlik die een wat sorg dat al Dokter se bevele uitgevoer word!"

'n Ideale pasiënt, dink Karin. Die maande van wag is vir haar 'n tyd van voorbereiding van gees en liggaam vir die heuglike gebeurtenis wat nou so vinnig naderkom. En haar intelligente samewerking met haar dokter verseker dat haar baba, as die groot oomblik aanbreek, normaal en sonder komplikasies gebore sal word!

Die gedagte aan die kliniek wat sy so graag hier op Doringlaagte tot stand wil bring, kom weer by haar op en sy wonder hoe sy te werk moet gaan om algemene belangstelling in so 'n kliniek aan te wakker. Sy wonder watter reaksie sy van Hugo en dr. Roux sal kry. Sy begryp dat hulle self te besig is om enige tyd daaraan te bestee maar as die plan net hulle goedkeuring en ondersteuning wegdra, kan haar drome moontlik nog verwesenlik word.

Mien kom die kamer binne, bleek en klaarblyklik nie op haar gemak nie:

"My man wil jou graag 'n oomblikkie spreek, Dokter!"

Verbaas kyk Karin na haar, maar Mien ontwyk haar oë.

"Laat hom gerus maar binnekom, Mien," sê sy en sy wonder wat die rede vir die besoek is.

"Ek wil nie jou kosbare tyd mors nie, Dokter," begin hy ewe sarkasties. "Ek kom jou net vra om my vrou met rus te laat en haar nie verder om te krap nie. Anders sal ek verplig wees om haar hier weg te neem!"

En wie sal dan vir jou kinders sorg, dink Karin, maar sy bedwing haarself.

"As daar niks met jou vrou makeer nie, mnr. De Lange, sal 'n X-straal-ondersoek dit net bevestig. Moontlik is ek verniet onrustig, maar dis ewe moontlik dat my vrees nie ongegrond is nie; en as 'n dokter het ek dit my plig beskou om haar te waarsku."

"Het my vrou jou geraadpleeg?"

"Nee," antwoord sy en die koel, deurdringende, blou oë laat hom vreemd ongemaklik voel.

Bars vervolg hy:

"Dan vra ek jou beleef maar beslis om jou neus in die toekoms uit my sake te hou. Ek sal self na my vrou kyk en ek sal self 'n dokter raadpleeg as dit nodig is. En dit sal nie 'n histeriese vroudokter wees nie!"

Sonder om te groet, draai hy om en stap hy by die kamer

uit. Karin bly roerloos in haar stoel sit. Sy voel vererg, ongelukkig, ontstemd – alles tegelyk – toe Hugo Slabbert haar kamer binnekom.

"Ek verneem jy is klaar met jou pasiënte. Sien jy vandag nog kans vir 'n plaasbesoek?"

"Natuurlik, ja, dr. Slabbert," antwoord sy koel en kortaf, sonder om na hom te kyk. "Wat is die besonderhede?"

Fronsend kyk hy haar 'n oomblik aan, dan gee hy haar die nodige informasie wat sy in haar boekie aanteken.

"Wat makeer?" vra hy. "En moet nou nie sê 'niks' nie!"

"Ek is vies en vererg en ontstel," erken sy en die vonke skiet uit haar oë by die herinnering aan wat so pas gebeur het. "Dis die tweede keer binne 'n kort tydjie dat ek so goedsmoeds van 'histerie' beskuldig word. Ek wil liewers nie die saak nou bespreek nie – moontlik was dit ook maar net my verdiende loon! Ek sal liewers maar gaan!"

Hy het gemerk dat sy werklik omgekrap was en het haar nie teengegaan nie.

Die volgende oggend by die hospitaal het Karin uit haar eie vir Hugo en Isak Roux van die voorval met John de Lange vertel.

"Jy moet jou maar nie aan die bullebak steur nie, Karin," het dokter Roux troostend gesê toe sy klaar is. En kort daarna by die spreekkamer, het Mien self na haar gekom.

"Ek wil vir Dokter sê dat ek gewillig is vir daardie X-straal-ondersoek," het sy half-onseker gesê.

Stadig draai Karin om en sy kyk die vrou deurdringend aan. Mien se glimlaggie is bewerig, maar sy kyk Karin met volle vertroue aan. Impulsief steek Karin albei haar hande na Mien uit.

"O, Mien, ek is so bly!" sê sy en haar oë is blink en mooi. "Ek sal dadelik reëlings tref – hoe gouer dit gedoen word, hoe beter."

Die aand ná ete moes sy 'n besoek doen en toe sy by haar kamers terugkom, vind sy Hugo Slabbert gemaklik uitgestrek in 'n diep stoel voor haar kaggelvuur besig om deur 'n nuwe tydskrif te blaai. Glimlaggend staan hy op toe sy binnekom:

"Goeienaand, Dokter! Ek het Susan beloof ek sal die telefoon oppas totdat jy terugkom!"

"Dis baie vriendelik van jou," sê sy liggies maar haar hart klop in haar keel. Hy help haar om haar jas uit te trek en hang dit oor 'n stoel, dan trek hy nog 'n stoel nader aan die vuur.

Susan bring vir hulle koffie en beskuit en onderwyl hulle die geurige warm koffie drink, verneem dr. Slabbert na Mien, maar Karin is nie geneig om vanaand Mien se sake te bespreek nie en sy vertel hom net kortliks van die X-straalplate wat geneem is en begin toe weer oor ander dinge gesels.

Dit was eers toe hy opstaan om huis toe te gaan dat hy aan haar sê:

"Ek is nogal nuuskierig om môre daardie X-straalplate te sien. Jy het ons almal se belangstelling gaande gemaak!"

"Ek wil liewers nie daaraan dink nie," sê sy en ondersoekend kyk hy na haar.

"Waarom?" vra hy koel. "Wat ook al die uitslag is – jy het slegs jou plig gedoen! Dis die eerste en enigste oorweging by 'n dokter!"

Sy kyk op na hom, dan glimlag sy effens en onwillekeurig staan sy 'n bietjie meer regop.

"Dankie, Dokter," sê sy. "Ek sal onthou!"

Eers nadat hy weg is en sy alleen voor die vuur oor die onverwagte besoek nadink, het sy gewonder of hy spesiaal vanaand vir haar geselskap kom hou het omdat hy geraai het dat sy miskien 'n bietjie opbeuring nodig gehad het.

"Jammer dat ek laat is, Dokter," sê sy half-uitasem toe sy die kleedkamer van die hospitaal die volgende oggend binnekom. "Ek het 'n bevalling gehad – ek het so pas 'n vierkilogram-dogter ryker geword."

Hy kyk na haar en sy oë versag. Sy stem is egter koel en bruusk soos altyd.

"Goeiemôre, Dokter! Veels geluk!" Hy wys na die pakkie wat langs hom op die tafel lê. "Jou plate is hier. Ek hoop jy gee nie om nie – ek het reeds daarna gekyk!"

Haar lippe is styf, haar mond voel droog en sonder 'n woord tel sy die plate op en stap met hulle na die venster. Daar is 'n hele paar. Sorgvuldig bestudeer sy die plate een vir een, en een vir een lê sy hulle met 'n gevoel van verligting opsy. Dan is dit meteens of haar asem in haar keel vasgevang word. Daar is dit – wat sy gesoek het, en tog gehoop het om nie te vind nie: 'n skaduwee, lig en delikaat, maar nietemin 'n skaduwee waar daar geen skaduwee behoort te wees nie ... Stadig laat sy die plate sak en met onsiende oë staar sy 'n oomblik by die venster uit. Hugo het opgestaan en kom nou langs haar staan en onwillig kyk sy na hom.

"Dis daar," fluister sy.

"Ja," sê Hugo. "Dis daar! 'n Knap diagnose, Dokter. Ek wil jou graag gelukwens."

Sy maak 'n afwerende gebaar met haar hand.

"En nou?" vra sy toe sy haar stem eindelik weer kan vertrou.

"Onmiddellik opereer," Hugo se stem is saaklik: "Moontlik is ons nog betyds!"

Karin se gedagtes vlieg vooruit na die arme Mien en haar twee kindertjies en sy weet wat die nuus vir hulle sal beteken.

"Ek sal haar sê," antwoord sy en sy weet dit sal die swaarste taak wees wat sy nog ooit moes verrig het. "Sal jy opereer – as Mien toestem?"

"Graag – tensy sy na 'n spesialis wil gaan!"

Die volgende oggend het Hugo die operasie gedoen terwyl Karin en Isak albei bygestaan het. Dit was 'n groot operasie, en 'n paar dae later toe Mien deur die donker vallei van pyn en vertwyfeling weer terug na die lig geworstel het, het hy vir haar gesê:

"Ek sou jou graag vanoggend die versekering wou gee dat jy genees is – maar dit lê ongelukkig nie in my mag nie. Maar menslik gesproke en sover soos my kennis gaan, is ek in my hart daarvan oortuig dat die operasie betyds gedoen is. Jy is 'n gelukkige vrou, en jy het vandag en al die dae wat jou gegun sal word nog veel om voor dankbaar te wees!"

"Ek weet," sê sy bewoë. "Dankie, Dokter!"

Hy skud sy kop en neem haar skraal, wit hand in syne.

"Die dank kom my nie toe nie. Alles het jy aan dr. De Wet te danke. Wanneer ons eendag wakker geskrik het, sou dit miskien hopeloos te laat gewees het."

19

'n Paar dae later is Hugo weg: eers na Durban waar hy 'n mediese kongres sou bywoon, daarna na vriende aan die Noordkus om 'n bietjie te hengel en 'n welverdiende rus te geniet.

Karin het hom gemis, meer as wat sy wou erken.

Teenoor háár was sy houding die afgelope tydjie heelwat vriendeliker en gemakliker, maar sy het tog nog soms die gevoel gekry dat hy op sy hoede teenoor haar is, dat sy nog nie onder die bevoorregtes tel nie!

Met die werk en veral by die hospitaal het alles ook nie so vlot verloop nadat hy weg is nie. Dr. Brink was vol geesdrif, maar jonk en onervare en meer verantwoordelikheid het noodwendig op haar geval. Dr. Brink het ook maar gesukkel met die plaasritte en Karin, wat nou al 'n ou veteraan gevoel het maar darem nog nie die onsekerheid van daardie eerste dae vergeet het nie, het hom gehelp waar sy kon.

By die hospitaal het hulle net die kleiner en noodsaaklikste operasies gedoen – wat kon wag, het dr. Roux uitgestel totdat Hugo weer terug sou wees.

'n Paar dae na Hugo se vertrek, het Karin 'n oproep van oom Bêrend Jordaan van Elandsdrif ontvang. Sy vrou was siek en sy moes asseblief so gou moontlik uit plaas toe kom. Sy weet dat mev. Jordaan ook onlangs griep gehad het en baie siek was, dat Hugo 'n paar maal uit plaas toe gegaan het om haar te behandel en Karin wonder of dit nou maar weer net 'n hervatting van die griep is.

Karin het mev. Jordaan in die bed aangetref, bleek en moeg en uitgeput, nog kleiner en tengeriger as die eerste keer toe sy haar gesien het. Haar bloeddruk was baie laag, die pols – as gevolg van die lae bloeddruk – stadig en moeisaam. Karin het haar verder deeglik ondersoek maar sy kon niks anders met die dame verkeerd vind nie.

"Sy het nog nooit behoorlik reggekom van die griep nie," sê oom Bêrend wat tydens die ondersoek ook in die kamer was. "Dr. Slabbert het gepraat van inspuitings vir die lae bloeddruk maar die vrou wou nie daarvan hoor nie en hy het haar toe 'n versterkmiddel gegee. Nou wonder ek of ons nie tog maar die inspuitings moet probeer nie."

"Ek dink so," sê Karin. "Hulle is baie meer effektief as enige middels wat jy deur die mond inneem."

"Ek is net moeg," sê mev. Jordaan. "Laat my maar net rus – ek sal self weer regkom."

"Jy sien self jy kom nie reg nie, Annie," sê oom Bêrend streng. "Jy eet nie en jy word net elke dag swakker. Laat Dokter vir jou daardie inspuitings kom gee. Jy sal sien dit sal jou dadelik sterker laat voel."

Sy draai haar kop weg asof sy nie die moed of die begeerte het om te stry nie, en haar lusteloosheid, die dowwe, glanslose oë laat Karin wonder of die moeilikheid nie miskien ook geestelik is nie.

Toe sy en oom Bêrend saam uitstap, vra sy hom of hy weet of sy vrou haar miskien oor iets bekommer.

Die kil, streng gesig is meer geslote as ooit tevore:

"My vrou is uitgeput ná die griep. Gee haar die inspuitings en ek is seker sy sal dadelik beter wees."

Sy stem is koel en ontmoedigend en Karin waag dit nie om enige verdere navrae te doen nie. Sy wil nie onnodig in hulle droefheid indring nie, maar sy is magteloos om hulle te help as sy nie die kern van die moeilikheid kan vind nie.

Die volgende dag het Karin met die reeks inspuitings begin, maar ná 'n week was daar nog geen verbetering in mev. Jordaan se toestand nie.

"Ek is net moeg," het sy herhaal en Karin het die vlugtige onrus in oom Bêrend se helderblou oë gelees.

"As die inspuitings nie help nie, sal ek haar maar na 'n spesialis in die stad neem," sê hy aan Karin toe hy saam met haar na haar motor toe stap.

Daar is 'n vreemde klank in die gewoonlik so koel en

beheerste stem, asof hy vir die eerste keer aan die moontlikheid dink dat sy vrou miskien nie gesond sal word nie!

'n Paar dae later het Karin weer in die omgewing 'n plaasbesoek gehad en hoewel sy die vorige dag op Elandsdrif was, besluit sy om weer daar aan te ry en te sien of die pasiënt enige vordering maak. Oom Bêrend was nie tuis nie.

"Ag, Dokter," protesteer mev. Jordaan. "Ek weet nie waarom julle nog met die inspuitings lol nie. Dit sal nie vir my beter maak nie."

Die twee kinders wat die Jordaans op so 'n tragiese wyse verloor het, is maar nooit as sy op Elandsdrif kom uit Karin se gedagtes nie en op 'n skielike ingewing sê sy nou aan die moeder:

"Mevrou, ek is jou dokter. Ek wil jou graag help. Kan jy my nie sê wat jou hinder nie?" Bedroef skud Annie Jordaan net haar kop, maar Karin vervolg: "Ek weet julle het al groot droefheid gehad, dat julle 'n dogter en 'n seun gehad het en dat julle albei verloor het. Is dit die ou wonde wat weer aan die bloei gegaan het, of is dit iets anders wat jou hinder?"

Besluiteloos kyk mev. Jordaan op in Karin se gesig; dan steek sy haar hand onder die kussing in en haal 'n brief daaruit.

"Lees dit," sê sy.

Karin haal die brief uit die koevert en maak die brief oop. Dit is geskrywe uit Kaapstad en geteken deur *'Martie'*. Met verskerpte aandag lees Karin die briefie:

"Liefste Moeder en Vader,

"Ek het al dikwels probeer om vir julle te skrywe, maar ek kon dit nog nooit reggekry het nie en dis alleen die gedagte aan my seuntjie wat so vinnig groot word wat my laat besluit het om dit nou te waag. Het julle geweet dat ek 'n seuntjie het? Hy is reeds byna vyf jaar oud, sy naam is Bêrend en hy trek so baie op Boetie dat dit eintlik snaaks is. Tot Boetie se opstandige kuifie het hy ook!

"Daar is so baie wat ek julle wil sê, nou dat ek eindelik sover gekom het om te skryf, dat ek nie weet waar om te begin nie. Die

nuus van Boetie se dood, waarvan ek maar twee jaar gelede gehoor het, was vir my 'n verskriklike skok en ek was vir julle verskriklik jammer, maar ek was ook hard en koppig soos my vader, en ek wou nie die eerste wees om toenadering te soek nie. Om die waarheid te sê, was dit meer trots as koppigheid – ek wou nie graag teenoor julle erken dat ek 'n fout begaan het nie. En ek wou nie vertel dat die man wat ek gedink het so wonderlik was en vir wie ek alles wat vir my dierbaar was, opgeoffer het, my lankal in die steek gelaat het nie. Hy het in my geld belang gestel en toe hy besef dat ek werklik niks gaan erf nie, het hy geen verdere belangstelling in my getoon nie. Kort nadat Bêrendjie gebore is, het hy my verlaat en dis nou meer as vier jaar dat ek hom laas gesien het.

"Hoe moeilik dit gegaan het, veral aan die begin, om hier in die stad vir my en my seuntjie 'n bestaan te maak, vertel ek liewers nie. Ek het dit reggekry en dis genoeg. Maar nou dat hy groter word, wil ek so graag – al is dit net een keer – vir hom na Elandsdrif toe bring.

"Al is dit net een keer! Vader, ek vra u, sal u ons nie toelaat om 'n bietjie te kom kuier nie? Ek verlang so bitter baie na my moeder en vader, ek wil so graag aan my seuntjie sy ouma en oupa wys. Dis al familie wat hy in die hele wêreld het. Uit die diepte van my hart vra ek u om vergifnis vir al die leed wat ek julle aangedoen het. Maar as u voel dat u my nie op Elandsdrif wil ontvang nie, sal ek ook begryp, en ek sal julle nie weer lastig val nie."

En dan net die handtekening *"Martie"*.

Diep ontroer, vou Karin die brief op en gee dit weer aan mev. Jordaan terug. Haar keel is dik en seer, haar oë brand van die trane wat sy nie durf stort nie.

"Het oom Bêrend die briefie gelees?" vra Karin.

"Hy weier om dit te lees. Hy sê hy het nie 'n dogter nie – sy dogter is dood."

"Het jy al aan haar geskrywe, Mevrou?"

"Hy het my belet om te skrywe!" Karin antwoord nie, en saggies vervolg sy: "O, ek weet dit was verkeerd van haar. Ons het haar so gewaarsku teen die man – maar sy het geboet vir haar ongehoorsaamheid. Sy vra ons om vergifnis . . . waarom kan sy nie na ons terugkom nie . . . al is dit dan net vir 'n klein ou besoekie? Ons is almal so eensaam en bedroef . . ."

Met donker, onsiende oë het sy op na die plafon gestaar, blykbaar te moeg om verder te gesels.

Eindelik het Karin oom Bêrend se haastige voetstappe in die gang gehoor. Hy het reguit na sy vrou se kamer gekom en Karin was bewus van sy agterdog en ontevredenheid. In die verlede het hy gereeld gesorg dat Karin nooit alleen met sy vrou is nie. Die teerheid waarmee hy sy vrou groet, was egter vir Karin 'n openbaring.

'n Rukkie later stap hy saam met Karin na buite en toe sy hom groet, sê sy aan hom:

"Ek weet nou waarom mev. Jordaan nie gesond wil word nie, oom Bêrend. Inspuitings help nie vir 'n gebroke hart nie. As u nie een van die dae alleen hier op Elandsdrif wil sit nie, raai ek u aan om u dogter en u kleinseun onmiddellik plaas toe te laat kom."

Die harde gesig het, indien moontlik, nog harder en killer geword.

"Dokter," sê hy en sy stem is ysig koud, "ek het jou gevra om my vrou gesond te probeer maak – nie om jou met ons private lewe in te meng nie!"

"En u vrou, oom Bêrend? Moet sy maar daar in die kamer lê en wegkwyn sonder dat u 'n vinger verroer om haar te help?"

"Ek sal haar na die beste dokters in die land neem! Ek sal geen onkoste spaar om haar gesond te maak nie . . ."

Medelydend skud Karin haar kop:

"U is al een wat haar gesond kan maak, mnr. Jordaan! Maar u vrou se geluk – selfs haar lewe – u dogter en haar seuntjie – alles is u bereid om te offer op die altaar van u trots."

"*Bly stil!*" sê hy dreigend en die lig in sy oë is iets vreesliks om te sien. "Ek het geen dogter nie . . ."

Eindelik het die strenge selfbeheer van die jare padgegee, en Karin het geskrik vir die onbeteuelde woede wat sy in die vlammende blou oë gelees het. 'n Oomblik het sy gedink dat hy haar te lyf sal gaan, maar die kalme onverskrokkenheid van die jong meisie het hom effens tot besinning gebring.

"Maak dat jy hier wegkom," het hy haar toegesnou. "En sorg dat jy jou voete nie weer op my plaas sit nie!"

Koel en trots het Karin omgedraai en na haar motor toe gestap en met vlammende oë het hy haar agternagestaar. Maar sy was moeg en diep ontsteld toe sy tuiskom. Wat sal Hugo sê as hy verneem wat sy al weer aangevang het? Wanneer kom hy terug? Hy is reeds twaalf dae weg en in al die tyd het hulle nie 'n woord van hom verneem nie! Kuier hy so lekker dat hy heeltemal van hulle vergeet het?

By die huis wag daar 'n plaaswerker op Karin en haar hart sak tot in haar skoene. Beteken dit nog 'n plaasbesoek vanaand!

Met sy hoed in die hand staan hy nader en sê baie beleef: "Naand, Dokter! Jona kom net dankie sê!"

"Naand, Jona," sê sy en die verligting maak haar stem lig en vriendelik. "Waarvoor wil jy dankie sê?"

"Vir die vrou en die kind, Dokter. Jy onthou die aand . . . dit was my vrou wat so baie siek was . . . ons het gedink sy gaan sterwe . . ."

Hy stap na 'n fiets daar naby wat Karin in die skemerdonker nie dadelik raakgesien het nie. Agter op die fiets is 'n mooi swart hoenderhen vasgemaak.

Met 'n eerbiedige buiging oorhandig Jona die hoender aan haar en versigtig neem Karin die geskenk by hom.

"Dankie, Jona," sê sy saggies en met nog 'n beleefde "dankie" klim Jona op sy fiets en ry weg.

Glimlaggend, met die hoender styf in haar arms, stap Karin huis toe. In haar studeerkamer vind sy vir Susan op haar knieë besig om haar kaggelvuur aan te steek.

"Susan," sê sy half-verleë, "ek het 'n hoender present gekry!"

Susan gooi haar kop agteroor en sy skater dit uit van die lag. Dit is te veel vir die hoenderhen wat reeds 'n vreemde middag agter die rug het. Met 'n angswekkende gekekkel en 'n wilde gefladder van haar vlerke vlieg sy uit die verskrikte Karin se arms en neem koers deur die oop deur na die eetkamer met Karin en Susan laggend en opgewonde agterna.

In die eetkamer probeer hulle die hen vaskeer, maar met 'n benoude gekekkel en fladderende vlerke seil sy deur die lug onder die rusbank in. In die deur staan tant Rina die petalje te aanskou en haar skouers skud soos sy lag.

Tussen al die lawaai en opgewondenheid het hulle nooit die herhaalde geklop aan die deur gehoor nie en Hugo Slabbert het later maar binnegestap om self uit te vind waaroor al die lawaai en uitbundige gelag gaan. Hoe lank hy daar in die deur gestaan het, het hulle nie geweet nie, maar toe die senuweeagtige hoender onverwags in sy rigting vlug en half onder 'n stoel bly vassit, het hy haar in 'n oomblik vasgepen en opgetel.

"Aan wie behoort dit?" vra hy geamuseerd.

"Dis . . . dis dokter De Wet se hen!" stotter Susan, besig om haar oë af te droog terwyl sy probeer om tot bedaring te kom.

Karin bloos en soos 'n verleë kind sit sy haar hande agter haar rug toe hy die hoender aan haar wil gee.

"Ek wil die ding nie hê nie!" sê sy so beslis dat Susan weer opnuut begin lag. Glimlaggend kom tant Rina nader en neem die hoender by Hugo en verdwyn daarmee in die kombuis, gevolg deur die laggende Susan.

Verleë staan Karin nog 'n oomblik voor Hugo; dan draai sy weg en sê vererg:

"Moet jy altyd op die mees ongeleë tyd jou verskyning maak, dr. Slabbert?"

"Jy het my nog nie eers gegroet nie," sê hy saggies, sy oë blink en geamuseerd. "En jy maak al weer met my rusie."

Hy steek sy hand na haar toe uit en na 'n oomblik se aarseling lê sy hare daarin. Onwillig glimlag sy.

"Dis gaaf om jou weer te sien," sê sy. "Wanneer het jy gekom?"

"So 'n uur gelede!"

"Die vakansietjie geniet?"

"Ek het," sê hy en sy dink sy het al vergeet hoe diep sy stem is. Hy lyk goed – 'n bietjie voller in die gesig, bruingebrand, meer uitgerus. 'n Rukkie langer as wat nodig is, hou hy haar hand in syne vas, terwyl hy ondersoekend na haar af kyk. Dan trek Karin haar hand weg.

Terwyl hulle saam na haar sitkamer stap, sê hy:

"Marie Roux het my gestuur om jou vir ete te kom haal. Sy probeer al die hele middag om jou te bel, maar jy was uit."

"Ek het 'n plaasbesoek gehad." Die herinnering aan haar besoek by Elandsdrif jaag 'n vlugtige skaduwee oor haar gesig, maar dadelik stoot sy die gedagtes van haar af. Sy kyk af na haar gekreukelde rok en stowwerige hande en vervolg: "Ek sal graag kom – maar ek wil eers bad en aantrek. Ek sal kom so gou soos ek kan."

"Ek sal vir jou wag," antwoord hy.

"Ek sal gou maak," belowe Karin. Die heimwee het verdwyn, sy is vervul met 'n tintelende opgewondenheid. Hugo Slabbert is weer terug op Doringlaagte.

20

Betreklik vroeg het Hugo die aand vir Karin van die Rouxs af teruggebring en toe sy hom vir koffie binnenooi, het hy dadelik die aanbod aanvaar. Susan het voor die vuur gesit en lees en sy het vriendelik aangebied om vir hulle die koffie te gaan maak.

Terwyl hulle gemaklik en rustig voor die vuur sit, vertel Hugo haar die een en ander van die kongres, en toe sy hom daarna uitvra, oor sy vakansie. Hy en sy vriend het blykbaar die meeste van die tyd op die rotse deurgebring – dit was net sardientjietyd – en heelwat groot visse gevang.

Toe het hy verneem na wat alles gebeur het solank hy weg was.

Haar gesiggie versober en na 'n rukkie sê sy:

"Ek het iets om te bieg, Dokter!"

Ondersoekend kyk hy na haar, dan vra hy:

"Het jy aan Arrie verloof geraak solank soos ek weg was?"

Sy skud haar kop en sy glimlag effens:

"Nee! Iets baie erger as dit!"

"Ek kan my skaars iets ergers indink," sê hy droogweg. "Maar laat ek hoor!"

Karin vertel hom van die jongste verwikkelinge op Elandsdrif en van die uitval wat sy en oom Bêrend gehad het.

"Jy het heeltemal reg gehandel om met hom te praat," sê Hugo. "Of dit sal help, is natuurlik 'n ander saak. Ek het al geleer om my by die siek liggaam te bepaal en die dinge wat buite my bereik is, maar links te laat lê."

"Ek wonder of ek ooit sal leer!" sê Karin en Hugo glimlag.

"Ek hoop nie so nie," sê hy. Ongelowig kyk sy na hom maar sy blik is nog op die vuur. Dan vra hy onverwags:

"Gaan jy saam met my na ons hospitaaldans toe, Karin?"

'n Oomblikkie is Karin stil; dan sê sy:

"Arrie het my reeds gevra. Maar jy kan my suster Myra neem – sy sal dan ook hier wees." Hy antwoord nie dadelik nie en haastig vervolg sy: "Arrie kan ook vir haar 'n maat vind . . ."

"Ek sal graag jou suster neem," sê hy kalm. "Ek het aan heeltemal iets anders gedink! Wanneer kom sy?"

"Sy kom Saterdag – sy het besluit om dit darem vir 'n week of tien dae te waag!"

Hy glimlag maar hy antwoord nie en 'n rukkie later staan hy op om te gaan.

"Môre-oggend operasies," sê hy. "Kom jy my help?"

"Daar is nou vier van ons," herinner sy hom. "Ons kan nie almal help nie."

"Die twee weke wat jy nog by ons is, kan jy met die operasies help en Brink kan die plaasbesoeke doen."

Hy kyk tersluiks na haar:

"Van volgende maand af is jy jou eie baas."

"'n Baas sonder werk! Ek is jou nog altyd baie dank daarvoor verskuldig, dr. Slabbert!"

Hy grinnik effens.

"Jy sal genoeg pasiënte hê . . . ek hoop maar jy neem nie die helfte van ons praktyk saam met jou nie!" Hy steek sy hand na haar uit: "Goeienag, Karin. Dankie vir die koffie."

"Goeienag, dr. Slabbert," sê sy en sy vingers sluit stywer om hare.

"Is dit nog altyd, 'dr. Slabbert', Karin?"

Sy glimlag effens en die blou oë is diep en mooi toe sy na hom opkyk.

"Goeienag – Hugo," sê sy saggies.

Karin het die volgende oggend net by die spreekkamers gekom toe die dametjie wat Mien se plek neem totdat sy van haar vakansie terugkom, haar kom sê dat 'n meneer Jordaan haar dringend wou spreek. Daar is 'n gevoel van beklemming om Karin se hart toe sy vir die meisie sê om hom dadelik in te bring en onrustig wonder sy wat oom Bêrend kom maak. Sou mev. Jordaan sieker wees? . . .

Met ferme tred, regop en waardig soos sy hom die eerste dag gesien het, sy streng gesig uitdrukkingloos, kom oom Bêrend Jordaan die kamer binnegestap.

"Goeiemôre, Dokter!" Sy stem is diep en grof maar nie onvriendelik nie. "Ek het net gekom om u te vra om met my vrou se behandeling voort te gaan!"

"Ek sou graag met die behandeling wou aangaan, mnr. Jordaan – maar onder die omstandighede glo ek nie dat dit mev. Jordaan veel sal baat nie!"

Hy glimlag effens, 'n vreemde weemoedige glimlaggie:

"Ek het verwag dat u die beswaar sal maak, dr. De Wet, maar ek het ook vanmôre gekom om u te sê dat ek toegestem het om Martie en haar kind vir 'n besoek . . . huis toe te laat kom!"

"Dit is vir my wonderlike nuus, mnr. Jordaan," sê sy saggies. "Het u mev. Jordaan al gesê?"

Oom Bêrend is stil en in herinnering herleef hy weer die lang, donker nag toe hy met sy trots en sy koppigheid geworstel het.

"Ek het vanoggend vir haar gesê," antwoord hy nou op Karin se vraag en hy lyk so vermoeid dat sy hom meteens diep jammer kry. Dat hy nie maklik tot die beslissing gekom het nie, besef sy. "Sy het verskriklik gehuil – wat seker te wagte was – en toe sy kalmer word, het ek haar 'n slaappil gegee. Sy het geslaap toe ek daar weg is. Johanna – dis die voorman se dogter – sit by haar terwyl ek gou my besigheid doen. Ek hoop net die skok was nie vir haar te groot nie."

"Geluk is 'n goeie heelmeester," sê Karin. "Ek is oortuig daarvan dat u vrou nou gesond sal word!"

"Ek sal bly wees as u haar vanmiddag kan besoek," sê hy en Karin knik. Dan steek hy sy hand na haar uit en sy greep is hard en pynlik: "Nogmaals dankie, Dokter, vir alles wat u gedoen het!"

Peinsend kyk Karin oom Bêrend agterna terwyl sy liggies haar regterhand masseer. Moeilike dae wag nog op al die Jordaans van Elandsdrif.

Vroeg die Saterdagoggend is Karin stasie toe om haar suster Myra te ontmoet.

Die trein was 'n kwartier laat en Karin het op en af op die perron gestap in 'n poging om warm te word toe sy vir oom Bêrend Jordaan aan die bo-ent van die perron sien staan. Haar hart spring in haar keel van opgewondenheid. Dit beteken natuurlik dat Martie en haar seun ook vanmôre aankom.

Oom Bêrend lig vir haar sy hoed toe sy naby kom, maar daar is nie die sweem van 'n glimlag op sy gelaat nie.

Hulle gesels 'n paar woordjies maar nóg deur blik nóg deur woord verraai oom Bêrend die spanning waarin hy seker verkeer en Karin slaak 'n suggie van verligting toe die trein om die draai verskyn.

Myra, blosend en opgewek, geklee in 'n driekwartpelsjassie en met 'n oulike pelshoedjie op haar swart krulle, lyk of sy uit 'n modeboek stap en Karin, sonder hoed en in verlede jaar se winterjas, voel maar 'n bietjie vaal en uit die mode langs die blosende jong kreatuur. Myra se warme omhelsing, haar opgewondenheid, laat die gevoel egter dadelik weer verdwyn en glimlaggend roep sy 'n kruier nader om Myra se koffers te neem.

Terwyl Myra die kruier beveel presies hoe haar hoededoos gedra moet word, loer Karin vlugtig met die perron af en sy merk dat oom Bêrend-hulle reeds aangestap kom. Langs hom loop 'n skraal jong vroutjie, lank soos haar vader, netjies maar eenvoudig geklee in 'n donkerblou jas en beret, en aan haar hand het sy haar seuntjie, geklee in 'n lang ferweelbroekie en donkerblou jassie.

Martie het dieselfde helderblou oë, dieselfde reguit blik en daar is iets van haar vader se trots en hardheid in haar gesig. Die ou seuntjie wat "so baie na Boetie lyk", 'n liewe, stewige kêreltjie wat met onrustige oë die vreemde mense om hom betrag, sal seker met een enkele treetjie reguit in sy ouma se leë, eensame hart instap.

"En nou . . . wat is die program?" vra Myra glimlaggend toe hulle in die motor sit en Karin lag.

"My liewe sussie," sê sy nou, "ek het spreekure tot eenuur – as ek gelukkig is! Maar Arrie kom jou haal vir tee en hy sal jou probeer besig hou tot eenuur. En ek is seker

Arrie sal dit geniet om so 'n viets, fyn nooientjie uit te neem!"

"En vanmiddag? En vanaand?"

"Deur die goedgunstigheid van my werkgewers is ek dan die res van die naweek vry en net na middagete gaan ons na Geluksvlei toe waar ons die naweek gaan deurbring. Vanaand is daar 'n partytjie – spesiaal ter ere van jou gereël!"

"Dit klink uitstekend. Ek is bly ek het 'n paar aandrokke saamgebring."

"Hoeveel?" vra Karin met tintelende oë.

"Net vier!" sê Myra en Karin lag.

"Dan het ek my weddenskap verloor! Ek het Arrie gewed jy sou minstens ses bring!"

"Ek wou eers meer bring," erken Myra, "maar ek het gedink dit sal snaaks lyk! Vir al wat ek weet, dans julle nie eers hier op Pampoenpoort nie!"

"Pampoenpoort sal jou miskien nog verras!" waarsku Karin.

Die dae het vinnig en aangenaam verloop. Bedags terwyl Karin besig was, is Myra uitgenooi vir tee en tennis, byna elke aand het hulle by iemand anders geëet of êrens partytjie gehou. Tot Karin se verbasing was Hugo ook dikwels teenwoordig, hoewel hy gewoonlik vroeg geloop het. Myra het van die begin baie van die jong dokter gehou, hulle was uit die staanspoor goeie vriende. Hugo was in die dae vriendeliker, meer genaakbaar dan ooit tevore. Is dit aan Myra te danke, het sy gewonder?

Hugo en Myra het albei in musiek belang gestel en hy het Myra genooi om een aand by sy woonstel na 'n paar nuwe plate wat hy gekoop het te kom luister.

"Jy is 'n bevoorregte dametjie," sê Karin liggies toe Myra haar van die uitnodiging vertel. Myra kry reg wat sy in maande nie kon regkry nie.

Die volgende oggend terwyl hulle gou 'n koppie tee by die hospitaal drink, sê Hugo vir Karin:

"Ek het vir Myra genooi om môreaand na 'n paar nuwe plate te kom luister. Ek hoop jy kom saam."

"Voel jy dat Myra 'n chaperone nodig het?" vra sy koel.

Hy het onverwags gelag.

"Wat ek regtig daaromtrent voel, dr. De Wet, sal ek jou later, op 'n meer geleë tyd sê. Intussen nooi ek jou om môreaand na 'n paar plate te kom luister. Arrie kom ook."

Sy glimlag sonnig.

"In daardie geval neem ek graag die uitnodiging aan."

Karin het die aand een van haar mooiste rokkies aangetrek. Sy was gretig om Hugo se woonstel te sien, maar in haar hart was sy 'n bietjie jaloers dat sy die uitnodiging aan Myra te danke het.

Die woonstel was vir Karin 'n verrassing: 'n paar mooi meubelstukke wat gelyk het of hulle erfstukke kon wees, warm rooi gordyne en 'n mooi persiese tapyt op die vloer. Die boekrakke was vol boeke – nie net mediese boeke nie – en bokant die kaggel het 'n olieverfskildery van 'n mooi, jong vrou met donker hare en oë gehang. Karin het dadelik geraai dat dit Hugo se moeder is – daar was geen twyfel omtrent die verwantskap tussen hulle nie.

'n Warm, kleurvolle kamer, wat sy glad nie met die koel, saaklike Hugo geassosieer het nie. En tog, die heel eerste aand toe sy hom ontmoet het, het sy gemerk hoe die warm krisante en die kleurvolle Maggie Laubser vir Hugo getrek het.

Die hospitaaldans was 'n groot sukses. Karin het 'n wit rok aangehad en Arrie kon sy oë nie van haar afhou nie.

Terwyl hulle saam dans, fluister hy in haar oor:

"Ek wens jy was nie 'n dokter nie, Karin! Waarom kon jy nie ook 'n onderwyseres soos jou suster gewees het nie!"

Sy hoor die liefde en verlange in sy stem en sy voel meteens skuldig.

"Moenie, Arrie," sê sy saggies. "Ek is nou eenmaal 'n dokter en ek sal seker 'n dokter doodgaan."

Langs hulle dans Myra en Hugo: Myra in 'n rooi fluweelrok, opgewek en glimlaggend, Hugo se donker kop so 'n bietjie vooroor gebuig sodat hy kan hoor wat sy sê. Wat sou hulle so druk bespreek, wonder Karin. Ook in haar hart is daar verlange en heimwee.

Later het Hugo met haar gedans, nie een keer nie, maar baie kere. Hy het gemaklik gesels, oor alles behalwe hulle werk. Van die bruusk, kortaf dr. Slabbert was daar vanaand geen teken nie. Daardie koele ongenaakbaarheid is maar net 'n houding, dink sy, 'n skerm waaragter hy sy ware gevoelens verberg. Wat sou die verandering in hom teweeggebring het? Sou Myra daar iets – of alles – mee te doen hê?

"'n Gawe, interessante nooientjie, daardie sussie van jou," merk hy op toe Myra by hulle verby dans, en sy wonder of hy haar gedagtes gelees het.

"Baie gaaf," sê sy sag.

"Maar darem nie so interessant soos haar suster nie."

Sy kyk verras na hom. Het sy reg gehoor? Die bruin oë kyk glimlaggend af na haar.

"Dr. Slabbert!" protesteer sy flou. "Sulke onprofessionele taal . . ."

"Ek wou nog vir jou sê jy lyk vanaand baie mooi, dr. De Wet," vervolg hy tergend. "Maar as jy dink dis nie etiket nie – "

'n Heerlik opwindende aand, dink Karin toe sy eindelik in die bed klim. Hoe wonderlik interessant is die lewe. Sy is opnuut dankbaar dat die noodlot haar na Doringlaagte – en na Hugo – gebring het.

Die volgende oggend het sy vir die laaste keer in dr. Truter se kamer gesit en met die Saterdagoggend-toestroming gehelp. Maandag begin sy met haar nuwe werksaamhede.

Dit was byna halftwee toe die laaste pasiënt weg is en sy stap na dr. Roux se kamer om formeel te gaan groet, Hugo is ook daar en hy stap saam met haar terug na haar kamer. Daar het hy vir haar gesê:

"Jy sal my seker nie glo nie, Karin, maar ek is werklik spyt dat jy van ons af weggaan!"

"Waarom sal ek jou glo?" vra sy, opnuut hartseer by die gedagte dat dit alles sy skuld is. "Dis tog wat jy van die begin af wou gehad het!"

"En tog sal ék jou die meeste van almal mis!" Sy antwoord nie en saggies vervolg hy: "Maar ek glo eerlik nog dit is beter so en ek hoop jy gaan in jou nuwe werk ook gelukkig wees. Daar is 'n ander sakie wat ek graag met jou wil bespreek, maar dit moet maar wag totdat Myra weg is. Wanneer vertrek sy?"

"Sy gaan môremiddag terug. 'n Vriend kom haar met die motor haal."

"Wat van môre-aand?"

"Ek het gemeen om môre-aand kerk toe te gaan," het sy na 'n oomblik se aarseling gesê.

"Ek sal graag saam met jou gaan," het hy dadelik geantwoord en daarmee het sy ingestem.

Wat is die sakie wat hy met haar wil bespreek, het sy herhaalde kere daarna gewonder, en soms het sy gedink dat sy kan raai en dan het haar hart so hard en opgewonde begin klop dat sy bang was dat Myra dit sou hoor of dat sy die skielike geluk in haar oë sou lees.

Om halfsewe het Hugo haar kom haal. Die aand was stil en koud, maar Karin het die koue nie gevoel nie. Sy was net bewus van die helder glinstering van die sterre, van die vreedsaamheid van die stil winteraand, van die krag en persoonlikheid van die jongman wat by haar was, en van die warme geklop van haar eie hart.

Van die kerk af het hulle reguit huis toe gekom en haar kamer was warm en gesellig ná die koue daarbuite. Sy het kombuis toe gegaan om vir hulle koffie te maak en gevind dat die water kook en dat alles verder deur die bedagsame Susan in gereedheid gebring is.

Terwyl hulle koffie drink, het hulle nog hiervan en daarvan gesels. Toe het Hugo hulle koppies weggesit en 'n lae riempiebankie voor teen sy stoel getrek.

"Kom sit hier by my," het hy aan Karin gesê. "Ek kan nie met jou gesels as jy daar ver sit nie."

Hy het sy hand na haar toe uitgesteek, maar nog voordat sy kon antwoord, het die telefoon in die slaapkamer skielik gelui. 'n Oomblik het hy nog na haar gekyk, sy winkbroue het opgegaan en stadig het hy sy hand teruggetrek. Dit moes 'n man seker ook te wagte gewees het!

Karin staan op en stap kamer toe.

Toe sy terugkom, het Hugo nog 'n stomp hout op die vuur gesit en hy staan met sy skouers teen die kaggel aangeleun.

"Wel, dr. De Wet," vra hy koel. "En waarheen is die reis nou?"

Karin glimlag effens.

"Die oproep is vir dr. Slabbert. Die Hugo-seun het 'n asma-aanval – dr. Slabbert moet asseblief dadelik vir hom 'n inspuiting kom gee!"

Hugo kyk na haar en sy grimmigheid verdwyn.

"Kom hier, Karin," sê hy op heeltemal 'n ander toon en versigtig staan sy nader.

"Wat is dit?"

"Weet jy wat dit is wat ek jou wil sê?"

Met neergeslane oë staan sy voor hom en hy sien net die glimlaggie wat om haar mondhoeke bewe, dan skud sy haar kop en hy hoor net-net die "nee".

'n Vlugtige glimlaggie raak ook sy mondhoeke.

"Kom ons gaan gee dan eers vir Kallie Hugo sy inspuiting. Netnou probeer ons weer!" Hy tel haar jas van die divan af op en help haar om dit aan te trek. Dan vang hy haar onverwags in sy arms. Hy sit sy hand onder haar ken sodat hy in haar oë kan kyk en vervolg saggies, tergend: "Ook nie heeltemal so koel wetenskaplik as wat jy wil voorgee nie, nè." Hy buig sy kop af en soen haar op haar mond. Dan, onwillig, laat hy haar gaan.

"Kom," sê hy en met haar hand in syne stap sy saam met hom na sy motor toe.

Dis stil en rustig buite.

Die Hugo's het nie ver van tant Rina af gewoon nie en op pad daarheen het nie een van hulle 'n woord gesê nie.

"Ek is nou weer terug," sê Hugo toe hy uitklim, en haastig stap hy die donker paadjie op na die huis toe waar die ligte nog net in die slaapkamer brand.

Stil, tevrede het Karin in die motor gesit en dit het vir haar gevoel asof haar hart al sy geluk nie kon dra nie. Hugo se kus was nog warm op haar lippe en die gedagte dat hy binne enkele minute weer by haar terug sal wees, haar weer in sy arms sal neem, het haar hart wild en onstuimig in haar keel laat klop.

Meteens gaan die voordeur weer oop, 'n oomblik is Hugo teen die lig van die gang gesilhoeëtteer, dan kom hy weer die donker paadjie na haar toe afgestap en sy leun oor om vir hom die motordeur oop te maak.

"Jy nog hier?" vra hy saggies toe hy inklim en 'n oomblik rus sy hand op albei hare. Hy skakel die motor aan, die helder ligte verlig die donker straat en stil ry hulle weg.

Waarheen nou, wonder sy, toe sy merk dat hy verder van die huis af wegry, maar sy sê niks nie. Op die oop kerkplein onder 'n groot boom het hy die motor ingetrek, die ligte afgeskakel en die vriendelike donkerte het hulle saggies omsluit. Van die agterste bank af het hy sy jas geneem en om haar bene gevou, toe het hy sy arms om haar gesit en haar teen hom aangetrek.

"So ja," sê hy. "Hier is nie 'n telefoon nie."

Maar nou dat hy haar in sy arms het, is hy blykbaar nie haastig om te gesels nie en 'n rukkie het sy so teen hom aangeleun, haar kop teen sy bors, en die sterk geklop van sy hart gehoor.

'n Goeie hart, sterk en reëlmatig . . .

Met sy wang teen haar hare sê hy toe teer:

"Ek het jou lief, Karin."

En in antwoord het sy haar kop gelig en in die donkerte het hy haar weer gesoen, haar mond, haar oë, haar hare, en dan weer die sagte, warm lippe totdat sy gloeiend gelukkig, verbaas oor die sterkte van die hartstog wat sy warm soene en sy tere liefkosings in haar wakker gemaak het, weer haar gesig teen sy bors verberg.

Ook hy is stil, gelukkig en tevrede om haar eindelik in sy arms te hê.

"Jy weet," sê hy later, "jy het nog nie gesê dat jy my lief het nie."

Sy lag saggies, gelukkig:

"Jy weet dit tog – lankal."

"Nee," sê hy. "Ek weet nou nog nie waar die dokter ophou en die vrou begin nie!"

"Hulle het jou albei lief – die vrou en die dokter. Jy sal hulle albei moet neem, Hugo!"

Dis 'n ander soort stilte wat nou tussen hulle val; dan sê Hugo saggies:

"Daar is net één Karin en ek het haar lief en ek wil met haar trou – mits sy dink die opoffering is nie te groot nie."

"Watter opoffering?" vra sy stil.

Sy arms sluit vaster om haar.

"My liefste nooientjie," sê hy en sy stem is diep en warm. "Jy besef tog seker dat ek nie gaan toelaat dat jy aanhou met werk nadat ons getroud is nie!"

Dit word stil binne in haar, baie stil.

"Maar, Hugo," sê sy stadig. "Ek het nie die minste plan om op te hou met werk nie – selfs nie nadat ons getroud is nie!"

"Karin, as ek nie ook 'n dokter was nie, kon ons miskien – ek sê miskien – nog daaraan gedink het. Maar nie nou nie. Ek sien nie daarvoor kans nie. Ek kan jou nie ontvoer elke keer as ek 'n paar oomblikke alleen met jou wil wees nie. As ek die slag by die huis is, moet my vrou ook daar wees. Ek sal dit haat as die telefoon jou in die nag uit my arms en uit my bed moet wegroep."

Karin antwoord nie. Sy is verward en ongelukkig. Te lank het sy drome gedroom en lugkastele gebou om alles sommer so in 'n oogwenk sonder 'n stryd gewonne te gee. En die mooiste droom van almal – sy en Hugo skouer aan skouer in die werk wat hulle albei liefhet, 'n droom wat sy begin hoop het hy met haar deel – as sy dié droom moet prysgee, sal sy seker nooit weer dieselfde mens wees nie.

"Ek het gedink jy – van alle mense – sal begryp," verwyt sy hom nou en 'n rukkie is hy stil. Hy neem haar hand in syne en na 'n rukkie, toe hy weer praat, is sy stem koud en sonder lewe:

"Ek het grootgeword in 'n huis wat teen homself verdeel was – omdat my moeder ook geglo het dat sy die reg het om haarself uit te leef. Die beste van haarself, haar tyd, haar talente, het sy aan ander gegee en ons, wat haar die liefste gehad het, moes tevrede wees met die bietjie wat oorgebly het. Die eensaamheid, die ongeluk en die bitterheid van daardie dae sal ek nooit vergeet nie! Nee, Karin, ek glo nie die vrou het die reg om haarself uit te leef as dit ten koste is van die geluk van haar man en kinders nie."

Dis of daar nou 'n kloof tussen hulle gaap, wyer en wyer soos die minute verbygaan. Koel, koppig, trots, sit sy nou so ver van hom af weg as wat moontlik is. Dink hy werklik dat sy sal toelaat dat haar werk, as hulle getroud is, tussen haar en haar liefde vir hom sal kom?

Langs haar sê Hugo koel:

"Ek neem aan, Karin, die antwoord is dan 'nee'."

En net so koel antwoord sy:

"Met die voorwaardes wat jy stel, Hugo, kan dit nie anders as 'nee' wees nie!"

Sonder 'n woord verder skakel hy die motor aan en ry weg. Tien minute later staan sy alleen in haar kamer en dis of sy hier eers weer tot besinning kom, of die besef van wat werklik gebeur het behoorlik tot haar deurdring. Hugo het haar gevra om met hom te trou en sy het gesê nee . . .

In die dae wat op die noodlottige Sondagaand gevolg het, het sy baie tyd gehad om na te dink oor wat gebeur het. Die verandering in die werk kon nie vir haar op 'n ongunstiger tyd gekom het nie. Juis toe sy werk, werk en nog meer werk nodig gehad het om haar gedagtes van haarself en haar eie ongeluk af te lei, was daar maar bloedweinig vir haar om te doen. In dr. Silbur se deftige spreekkamer langs die biblioteek het sy elke oggend so van tienuur af 'n paar pasiënte ontvang, daarna 'n paar besoeke gedoen, dan was sy gewoonlik die res van die oggend vry. Die middag was 'n herhaling van die oggend – gewoonlik was daar net minder pasiënte. Woensdagmiddae en Saterdagmiddae het dr. Silbur nooit spreekure gehad nie.

Sy het die operasies saam met Hugo gemis, sy het die plaasritte gemis, en die meeste van alles, hoewel sy dit aan die begin nie wou erken nie, het sy vir Hugo gemis.

Vier maande lank het hulle saamgewerk, het sy hom feitlik elke dag gesien, het sy hom in al sy luime leer ken soos 'n vrou die man wat sy liefhet, leer ken. En nou eensklaps is dit alles verby, is daar nog net die herinnering aan daardie dae om haar steeds bitterder en opstandiger te maak.

'n Paar keer het sy Hugo in die straat in sy motor gesien, soos gewoonlik haastig om êrens te kom, maar hy het haar nie gesien nie en met 'n onstuimig-kloppende hart en naels wat diep in haar handpalms ingebyt het, het sy verder gestap, siek van verlange en ... berou ...

Ek was verkeerd, het sy eindelik aan haarself erken. As ek dan móét kies tussen liefde en my beroep, dan sal ek die liefde kies. Die werk alleen is nie vir 'n vrou genoeg nie. Sonder liefde – sonder Hugo – het die lewe sy betekenis verloor, sal sy die hoogste geluk en vervulling nooit ken nie!

Maar sy het klaar gekies ... en wie sê sy sal ooit 'n tweede kans kry?

Nee, sy sal na hóm toe moet gaan en erken dat sy verkeerd was en dat sy bereid is om nou op sy voorwaardes na hom te kom.

'n Paar dae later – dit was Vrydag – het sy vir Hugo in die apteek raakgeloop en hy het koel gegroet en verneem hoe dit met die werk vorder.

"Dit gaan goed, dankie," het sy geantwoord en gehoop haar stem is net so koel soos syne. Hy het sy pakkie geneem, dit in sy sak gesteek en sonder 'n woord verder uitgestap.

Die middag nadat sy haar twee pasiënte ontvang en breedvoerig elkeen se klagtes behandel het, kom die ontvangsdametjie vir haar sê dat dr. Slabbert haar graag 'n oomblikkie wil spreek.

Hugo!

Ongelowig staar sy die dametjie aan en haar lippe is styf en droog.

"Vra hom om binne te kom asseblief," sê sy uiterlik kalm, maar met 'n onrustig-kloppende hart wag sy op hom.

Haastig kom hy binne en sy staan ook op maar sy hou die breedte van die lessenaar tussen hulle. Die bruin oë is koel, onleesbaar, sy "goeiemiddag!" bruusk, kortaf, en sy weet dis nie versoening wat hy soek nie.

"Goeiemiddag, dr. Slabbert," groet sy saaklik en haar skouers is waterpas, sy kyk hom vierkant in die oë.

Hy kom tot vlak by die lessenaar; dan sê hy:

"Ek kom jou net sê dat, wat my betref, daar geen kwaai gevoel meer is nie. Ek besef nou dat ek te veel van jou verwag het, dat 'n huwelik wat onder daardie voorwaardes aanvaar is, ook nie veel hoop op sukses het nie. Maar ons kan nie so in spanning en onenigheid in dieselfde dorp saam woon nie. Ons het mekaar in ons werk nodig en ek wil graag hê dat jy vry moet voel om my hulp enige tyd in te roep."

'n Oomblik kyk hy na die meisie wat nou met geboë hoof voor hom staan; dan sê hy sagter: "Ek het jou vriendskap waardeer, Karin. Na alles wat ons saam deurgemaak het, wil ek dit nie nou graag verloor nie. Kan ons nie weer vriende wees nie? Of sien jy daarvoor nie kans nie?"

'n Oomblik kyk sy op na hom, dan lê sy haar hand in sy uitgestrekte hand.

"Wat my betref," sê sy kalm, "is daar ook geen gevoel nie. Jy is reg – dit sou nooit betaal het nie. Laat ons maar dankbaar wees dat ons dit betyds uitgevind het."

'n Lang oomblik het die bruin oë in die bloues gekyk, toe trek sy haar hand weg en hy draai om en stap weg.

21

Augustusmaand was koud en winderig met ontydige reën en selfs kapok. Selfs Karin was besiger as wat sy daardie eerste miserabele week verwag het en tot haar vreugde het sy gevind dat 'n klompie van haar pasiënte weer na haar teruggekom het en dat sy byna iedere dag nuwes bygekry het. Veral is sy meer en meer dikwels gevra om bevallings waar te neem.

Sarie Gous het nou gereeld elke week na die spreekkamer gekom, 'n bietjie swaarder, maar nog stralend-gelukkig en gesond, net haastig vir die langverwagte dag om aan te breek. Karin het eendag by haar gaan kuier, na die mooi uitrusting gekyk en kennis gemaak met haar weduweemoeder wat vroegtydig gekom het om haar dogter ná die bevalling by te staan en met die babetjie te help terwyl sy nog swak is.

"Dis gaaf om Mammie hier te hê," het sy gelag. "Maar ek is seker ek gaan ná die bevalling net so gesond wees soos nou!"

Glimlaggend en tevrede is Karin daar weg. As alle verwagtende moeders maar dieselfde sorg kan ontvang ... dis die gedagte waarna sy altyd weer terugkom. Maar haar drome aan 'n kliniek op Doringlaagte sal nou nooit verwesenlik word nie. Hugo het nog beloof dat hy haar sal help om die ideaal te verwesenlik, maar hy het seker van sy belofte vergeet ... en aangesien haar toekomsplanne so onseker is, wil sy hom ook nie weer daaraan herinner nie. Sy begin sterk daaraan twyfel of sy ná Oktobermaand op Doringlaagte sal aanbly.

Hugo se gebaar om na haar toe te kom en sake tussen hulle in die reine te probeer bring, het sy waardeer hoewel dit haar aan die begin net dieper ongelukkig gestem het. Maar net die volgende week het sy sy hulp dringend nodig gehad en sy was dankbaar dat sy die vrymoedigheid gehad het om na hom te gaan. En terwyl sy hom bygestaan het met die operasie, het dit weer soos die ou dae gevoel toe sy, in die eerste ontwaking van haar liefde vir Hugo, seker die gelukkigste tydperk van haar lewe deurgemaak het.

By Boet en Truida het sy die graagste gekuier, hulle vriendskap het in dié dae vir haar baie beteken. Sy het hulle nooit van die mislukte huweliksaansoek onder die boom op die kerkplein vertel nie, maar sy het geweet dat hulle iets van haar ongeluk geraai het en hoewel hulle diep teleurgestel was dat die vriendskap tussen haar en Hugo nie tot 'n dieper verstandhouding ontwikkel het nie, het hulle dit nooit aan Karin self gesê nie. Maar onder mekaar het hulle dikwels gesels.

"Ek is vir Hugo hoog die hoenders in," het Truida aan Boet gesê nadat Karin weer die middag onverwags op Geluksvlei aangekom het en tot ná ete die aand by hulle gekuier het. "Om met 'n meisie soos Karin weer sy ou streke uit te haal is onvergeeflik. Na die hospitaaldans het ek gedink dis net 'n kwessie van tyd voor die twee hulle verlowing bekendmaak – Karin was die aand so stralend gelukkig en Hugo 'n baie verliefde man as ek ooit een gesien het! En nou het Karin 'n halfdosyn ander kêrels wat oor mekaar val om saam met haar gholf te speel of haar uit te neem en Hugo het weer in sy dop gekruip en is meer ongenaakbaar as ooit tevore!"

"En jy is seker dis alles Hugo se skuld?" vra Boet.

"Natuurlik," antwoord Truida. "Ons ken mos vir Hugo. Dis sy ou laai daardie. Maar ek het gedink dié keer sal die nooientjie selfs sy kieskeurige smaak tevrede stel – maar toe verloor hy weer belangstelling . . . en sy moet nou maar sien hoe sy daaroor kom!"

"Ek wonder," sê Boet. "Ek het so 'n gedagte daar sit meer agter as wat ons dink. Daar is natuurlik ook die moontlikheid dat *Karin* die een is wat . . . belangstelling verloor het."

"Nee, dit glo ek nie," sê Truida beslis en Boet glimlag.

"Karin het ook baie besliste idees . . . en sy het eendag aan my gesê dat sy nie van plan is om haar werk prys te gee as sy gaan trou nie. Dis moontlik dat ons vriend Hugo nie so gediend is met die gedagte dat sy vrou sal aanhou met werk nie – en dat dit die oorsaak van die verwydering tussen hulle is."

Op 'n dag word Karin weer na Elandsdrif toe uitgeroep waar Martie se seuntjie met virus-griep siek in die bed was. Sy was al 'n paar keer op die plaas nadat Martie gekom het en geleidelik het sy aangevoel hoe die atmosfeer in die groot, stil huis verander. Die spanning het verdwyn; daar het vrede gekom. Martie, eers so skraal en trots en stil, het elke keer as sy daar kom 'n bietjie beter en 'n bietjie gelukkiger gelyk. Klein Bêrend het vet geword met blosende wangetjies en hy het sy oupa soos 'n skaduwee gevolg. Tant Annie was gou op en aan die gang en hoewel sy nog bleek en tengerig was, was sy vol lewenslus en haar dankbaarheid en geluk het uit haar mooi, donker oë gestraal. En as oom Bêrend nou glimlag, het die glimlaggie stadig oor sy streng gesig gesprei totdat dit ook die helder oë geraak het . . .

Maar vandag was almal op Elandsdrif vervul met nuwe bekommernis oor die seuntjie wat met onrusbarend hoë koors so moeg en lusteloos in sy wit bedjie gelê het. Karin het hom goed ondersoek, hom 'n inspuiting gegee en behandeling voorgeskryf, en so goed sy kon die oumense gerusgestel. Toe sy saam met oom Bêrend uitstap, dink sy daaraan dat dit seker al meer as 'n maand gelede is dat Martie en haar seuntjie gekom het en, sover soos sy weet, is daar nog nie sprake dat hulle weer sou teruggaan nie.

"Ek wou nie vir tant Annie onnodig ontstel nie," sê sy nou vir oom Bêrend. "Maar Bêrend se regterlongetjie is 'n bietjie aangetas en ons sal hom in die koue weer maar baie mooi moet oppas. Nee, dis niks om oor onrustig te wees nie," vervolg sy toe sy die skielike onrus in die helderblou oë lees, "dis dikwels een van die komplikasies van die nare griep maar met die regte sorg sal hy gou weer gesond wees." Sy aarsel, dan vervolg sy: "Ek weet net nie of dit die regte ding vir hom sal wees om gou terug Boland toe te gaan terwyl dit daar nog so nat en koud is nie!"

Oom Bêrend is stil, en Karin wonder of sy onwetend 'n teer plekkie aangeraak het. Dan sê hy, en sy stem is diep en vas:

"Hulle sal nie weer teruggaan nie. Bêrend moet op Elandsdrif bly . . . hy sal tog eendag die plaas erwe . . ."

Stilswyend het Karin voor haar gekyk en die trane in haar keel voel brand. Toe sy opkyk na oom Bêrend, was daar die glinstering van trane op haar donker wimpers.

"Ek is bly, oom Bêrend," sê sy saggies en in die blink oë lees hy haar goedkeuring.

"Ek sal vandag nog vir Martie sê," belowe hy. "Ons het die teruggaan voorlopig net uitgestel, maar dis ondenkbaar dat ons weer sonder die kinders moet wees." Hy druk Karin se skraal handjie tussen sy sterk harde vingers en vervolg: "Dit was 'n gelukkige dag vir ons, dr. De Wet, toe jy die eerste keer op Elandsdrif gekom het!"

In peinsende stemming is Karin terug huis toe, dankbaar vir die aandeel wat sy in die versoening van oom Bêrend en sy kinders gehad het.

Veertien dae later toe sy weer op Elandsdrif kom – op uitnodiging want klein Bêrend het verjaar – was dit 'n koue, nat dag en in die sitkamer, voor 'n groot vuur het sy die hele familie en 'n paar vriende aangetref. Boet en Truida was daar en Arrie . . . en Karin onthou dat Arrie eendag vir haar gesê het dat hy en Martie saam grootgeword het.

Op 'n reisdeken so 'n entjie van die vuur af het Bêrend en Boet se twee seuntjies met motortjies en vliegtuie gespeel en kort-kort as hulle so skaterlag, het Martie se oë op hulle gerus en 'n gelukkige glimlaggie het haar mondhoeke aangeraak; 'n Martie wat by die dag mooier en jonger word nou dat die skaduwees wat so lank haar pad verdonker het, begin wyk.

In die een hoek van die sitkamer het daar 'n splinternuwe rooi driewiel gestaan, die geur van lekker kos en laggende jong stemme het die groot kamer gevul . . .

Elandsdrif se kinders was weer tuis!

Daardie nag het dit begin kapok en die dorpie langs die

rivier is in 'n sprokiesland verander. Met blink, bewonderende oë het Karin die oggend na die stil, wit wêreld gekyk en gewens dat haar hart en haar gemoed ook so stil en rustig was.

Daardie selfde oggend het Hugo haar weer by die spreekkamer kom besoek. Sy het die vorige dag 'n pasiënt met 'n skildkliervergroting na hom gestuur met die oog op 'n moontlike operasie en hy wou die geval met haar bespreek. Aangesien hy reeds besluit het om te opereer, wonder Karin waarom hy die moeite gedoen het om haar te kom sien. Hy kon maar net so wel vir haar oor die telefoon laat weet het wanneer die operasie is.

Gemaklik sit hy eenkant op haar lessenaar terwyl hulle die geval bespreek; dan sê hy:

"Kom drink 'n koppie koffie saam met my, Karin. Daar is nog 'n paar sakies wat ek met jou wil bespreek."

'n Oomblik dink sy terug aan daardie ander sakie wat hy met haar wou bespreek, dan kyk sy op na hom en die besondere blou van haar oë met die lang, donker wimpers tref hom opnuut. Dis of hy soms vergeet hoe blou haar oë is. Vraend gaan haar donker winkbroue op en sy vra:

"Tyd om koffie te drink in die middel van die oggend? Dis 'n seldsame gebeurtenis vir dr. Slabbert!"

Hy grinnik effens.

"Wie kan nou op so 'n dag werk?" antwoord hy. "En buitendien is dit in verband met werk wat ek met jou wil gesels."

Sy kyk op deur die venster na buite waar die reën nou so vaal en mistroostig uitsak.

"Die kafee hier langsaan maak lekker koffie. Sal ek hulle vra om dit hierheen te stuur? As jy dan afklim van my lessenaar en daar op die stoel voor die vuur gaan sit, kan ons ongestoord gesels."

'n Oomblik kyk die bruin oë diep in hare, dan staan hy van die lessenaar af op en, hande in die broeksak, gaan sit hy in die stoel wat sy aandui, met sy bene lank voor hom uitgestrek. Sy stap na die deur en vra die ontvangsdametjie om asseblief vir hulle die koffie te bestel.

Toe sy weer agter haar lessenaar sit, sê sy:

"En wat is die sakie wat jy met my wil bespreek, dr. Slabbert?"

Van onder gefronste winkbroue kyk hy haar ondersoekend aan, maar kalm en bedaard kyk sy terug na hom. Dan sê hy:

"Oom Japie is siek – dubbele longontsteking. Ek was netnou daar en hy was net vererg toe ek daar aankom – hy het jou blykbaar verwag. Om die waarheid te sê, ek dink oom Japie was 'n bietjie ylend! Ek dink hy sal 'n besoek van jou waardeer; hy het herhaaldelik na jou verneem. Ek is bevrees as dit nie gou beter gaan nie, sal hy hospitaal toe moet gaan!"

"Moenie vir hom hospitaal toe stuur nie," sê sy saggies, pleitend en fronsend kyk hy na haar. Dan sê hy kortaf:

"My liewe Karin, dis vir sy eie beswil dat ek dit doen, nie om my sadistiese neigings te bevredig nie. Tant Alie kan nie vir hom die sorg en verpleging gee wat hy nodig het nie!"

"Ek weet. Maar suster Botha is so gaaf – ek is seker sy sal snags gaan help. As – as jy wil, sal ek met haar praat!"

"Jy sal niks van die aard doen nie," sê hy koel en vererg kyk sy hom aan.

Die koffie het net betyds gekom om hulle albei tot bedaring te bring. Karin skink die koffie en toe hy dit by haar neem, sê hy op heeltemal 'n ander toon:

"Tant Alie het wonderlik baat gevind by daardie inspuitings. Sy beweeg makliker en haar gewrigte is ook nie meer so pynlik en geswel nie."

Karin verslap en skink haar eie koffie in.

Dan vervolg Hugo: "Terloops, ek hoor Martie en haar seun gaan nie weer terug Kaap toe nie!"

'n Klein glimlaggie raak Karin se mondhoeke.

"Nee," sê sy. "Oom Bêrend sê klein Bêrend moet op die plaas grootword . . . aangesien hy dit tog eendag gaan erf!"

Hugo kyk na haar, dan sê hy droogweg:

"As Herman terugkom, sal ek heelwat hê om voor rekenskap te gee. Herman is al meer as twintig jaar lank oom Bêrend-hulle se huisdokter . . . Ek het darem nie bedoel jy moet met ons keurpasiënte wegloop nie, Karin!"

"Gun my maar een of twee ou pasiëntjies uit julle oorvloed," sê sy maar hy glimlag nie. Onverwags sê hy: "Waaroor ek eintlik met jou kom gesels het, is daardie kliniek van jou. Ek het met 'n paar mense gesels en dit lyk my hulle is nogal te vinde vir die idee. Ek het vir jou voorlopig 'n afspraak met die burgemeester en die stadsklerk vir môreoggend om twaalfuur gereël. Jy moet hulle net bel en die afspraak bevestig."

Karin antwoord nie en met groeiende verbasing kyk Hugo Slabbert haar aan; dan sê hy:

"Jy lyk nie vir my baie geesdriftig omtrent die saak nie, Karin!"

Sy kyk op na hom en hy merk nou die ongeluk en onsekerheid in haar oë:

"Ek is jammer jy het die moeite gedoen, Hugo. Ek – ek wou nog met jou praat en vir jou sê ek het reeds die gedagte laat vaar."

Hy kyk na haar, lank en stil:

"Mag ek verneem wat jou nou so skielik van plan laat verander het?"

"Ek het nie van plan verander nie – ek is nog net so geesdriftig omtrent 'n kliniek vir Doringlaagte as wat ek aan die begin was. Maar dit help nie om iets aan te pak wat jy nie kan deurvoer nie, en aangesien ek nou definitief besluit het om einde Oktober hier weg te gaan, help dit nou nie vir my om verder planne te maak nie."

"Ek sien," sê hy na 'n kort stilte. Hy staan op en stap na die venster toe waar hy 'n rukkie in stilte na die nat strate, die grys, mistroostige dag staar. Dan kom hy terug na haar toe en vra: "En wat gaan jy doen as jy hier weggaan?"

"Ek weet nie," sê sy. "Ek sal nog die saak met my vader gaan bespreek. Ek wil graag oorsee gaan om te spesialiseer – verloskunde of chirurgie . . . ek het nog nie besluit nie."

Die stilte tussen hulle is byna tasbaar. Dan sê Hugo, swaar, asof dit inspanning kos om te praat.

"Ek sien! Wel, ek wens jou alle voorspoed en sukses met

jou planne, Karin! Sal jy dan die burgemeester bel en die afspraak afstel?"

"Ek sal," sê sy. "En dankie vir die moeite!"

"Jy het niks om my voor te bedank nie," sê hy kortaf en die koel, onverstoorde Hugo Slabbert lyk beslis omgekrap.

Nadat hy weg is, het sy ook 'n ruk lank voor die venster gestaan en die grys mistroostigheid daarbuite gadegeslaan eerdat sy die oproep gaan doen het.

Die burgemeester was gaaf en vriendelik maar diep teleurgestel toe sy vir hom sê dat sy weggaan en dat sy ongelukkig die planne omtrent 'n kliniek moet laat vaar.

"Ek is werklik teleurgestel, dr. De Wet," sê hy. "Ek voel lankal die gebrek aan so 'n kliniek hier op Doringlaagte maar ons moeilikheid was nog altyd dat ons nie 'n dokter kon kry om ons te help nie. Dr. Slabbert-hulle is werklik te besig, dit besef ek goed. Dr. Silbur het reguit gesê hy het geen belang by so 'n kliniek nie en sien nie kans om ons te help nie. Met die hulp van so 'n energieke jong dokter soos u, kon ons baie uitgerig het . . ."

Ontstel, ongelukkig en vervul met 'n ongekende bitterheid, het Karin die telefoon neergesit en haar kop op haar arms laat sak en gehuil soos sy in lange jare nie gehuil het nie!

So stadigaan het die koue weer gewyk en die winter sy greep op die aarde verslap. Daar was 'n nuwe soelheid in die sagte skemeraande, oral was daar die roering van nuwe lewe. Vir Karin het die skoonheid van die geurige lente-aande net groter heimwee en hartseer gebring, en sy het geweet dat haar besluit om weg te gaan, reg is. Alleen in 'n nuwe werkkring en met nuwe belange sal sy miskien daarin slaag om te vergeet en om geluk in haar werk te vind.

Teen die middel van Oktober, op 'n lieflike lente-aand, het die oproep waarop Karin gewag het van Sarie gekom en sonder versuim het sy gereed gemaak en hospitaal toe gegaan.

Eindelik het die tyd waarna Sarie so lank uitgesien het, aangebreek . . . eindelik sou sy haar droomkindjie in haar arms hou. Vol vertroue het Karin die kraamkamer binnegegaan en glimlaggend, vol moed, het Sarie haar ontvang.

Maar van die begin af het Sarie se bevalling nie vlot verloop nie. Uur na uur het Karin saam met die moedige Sarie geveg sonder dat daar enige merkbare vordering gemaak is, en in die vroeë oggendure het sy besef dat as sy Sarie se kind wil red, radikale handeling noodsaaklik is.

"Bel dr. Slabbert," het sy aan die verpleegster wat haar bygestaan het, gesê. "Sê vir hom hy moet asseblief dadelik kom. En help vir suster die teater regmaak; ons sal dadelik 'n keisersnee moet doen!"

Binne enkele minute was die verpleegster weer terug, haar oë soos pierings: daar was geen antwoord van dr. Slabbert se woonstel nie! Vlugtig het Karin na die horlosie teen die muur gekyk en gemerk dat dit reeds twee-uur is.

Wat nou? As Hugo tuis was, sou hy die telefoon beantwoord het! Wag totdat hy terugkom? Hy is moontlik in die distrik uitgeroep! Nee, daar is net een genade: sy sal vannag self die keisersnee moet doen.

"Bel asseblief vir dr. Roux en vra hom om dadelik te kom. En laat roep vir dr. Viljoen – sê hy moet ook kom help." Koel, kortaf is haar bevele en die verpleegster spring om te gehoorsaam.

Twintig minute later is die pasiënt op die operasietafel en staan sy gereed om die operasie te begin met dr. Roux en Viljoen om haar te help.

Dit was 'n nag wat Karin nie gou sou vergeet nie. Dit het vir haar gevoel asof dit ure geduur het voordat sy eindelik die kindjie, slap en blou en lewelloos in Isak Roux se hande geplaas het en nog 'n ewigheid het verbygegaan voordat die spanning eindelik deur die gehuil van Sarie se seuntjie verbreek is.

Maar eindelik was alles verby.

"Dankie, Dokter," het die jongman bewoë gesê toe sy hom die tyding bring, maar sy het nie geantwoord nie. Dankie, Dokter! Dit was Ambrose Paré wat gesê het: "Ek het die man se wonde verbind; God het hom genees!"

En dit was alleen met die hulp van God dat sy vanaand vir

Sarie en haar kind uit die donker doodsvallei teruggehaal het.

Die dag het in die ooste begin breek, die môrester het skitterend skoon, laag teen die hemel gehang toe sy eindelik moeg en uitgeput in haar kamer terugkom. En haar gedagtes het teruggegaan na daardie eerste aand toe sy op Doringlaagte gekom het, toe daar ook 'n noodoperasie by die hospitaal gedoen is. Ook 'n keisersnee . . . en sy was so gelukkig en opgewonde omdat sy toegelaat was om te help . . .

Hoeveel ouer en wyser voel sy vanaand as daardie geesdriftige jong meisie . . .

Met klere en al het sy op haar bed gaan lê, te moeg om nog eers uit te trek en ook te moeg en te gespanne om aan slaap te dink. Sy het gedink aan die lang nag wat verby is en sy was met dankbaarheid en diepe ootmoed vervul. En sy het aan Hugo gedink . . . en gewonder of die pyn in haar hart ooit sou verdwyn, of haar verlange na Hugo ooit minder sou word.

Die volgende dag het Hugo weer na haar spreekkamer gekom en haar gelukgewens met die operasie.

"Isak het my alles vertel en ek is trots op jou."

Maar sy het haar kop geskud.

"Ek het na jou gesoek," sê sy. "Maar ek kon jou nie kry nie. Ek het maar net die operasie gedoen omdat daar niemand anders was om dit te doen nie!"

"Dis maar die begin daardie," sê hy. "Die tweede keer is dit al baie makliker."

Sy antwoord nie en 'n rukkie is dit stil tussen hulle. Hy merk haar bleekheid, die diep skaduwees onder haar oë, die moeë trek om haar mond en hy dink sy het die afgelope tyd weer skraler geword. En dit ten spyte van al die gholf en tennis en die feit dat haar werk nou nie so vermoeiend en veeleisend is nie.

"Wanneer gaan jy weg?" vra hy onverwags.

"Volgende week, sodra dr. Silbur terugkom."

Hy skud sy kop.

"Jy kan nie weggaan nie, Karin. Jy is deel van Doringlaagte, deel van ons almal. Ons het jou lief, ons het jou nodig." Vinnig, ondersoekend kyk sy op na hom en sy merk die teerheid in sy oë, die glimlaggie om sy mond. Hy vou sy hande liggies om haar gesig, en sê sag: "Ek het jou lief, Karin. Ek het jou nodig. Sal jy met my trou? Dié keer kan jy die voorwaardes stel."

En toe eindelik was sy in sy arms, na al die weke en maande van hartseer en verlange.

"Wel, my liefste," sê hy na 'n ruk en sy stem is laag en warm en vol liefde. "Ek wag op jou antwoord."

Sy kyk op na hom en die blou oë is diep en blink.

"Die antwoord is 'ja'. En daar is een voorwaardes nie."